3,-

Ellie Phillips

Bad Hair Days

Das Leben ist keine Dauerwelle

Der »City lit« gewidmet.
Sowie all den guten Vätern: Peter, Sid, Cris,
Jason und Saul.
Und ganz besonders für Asher.

Als Kind hielt sich **Ellie Phillips** am liebsten in der Buchhandlung ihrer Eltern auf, versteckte sich unter dem Kassentisch und schmökerte stundenlang. Später wurde sie Journalistin und legte mit »Bad Hair Days« ihren ersten eigenen Jugendroman vor.

Ellie Phillips

BAD HAIR DAYS

DAS LEBEN IST KEINE DAUERWELLE

Aus dem Englischen von Ilse Rothfuss

Ravensburger Buchverlag

Bibliografische Information der Deutschen Nationalbibliothek:
Die Deutsche Nationalbibliothek verzeichnet diese Publikation in der Deutschen Nationalbibliografie.
Detaillierte bibliografische Daten sind im Internet über **http://dnb.d-nb.de** abrufbar.

MIX
Aus verantwortungsvollen Quellen
FSC® C114500
FSC
www.fsc.org

Das für dieses Buch verwendete FSC®-zertifizierte Papier liefert Arctic Paper Mochenwangen GmbH

Die Originalausgabe erschien 2012 unter dem Titel
»Dads, Geeks & Blue Haired Freaks«
bei Electric Monkey, an imprint of Egmont UK Limited.

First published 2012 by Egmont Books Ltd., London

Umschlaggestaltung: Kathrin Steigerwald unter Verwendung einer Illustration von Susan Lee/Getty Images

1 2 3 4 5 18 17 16 15 14
Printed in Germany
ISBN 978-3-473-40109-3
www.ravensburger.de

Inhalt

1

Blue Haired Freak

Mein Haar sah super aus an dem Tag, als das ganze Schlamassel anfing.

Es war mein fünfzehnter Geburtstag und zur Feier des Tages hatte ich mir lila Strähnchen gemacht (Typ *Blue Haired Freak* von SFX), mit einer genialen Methode, für die ich nur einen Färbepinsel, einen Stielkamm und Küchenfolie benötigte. Ich war sehr zufrieden mit dem Ergebnis, aber Tante Lilah brauchte nur eine Nanosekunde, um mir den Spaß daran zu verderben. Kaum hatte ich die Schwelle zu ihrem Wohnzimmer überschritten, rief sie mir auch schon entgegen: »Du siehst ein bisschen blass aus, Sadie. Interessant irgendwie – muss wohl an den blauen Haaren liegen.«

»Das ist Lila, nicht Blau.«

»Aber du hast doch gesagt, der Farbton heißt *Blue Haired Freak?*«

»Ja, stimmt«, gab ich zu, »aber es ist trotzdem Lila.«

»Also von hier sieht es blau aus, stimmt's, Angela?«, fragte meine Tante und wandte sich beifallheischend an Mum.

»Jetzt lass doch die Haare«, sagte Mum. »Mir gefällt es, Sadie.«

Mum zwinkerte mir verschwörerisch zu. An meinem Geburtstag wird sie immer total sentimental – aber an ihr Haar lässt sie mich trotzdem nicht ran.

»Mir gefällt es ja auch«, sagte Tante Lilah schnell. »Versteh mich nicht falsch. Sie hat es wirklich gut gemacht, aber es ist blau.«

Tante Lilah ist Friseurin und es passt ihr nicht, dass ich mir meine Haare seit einiger Zeit selber style. Sie gehört noch zu der alten Friseurgarde, die Strähnchen mit der Haube färbt. An ihrer Stelle würde ich allerdings den Mund halten: Bei ihr sieht man schon den Ansatz.

Mein Geburtstag läuft immer nach demselben Muster ab. Mum und ich gehen zu Tante Lilah, Onkel Zé und meinem Cousin Billy, die ihre Wohnung über zwei Geschäftsräumen haben – dem Friseursalon von Tante Lilah und dem Café von Onkel Zé. Seit ich denken kann, versammeln wir uns dort jeden Freitagabend zum Essen. Der Unterschied zum normalen Familienstress ist nur, dass Tante Lilah an meinem Geburtstag peinliche Babygeschichten über mich erzählt, statt wie sonst nur ihre Weisheiten über die Welt im Allgemeinen zum Besten zu geben. Mum bekommt feuchte Augen und drückt mir ständig den Arm, und Onkel Zé kocht mein Lieblingsessen nach einem Rezept von den Philippinen, wo er herkommt. In diesem Jahr gab es *Adobo* – Schweinebauch mit Reis, so wie sein *Tito* es in Manila für ihn gekocht hat, als er noch ein kleiner Junge war.

»Ich mache das extra für dich, *Anak*. Ich kann es kaum glauben, dass du schon fünfzehn bist. So erwachsen. Zu erwachsen, denke ich manchmal. Fast wie eine junge Frau.«

Wenn es nach Onkel Zé ginge, würde ich immer noch in Kniestrümpfen herumlaufen, und er findet es schade, dass ich nicht in einer Nonnentracht oder in einer Burka in die Schule muss.

Billy, mein nerdiger Cousin, fing an zu prusten und zu feixen, wie immer an meinem Geburtstag, weil er weiß, wie sehr ich es hasse, im Mittelpunkt zu stehen. Er hatte mir sogar angedroht, seine Band *Rock Dove* einzuladen, um *Happy Birthday* für mich zu singen – natürlich die Post-Rock-Version davon. Was hoffentlich ein Witz war. Mir bricht der kalte Schweiß aus, wenn ich nur dran denke – das ganze Zimmer voller Leute, die *Happy Birthday to you* singen. Billy hatte seinen fünfzehnten Geburtstag seit fast einem Jahr hinter sich und spielte jetzt den Obercoolen, um mir unter die Nase zu reiben, dass das alles Kinderkram für ihn war. Ich hätte ihn ohrfeigen können, wie er da auf seinem Stuhl fläzte.

Damit war es allerdings vorbei, sobald Großtante Rita zur Tür hereinrauschte und sich an den Tisch setzte. Billy fuhr hoch, denn bei ihr bekommt jeder weiche Knie, sogar er. Großtante Rita ist die Tante von Mum und Tante Lilah, die Älteste in meiner ganzen Verwandtschaft, jedenfalls von denen, die ich kenne. Sie ist eine imposante Persönlichkeit, eine unerschrockene jüdische Lady, die zu unseren Familienessen und an hohen Fest- und Feiertagen extra mit dem 25er-Bus von Ilford anreist.

»Na, wie geht's meiner kleinen Lieblingsgroßnichte?«, fragte sie und schielte mich vielsagend an.

Ich bin ihre einzige Großnichte und der Witz ist uralt, aber sie sagt es trotzdem immer wieder.

»Gut, Tante Rita.«

Großtante Rita starrte missbilligend zuerst auf den Schweinebauch (eindeutig nicht koscher und ungefähr so unjüdisch wie der Papst) und dann auf mein lila gesträhntes Haar.

»Du hast blaue Haare, Sadie«, verkündete sie.

»Nein, lila – das soll nämlich lila sein«, klärte Tante Lilah sie auf und zog ihre Augenbrauen hoch, die ganz kahl gezupft und stattdessen mit Augenbrauenstift nachgezeichnet sind. Ich habe Tante Lilah eines Morgens ungeschminkt gesehen und bin fast umgekippt vor Schreck, weil ihr Kopf wie ein Ei aussieht.

»Ich mag Sadies Haare«, sagte Mum, die manchmal so was von scheinheilig sein kann.

»Aber an deine lässt du mich trotzdem nicht ran«, hakte ich sofort ein.

Mum verzog das Gesicht und zuckte die Schultern. Sehr erwachsen, ihre Reaktion, ehrlich!

»Und hast du schon einen netten jüdischen Freund, *bubelah*?«, fragte Großtante Rita. Das sagt sie auch jedes Mal.

Früher fand ich es witzig, aber so langsam hat es fast etwas Bedrohliches.

Ich schüttelte den Kopf.

»Sie ist doch erst fünfzehn, Rita!«, sagte Onkel Zé und schaute mich stirnrunzelnd an. »Viel zu jung für einen Freund.«

Also ehrlich, auf welchem Planeten lebt Onkel Zé eigentlich? Allmählich wird es lästig, wie er mich immer anfunkelt, sobald jemand in meiner Gegenwart von Jungs spricht.

Dann fragte Großtante Rita, ob ich endlich die Küche meiner Vorfahren lieben gelernt hätte. Soweit ich es nach unseren Besuchen in Ilford beurteilen kann, besteht diese Küche vor allem aus Salz, Hühnerfett, Leberpastete, Essiggurken und anderem sauer eingelegtem Gemüse – würg! Schweinefleisch ist natürlich tabu, ganz im Gegensatz zu Onkel Zés Küche. Bei ihm gibt es Schwein, Schwein und noch mal Schwein, und dann noch *tsitsaron* (auch Schwein, aber die »unedleren« Teile wie Schnauze, Schwänzchen, Ohren und Innereien).

Ich schüttelte wieder den Kopf.

»Und wie fühlst du dich jetzt mit fünfzehn?«, wollte Tante Lilah wissen und schob sich ein Essiggürkchen in den Mund.

»Na, wie wohl?«, sagte ich. »Auch nicht anders als mit vierzehn.«

Oder dreizehn. Oder zwölf …

Warum fragte sie überhaupt? Ich meine, ich saß mit der ganzen Familie beim Essen, wie an jedem Geburtstag. Wo war der Unterschied?

»Also für mich war fünfzehn die schönste Zeit«, verkündete Tante Lilah mit vollem Essiggurkenmund. In meiner Familie reden alle mit vollem Mund. Wir haben uns immer so viel zu erzählen, dass wir uns nicht von dem bisschen Essen im Mund aufhalten lassen können.

»Fünfzehn ist ein tolles Alter«, schwärmte jetzt auch Mum. »Man hat noch keine Verantwortung, ist aber schon ziemlich unabhängig ...«

Onkel Zé nahm ein Stück Schweinekruste hoch und funkelte Mum an, bevor er hineinbiss. »Hoffentlich nicht *zu* unabhängig, Angela«, brummte er. »Auf den Philippinen dürfte Sadie gar nicht allein aus dem Haus.«

Na bitte – Onkel Zé war schon wieder bei seinem Lieblingsthema. *Jungs.* Das ist eine fixe Idee bei ihm.

»Fünfzehn ist scheiße«, warf Billy ein, »da kannst du noch nicht mal Schnapspralinen kaufen.«

Schnapspralinen waren Billy egal, das wusste ich. Aber sobald er sechzehn war, würde er garantiert als Erstes ein Bankkonto eröffnen, damit er Onkel Zé nicht mehr jeden Monat um das Geld für sein World-of-Warcraft-Abo anbetteln musste. Er ist immer noch der totale Computerfreak, auch wenn er super Gitarre spielt und eine coole Frisur hat – Letzteres dank meiner Wenigkeit.

»Mit fünfzehn war ich schon mit deinem Onkel Lou selig verlobt, möge er in Frieden ruhen«, sagte Großtante Rita und starrte mich vielsagend an.

Ich habe meinen Großonkel Lou nie gekannt, aber als ich

klein war, habe ich tatsächlich geglaubt, dass er »Onkel Lou Selig« hieß.

Großtante Rita griff über den Tisch hinweg nach einem gebratenen Latke, einer Art frittiertem Kartoffelpuffer mit Zwiebeln, und achtete sorgfältig darauf, nur ja nicht mit dem gebratenen Schweinefleisch in Berührung zu kommen. In puncto Essen liegen Welten zwischen Juden und Philippinern, außer wenn es ums Frittieren geht. In meiner Familie wird alles frittiert, was nicht eingelegt ist – das ist daher für mich so etwas wie ein kultureller Brückenschlag.

Da saßen wir also alle um den Esstisch versammelt: Mum, Billy, Tante Lilah, Onkel Zé, Großtante Rita, die Gürkchen, der Schweinebauch und ich. Alles wie gewohnt. Normalerweise öffne ich meine Geburtstagskarten gleich am Esstisch, und dieses Jahr war keine Ausnahme.

Auf der ersten Karte, die ich aufmachte, stand:

ALLES GUTE
ZUM FÜNFZEHNTEN GEBURTSTAG, SADIE!
IN LIEBE,
DEIN DAD XX.

Mein Herz schlug fünfzehn wilde Saltos. Für jedes Jahr einen. Und dann klappte mir der Mund herunter wie eine Zugbrücke. Kloing.

Also damit hatte ich nicht gerechnet. Echt nicht.

»Von wem ist die?«, fragte Billy und spähte mir über die

Schulter. Instinktiv zog ich die Karte weg und versteckte sie auf meinem Schoß. Die durfte niemand sehen. Mein Gesicht brannte. Nie und nimmer hätte ich eine Karte von Dad erwartet.

Weil mein Dad gar nicht existierte.

Mein »Dad« war doch bloß eine Samenspende, die Mum vor sechzehn Jahren auf einer Website ausgewählt hatte.

2

Kopflandung im Schweinebauch

»Also von wem ist die Karte?«, fragte Tante Lilah.

Mein Mund stand immer noch offen. Ich blieb stumm, sprachlos. *Schtum.* Ich fasste mit der Hand an den Mund, als müsste ich mir die Worte buchstäblich herausreißen.

»Ich …«, stotterte ich.

»Was hat sie gesagt?«, bellte Großtante Rita.

»Das ist von …«, fing ich wieder an.

Und in diesem Moment, als alle mich schweigend anstarrten, war mir klar, dass ich ihnen nicht erzählen würde, von wem die Karte kam. Schließlich war sie von meinem Dad, den keiner in der Familie kannte, den sie nie gesehen hatten, von dem sie nichts wussten, über den sie sich nie eine Meinung bilden konnten – und das sollte vorerst so bleiben. Ich versuchte also, die Karte wieder in den Umschlag zu stecken, ohne dass jemand etwas merkte.

»Was hat sie gesagt? Von wem ist es denn jetzt?«, beharrte Großtante Rita.

»Von wem ist die Karte, Schätzchen?«, fragte Mum.

Ich setzte ein gleichgültiges Gesicht auf (oder versuchte es zumindest) und verdeckte die beschriebene Seite der Karte, aber das machte alle nur noch neugieriger.

»Was soll denn die Geheimniskrämerei?«, empörte sich Tante Lilah. »Von wem ist die Karte, Sadie?«

Verdammt, warum mussten sie so hartnäckig sein? Aber ich würde es ihnen trotzdem nicht verraten, so viel stand fest. Ich zerbrach mir den Kopf, was ich sagen sollte. Einen Namen. Irgendeinen. Alles, außer »Dad«.

»Da... Gad«, sagte Billy und schaute mich an. Ich nickte zustimmend.

Er hatte die Karte gesehen, ganz klar. Zum Glück kann Billy schneller denken als ich.

»Sie ist von Gad«, wiederholte er. »Das ist ein Freund von Tony. Wir kennen ihn vom Park Festival, da hat er für die Band vorgespielt.«

Wow. Billy ist ein Schatz – der schlauste Cousin der Welt.

»Nett von ihm, dass er daran gedacht hat«, sagte Onkel Zé und runzelte die Stirn. Gad ist schließlich ein Junge, wenn auch ein fiktiver, und Billys Freund Tony ist auch ein Junge – und was für einer.

»Gad? Was für ein Gad?«, donnerte Großtante Rita, die nicht nur schielt, sondern auch schon ein bisschen schwerhörig ist. Kein Wunder, in ihrem Alter. »Ist das etwa dein Freund?«

»Nein, nein, das ist nicht mein Freund«, brachte ich mühsam hervor. »Ich … ich hab keinen Freund.«

Dann riss ich die nächste Karte auf, damit ich etwas zu tun hatte, während ich versuchte, mich wieder in den Griff zu bekommen. Sobald gerade niemand herschaute, faltete ich Dads Karte zusammen und steckte sie hinten in meine Hosentasche.

Mein Herz hämmerte wild: Das war doch nicht möglich! Eine Karte von meinem Dad, der für mich, seit ich denken kann, immer nur ein Reagenzglas voll Sperma war. Das klingt jetzt vielleicht abartig, aber für mich ist es ganz normal. Ich finde es okay, dass ich auf diese Weise das Licht der Welt erblickt habe. Natürlich gibt es Momente in meinem Leben, da würde ich auch gern sagen können, dass meine Mum und mein Dad sich im Restaurant kennengelernt haben – so wie Tante Lilah und Onkel Zé –, oder dass sie schon in der Schule nebeneinandergesessen haben, wie Tonys Eltern. Aber mein Leben hat nicht mit einem romantischen Date begonnen – mit Mondschein und Sternenlicht und allem Drum und Dran –, und auch nicht auf dem Rücksitz eines Ford Mondeo, wie das meiner exbesten Freundin Shonna. Nein, es fing mit Mum und Tante Lilah und dem Internet an. Und ehrlich gesagt, weiß ich nicht, was schlimmer ist. Die Vorstellung, dass deine eigenen Eltern »es machen« (würg) oder dass deine Mum im Internet surft?

Oder nein, halt, ich weiß es. Ich weiß, womit ich besser leben kann.

Aber wie konnte mir dann sechzehn Jahre später eine Karte ins Haus flattern, die mit »Dad« unterschrieben war? Hatte er mich irgendwie aufgespürt? Nein, unmöglich. Er wusste doch gar nicht, dass es mich gab.

Meine Welt war mit einem Schlag auf den Kopf gestellt worden und das Einzige, woran ich mich festhalten konnte, war der Stapel Glückwunschkarten vor mir.

Ich nahm die erstbeste in die Hand. Sie war von Großtante Rita, wie ich erkannte, noch bevor ich sie gelesen hatte. Auf dem Bild vorne tollten ein paar Frühlingslämmer herum und innen drin lagen zwanzig Pfund. Ich bekam jedes Jahr die gleiche Karte von ihr, nur der Geldbetrag war in die Höhe gegangen.

»Danke, Tante Rita«, sagte ich.

In meiner Hosentasche steckte die Dadkarte und eine Ecke stach mich in den Hintern, damit ich ja nicht vergaß, dass sie noch da war. Das machte mich nervös und meine Hand zitterte leicht, als ich den nächsten Umschlag aufriss.

Zum Glück entpuppte sich der Inhalt als super Ablenkung: Ein XXL-Kalender von Tante Lilah und Onkel Zé mit dem Titel »Täglich neu gestylt – originelle Frisuren für das ganze Jahr«. Auf jeder Seite war eine andere Frisur abgebildet, dazu eine Anleitung, wie sie gemacht wurde. Ich schlug die Frisur vom heutigen Tag auf:

Haarstylingidee für Montag, den 24. September:

ELEGANT BIS IN DIE NACHT

Ein paar Lockenwickler können Wunder wirken! Perfekt für eine wilde Clubnacht. Ein raffinierter Style, mit dem du aussiehst, als hättest du stundenlang beim Profi gesessen.

Auf der Skizze darunter konnte man sehen, wie die Lockenwickler eingedreht wurden, welche Größe man nehmen musste, wie lange sie drinbleiben sollten und welches Haarspray am geeignetsten war.

»Cooles Geschenk«, sagte ich ehrlich beeindruckt und ich wunderte mich ein bisschen, weil »cool« und »Tante Lilah« sonst gar nicht zusammengeht. Normalerweise hätte ich sofort überlegt, welche Frisur ich zuerst ausprobieren würde. Aber jetzt spukte mir nur ein Gedanke im Kopf herum, während ich den nächsten Umschlag öffnete: EINE KARTE VON DAD! DAD HAT MIR GESCHRIEBEN!

Ich weiß Bescheid über meinen Dad, weil in meiner Familie nie ein Geheimnis daraus gemacht wurde. Bei uns wird immer alles lauthals diskutiert, warum also nicht dieses Thema? Und es vergeht kein Geburtstagsessen, an dem Tante Lilah nach den peinlichen Babygeschichten nicht auch noch die ganze Internetstory auspackt, der ich meine Existenz verdanke: Wie sehr Mum sich ein Baby gewünscht hat und dass das Internet damals noch ziemlich neu war. Die Verbindungsgeschwindigkeit war so langsam, dass Mum in diesem Jahr praktisch ein Darlehen aufnehmen musste, um ihre Telefonrechnung zu bezahlen, weil sie so viele Stunden im Internet recherchierte. Während Tante Lilah diese Geschichten vom Stapel lässt, sitzt Mum nur stumm neben mir, quetscht meine Hand und strahlt mich an. Bis sie irgendwann den Faden an sich reißt und erzählt, wie sorgfältig sie den Spender ausgewählt hat und wie großzügig es von den Männern ist, ihren Samen zu spenden. Dann dreht Onkel Zé sich zu mir um und sagt gerührt: »Eine bessere Tochter als dich hätte ich mir gar nicht wünschen können«, und meistens fügt er noch hinzu: »Aber keine Jungs, bevor du fünfundzwanzig bist, verstanden?«

ALLES GUTE ZUM FÜNFZEHNTEN GEBURTSTAG, SADIE! IN LIEBE, DEIN DAD XX. Ich musste pausenlos daran denken. Das war doch nicht möglich. Wie sollte das gehen?

Dann öffnete ich die nächste Karte.

»Ich bin so stolz auf dich«, hatte Mum in ihrer krakeligen Handschrift geschrieben. Jetzt strahlte sie mich über den Tisch hinweg an und ihre blauen Augen schimmerten schon wieder verdächtig, obwohl wir noch gar nicht bei der Internetstory angekommen waren. Ich liebe Mum, ehrlich, aber dieses Getue an meinem Geburtstag macht mich fertig.

Ich öffnete gerade Mums Geschenkpäckchen, als mir das Zimmer vor den Augen verschwamm. »He, Vorsicht!«, hörte ich Onkel Zé am anderen Ende des Zimmers sagen, das sich plötzlich in einen langen dunklen Gang verwandelt hatte. Dann knallte mein Kopf in etwas Warmes, Weiches, das sich wie ein dickes Kopfkissen anfühlte.

Ich war tatsächlich in Ohnmacht gefallen, und Onkel Zé hatte schnell den Brandy hervorgeholt und mir damit so lange unter der Nase herumgewedelt, bis ich wieder zu mir gekommen war. Und jetzt merkte ich, dass das schöne weiche Kissen in Wahrheit der »Schweinebauch mit Reis« war.

»Oh, mein Gott!«, hörte ich Mum rufen, aber ihre Stimme klang, als käme sie aus einem tiefen Schacht. »Sie ist bewusstlos, Zé. Oh, mein Gott – tut doch was! Billy, ruf sofort den Krankenwagen!«

»*Ay naku,* Angela – beruhige dich! Sie ist doch nur umgekippt«, schrie Onkel Zé und drückte mir ein Glas in die Hand.

»Schrei gefälligst nicht so, Zé! Also, Sadie!«, brüllte Tante Lilah mir aus vollem Hals ins Ohr. »Kannst du mich hören?« Dann schlug sie mir auf die Wange. »Oh, na also! Alles in Ordnung, ihr geht's gut. Hier, ihr Blick wird schon klarer.«

»WOLLT IHR JETZT WOHL MIT DEM GESCHREI AUFHÖREN?«, donnerte Großtante Rita über den Tisch.

Mich hatten sie inzwischen auf die Couch gesetzt und Mum fächelte mir mit ihrer Geburtstagskarte Luft zu – mit der Karte, auf der »Ich bin so stolz auf dich« stand.

»Du lieber Himmel«, sagte Tante Lilah, »das muss die ganze Aufregung sein. Ich hab doch gleich gesehen, dass du blasser bist als sonst, Sadie. Aber ich dachte, es liegt an den blauen Haaren, dass deine Haut so kränklich aussieht.«

»Lila«, sagte ich. »Lila Haare.«

Mum lächelte mich an. »Trink deinen Brandy«, befahl sie mir energisch und zu Tante Lilah gewandt fügte sie hinzu: »Und du lässt jetzt endlich ihr Haar in Ruhe, ja?«

»Wieso? Es gefällt mir doch«, erwiderte Tante Lilah achselzuckend, »aber es ist blau.«

Ich trank meinen Brandy, der wie Feuer im Hals brannte. Bei uns zu Hause gibt es praktisch nie Alkohol und ich sah, wie Billys Augen gierig aufleuchteten, als die Flasche zu ihm kam. Er kippte seine Portion auf einen Zug hinunter, würgte laut und wurde knallrot. Zum Totlachen, mein Cousin. Er spielt den Coolen, hält sich für den größten Post-Rock-Gott aller Zeiten und in Wahrheit ist er nur ein dummer kleiner Junge, der Fotos von meiner exbesten Freundin Shonna unter seiner Matratze versteckt.

Es war geradezu unheimlich still, während alle an ihrem Brandy nippten. Alle außer Großtante Rita, die am Esstisch eingeschlafen war. Aus dem Augenwinkel sah ich, wie Billy über den Tisch griff und sein leeres Glas mit ihrem fast vollen vertauschte.

3

Das Glas ist halb leer

Sobald ich nach Hause zurückkam, lieh ich mir Mums Laptop aus, um meinen Stimmungsstatus upzudaten. Ich chatte auf einer Website, die sich *www.girlswholikeboyswhoplay-WoW.com* nennt. Ich bin zufällig darauf gestoßen, als mein nerdiger Cousin eine Phase hatte, in der er Tag und Nacht nur noch »World of Warcraft« gespielt hat. Und dann bin ich hängen geblieben, weil ich ja niemanden mehr zum Reden habe, seit zwischen meiner exbesten Freundin Shonna und mir Sendepause herrscht. Das Gute ist, dass mir auf dieser Seite garantiert niemand aus meiner Schule über den Weg läuft. Groovechick2 reagiert sonst meistens auf meinen Stimmungsstatus und wir chatten viel miteinander, aber ausgerechnet heute Abend, als es so viel zu erzählen gab, war sie nicht online.

»Total geschockt«, schrieb ich nur und hoffte, dass sie sich später einloggen und es sehen würde.

Dann klopfte Mum an meine Zimmertür.

»Nur herein ins Barbiereich«, sagte ich.

Peinlich, aber wahr: Ich habe immer noch meine alte Barbietapete an der Wand, und das ist echt ein wunder Punkt bei mir.

»Alles okay, Süße?«, fragte Mum besorgt. »Oder ist dir noch schwindlig?«

»Nein, alles gut«, log ich.

Mum hat ja keine Ahnung! Die Dadkarte steckte in meiner Hosentasche.

»Na, hoffentlich war es trotzdem ein schöner Geburtstag für dich«, sagte Mum und setzte sich auf meine Bettkante. »Fünfzehn, das ist in meiner Erinnerung ein tolles Alter.«

»So toll auch wieder nicht«, murrte ich. »Und du hast ein schlechtes Gedächtnis.«

»Warum bist du immer so negativ, Sadie?«, klagte Mum. »Bei dir ist das Glas nicht nur halb leer – nein, es hat auch noch einen riesigen Sprung. Konzentrier dich doch lieber auf die schönen Dinge, auf die du dich freuen kannst.«

»Zum Beispiel, dass ich dieses Jahr eine neue Tapete bekomme?«

Mum seufzte. »Ich meine die wichtigen Dinge des Lebens.«

Ich lachte. »Ja, klar, Mathedoppelstunden und Bio bei Mr Graves.«

Ich schauderte bei dem bloßen Gedanken daran. Im letzten Frühjahr hat Shonna Matthews, meine exbeste Freundin, die Internetstory in Bio ausgeplaudert. Der Anlass war total idiotisch: Als ob Neuntklässler nicht längst wüssten, wie ein

Baby entsteht, müssen Lehrer wie Mr Graves sich im Unterricht zum Affen machen, indem sie uns alles laut und deutlich erklären und mit peinlichen Diagrammen veranschaulichen. Es ist die reinste Folter für alle Beteiligten. Aber vielleicht soll es ja abschreckend sein. Ich meine, wenn so unattraktive Lehrer wie Mr Graves den Reproduktionsvorgang erklären, vergeht einem doch die Lust, es selber auszuprobieren!

Jedenfalls stand Mr Graves vor uns, die Mundwinkel voll Spucke, wie immer, wenn er sich ereifert, und schwärmte davon, dass 250 Millionen kleine Spermien in einem einzigen Ejakulat herumschwimmen und dass ein einziges genügt, um ein Ei zu befruchten. Wir pinkelten uns jedes Mal fast in die Hose vor Lachen, wenn er das Wort »Sperma« oder »Ejakulat« aussprach, bis Dena Barbulis plötzlich verkündete, dass sie ein In-vitro-Kind sei und dass es bei ihr folglich etwas anders abgelaufen sei. Dena will immer irgendwie a*nders* sein – sogar aus ihrer Zeugung muss sie noch eine Riesenshow machen.

Und plötzlich sagte Shonna: »Na und? Sadies Mum hat ihr Sperma im Internet gekauft.«

Totenstille breitete sich im Zimmer aus. Ich funkelte Shonna wütend an. Wie konnte mir meine beste Freundin so in den Rücken fallen? Vor der ganzen Klasse? Und nicht nur das, es war auch Verrat an meiner Mum und an Shonnas eigener Mum. Unsere Mütter haben uns schließlich aufgezogen, als seien wir ihre gemeinsamen Töchter. Mum hat Shonna gefüttert und gewickelt, sie in den Arm genommen und getröstet, wenn sie unglücklich war, und Shonnas Mum hat bei mir das Gleiche gemacht. Ich starrte Shonna in der tödlichen Stille fassungslos in die Augen und sie starrte herausfordernd zurück.

»Wieso? Was ist?«, formte sie mit den Lippen, dann kehrte sie mir den Rücken zu.

Hinter mir flüsterte jemand so laut, dass es bis in den letzten Winkel zu hören war: »Seit wann handelt E-Bay mit Sperma?«, und Mr Graves wurde knallrot im Gesicht und leckte sich mit schnellen Zungenstößen die Spucke aus den Mundwinkeln.

»Schlagt jetzt bitte eure Bücher auf Seite 24 auf und macht euch Notizen!«, rief er. Und seit diesem Moment rede ich nicht mehr mit Shonna. Deshalb, und wegen Tony Cruz, aber davon später.

Vierzehn war also ein beschissenes Jahr, und wie es aussah, würde sich daran so schnell nichts ändern. Ich habe Mum nichts davon gesagt, dass Shonna mich geoutet hat, weil sie sonst nur versucht hätte, den Streit unter den Teppich zu kehren und auf Friede, Freude, Eierkuchen zu machen. Mum findet immer einen Grund, um alles ins Positive zu wenden.

»Na gut, dann ist es jetzt heraus, jeder weiß Bescheid und es gibt nichts mehr, wofür du dich genieren musst«, hätte sie wahrscheinlich gesagt. Und mir den üblichen Vortrag gehalten, wie stolz sie auf mich sei und wie sorgfältig sie den Spender ausgewählt habe. Und dass es sehr großzügig von diesen Männern sei, ihren Samen zu spenden. Am Ende hätten wir uns in die Wolle gekriegt und ich hätte mir wieder mal anhören müssen, wie negativ ich war und dass ich immer alles herunterziehen würde. Nein, es war einfach bequemer, ihr nichts zu erzählen. Und deshalb ließ ich es.

»Also dann … Ich kann nicht den ganzen Abend hier rumsitzen und mir anhören, wie du über dein Leben stöhnst«, sagte Mum. »Ich muss um acht bei der Arbeit sein. *Das* ist ein Grund zum Jammern, glaub mir. Bleib nicht zu lange auf, Schmolli-Molli.«

Sie küsste mich auf die Stirn, blieb in der Tür stehen und äffte mein Schmollgesicht nach. Ich riss die Augenbrauen hoch und setzte ein idiotisches Grinsen auf.

»Ich kann auch lustig sein, wenn du willst«, sagte ich.

Mum schüttelte den Kopf und ging aus dem Zimmer.

Ich nahm meinen Schneewittchenspiegel, den ich habe, seit ich fünf bin, also fast so lange wie die Barbietapete. Wenn man zufällig den Knopf am Griff berührt, kreischt das Ding in voller Lautstärke los: »Spieglein, Spieglein an der Wand, wer ist die Schönste im ganzen Land?«, und genau das passierte natürlich. Ich starrte hinein, als suchte ich etwas. Das Mädchen, das mir aus dem Spiegel entgegenstarrte, hatte dunkles glattes Haar im Kleopatrastil mit frisch getönten lila Strähnchen. Eine ägyptische Königin, aber alles andere als makellos. Meine Haut, die sonst nicht das Schlechteste an mir ist, sondern schön olivbraun, war mit roten Flecken übersät. Die roten Flecken sahen wie Monsterpickel aus. Akne ist mein absoluter Albtraum, fast so schlimm wie die Vorstellung, dass ich eines Tages mit einer Hausfrauenkrause aufwache, wie Tante Lilah sie ihren Kundinnen verpasst. Meine »Kummerfalte«, wie Mum das nennt, hatte sich auch wieder eingestellt. Das ist eine steile Falte, die mitten auf meiner Stirn sitzt, aber nur zum Vorschein kommt, wenn ich mich aufrege.

Angewidert legte ich den Spiegel weg und wählte Billys Nummer. Es läutete ungefähr zweiundvierzigmal, bis der Anrufbeantworter anging und Billys Stimme an mein Ohr drang. Es sollte wahrscheinlich megacool klingen, kam aber nur verklemmt rüber. »Hi, hier ist Billy. Bin gerade nicht zu sprechen, weil ich meine Gitarre stimme, aber wenn du Lust hast, kannst du später mit mir jammen.«

Ich wählte gleich noch mal und nach dem zweiten Läuten schnaufte mir jemand ins Ohr.

»Billy?«

»Was … was …. He, ich schlafe. Also jetzt nicht mehr!« Billy gähnte ins Telefon. So ein richtig unappetitlich ungeniertes Gähnen, das in einem lauten Rülpser gipfelte. Nett.

»Bist du betrunken?«

»Ja. Nein. Weiß nicht. Bin irgendwie ganz durcheinander. Ist ja auch kein Wunder. Du hast mich gerade voll aus dem Schlaf gerissen.«

»Sag mir, was vorher passiert ist, ja?« Ich musste es einfach hören, weil alles drunter und drüber gegangen war, nachdem ich meine Kopflandung im Schweinebauch hingelegt hatte. Und allmählich fragte ich mich, ob ich mir die ganze Sache vielleicht nur eingebildet hatte. Außer der Dadkarte, die mich von Zeit zu Zeit in den Hintern pikste. Sie war der knallharte Beweis, dass etwas Einschneidendes passiert war.

»Was soll das heißen, was vorher passiert ist? Aufgeweckt hast du mich und ich hatte … oh Mann, ich hatte so 'nen coolen Traum … Shonna Matthews kam auch drin vor, und sie war …«

Billys erotische Fantasien von Shonna Matthews waren wirklich das Letzte, was ich jetzt hören wollte.

»Ich meine, hab ich gerade eine Karte von meinem Dad gekriegt, oder nicht?«, fauchte ich ihn an. »Du hast es doch gesehen, Mann! Gib's zu!«

Schweigen in der Leitung, dann wieder Schnaufen und noch ein Gähnen/Rülpser.

»Nein?«, behauptete Billy allen Ernstes, wenn auch mit einem leisen Fragezeichen dahinter.

»Nein.« Da bitte – er sagte es noch mal.

»Das heißt …« Jetzt relativierte er es.

»Ich meine …« Und dann versaute er alles: »Ich meine, du hast gerade eine Karte von einer Person bekommen, die mit ›Dad‹ unterzeichnet hat. Von deinem echten Dad kann sie ja nicht gut sein, oder? Er weiß doch gar nicht, wer du bist und wo du wohnst. Er weiß nicht mal, ob du überhaupt existierst. Das war schließlich alles anonym. Deine Mum wird ein paar Daten von ihm bekommen haben, aber nicht umgekehrt.«

Natürlich wusste ich das alles und mir war auch klar, dass ich von Billy keine Höflichkeitslüge erwarten konnte. Billy ist ein Faktenmensch. War er schon immer. Er hat in seinem ersten Kindergartenjahr eine Enzyklopädie verschluckt und mit einem Weltatlas unterm Kopfkissen geschlafen. Und seit der achten Klasse hat er nächtelang World of Warcraft gespielt, bis er total gaga war. Manchmal surrt und piept er nur noch, statt anständig zu reden – dann versteht ihn außer seinen nerdigen Fakten-Freunden kein Mensch mehr. Billy interessiert sich nur für Dinge, die man beweisen kann. Er ist nicht die beste Anlaufadresse für Trostbedürftige. Mit anderen Worten, er sagt einem selten, was man hören will.

»Oh«, stieß ich hervor. »Ja.«

Ich zog die Dadkarte aus meiner Hosentasche und starrte angestrengt darauf. Ich hatte sie noch gar nicht richtig angeschaut. Auf der Vorderseite prangte ein leuchtend bunter Blumenstrauß – Tulpen vielleicht? Keine Ahnung. Es war eine Karte, die man höchstens einer alten Frau schickt und nicht einem jungen Mädchen. Selbst die Handschrift war falsch – rund und unentwickelt. Kindlich. Jedenfalls nicht, wie ich mir die Handschrift meines Dads vorstellte.

Dann war es also nur ein Streich? Ein hässlicher, dummer Streich. Aber wer steckte dahinter?

In Bio sitzen gleich einunddreißig Verdächtige, aber nur eine ist zu einer solchen Gemeinheit fähig: Shonna Matthews.

4

Ich werde ihn finden

Kaum hatte ich Billy Tschüs gesagt und den Hörer aufgelegt, kamen mir die Tränen und verschmierten den Mascara. Ich würde die Karte in tausend Fetzen zerreißen. Aber erst morgen. Vor Shonnas Augen, weil ich mir todsicher war, dass die Karte von ihr stammte. Ja, genau – ich würde die Fetzen in Mathe auf sie herunterrieseln lassen wie eine Tüte Konfetti. Oder ich zerkaute die Karte und spuckte sie ihr ins Gesicht. Oder ich … ich …

Plötzlich merkte ich, dass meine Rachepläne einen Haken hatten: Wenn ich Shonna mit der Karte konfrontierte, gab ich zu, dass ich verletzt war – dass ich mir wünschte, sie wäre echt gewesen. Und wenn ich ganz ehrlich war, wollte ich mir eine winzig kleine Chance bewahren, dass die Karte vielleicht wirklich echt war. Denn das war theoretisch noch möglich. Oder?

Deshalb kramte ich das Dadbuch hervor, das Mum vor Jahren für mich angelegt hat, als ich noch ein kleines Mädchen war. Als sie noch *mit* mir über Gott und die Welt redete statt über meinen Kopf hinweg. Als ich noch nicht so »negativ« war, obwohl ich ihr damals viel unangenehmere Fragen gestellt habe als heute. Zum Beispiel, ob es nicht egoistisch von ihr war, allein ein Kind in die Welt zu setzen, statt darauf zu warten, dass ihr der richtige Mann begegnete.

»Natürlich war es egoistisch, Herzchen«, hat Mum geantwortet. »Es ist immer egoistisch, Kinder in diese Welt zu setzen, aber das gilt für normale Elternpaare genauso. Die Frage ist doch nicht, ob man Kinder braucht, sondern ob man sie will. Und ich wollte dich, Süße. Du bist ein hundertprozentiges Wunschkind und wenn ich auf den ›Richtigen‹ gewartet hätte, dann wärst du jetzt nicht da. Den Richtigen gibt es nämlich nicht, wenn du mich fragst. Na ja, außer für Tante Lilah natürlich, die hat ihn gefunden.«

Und in diesem Punkt muss ich ihr ausnahmsweise Recht geben. Ehrlich, wenn ich an die beiden Dates denke, die Mum meines Wissens in den letzten fünfzehn Jahren hatte, müsste ich vor Freude an die Decke springen, dass keiner davon mein Dad war. Mit einem dieser Blödmänner ein Kind in die Welt zu setzen, wäre viel egoistischer gewesen, als einen Dad via Samenspende sorgfältig im Internet auszuwählen.

Aber Mum und ich reden längst nicht mehr über diese Fragen und haben inzwischen nur noch Statistenrollen in Tante Lilahs Version der Ereignisse, die sie jedes Jahr an meinem Geburtstag zum Besten gibt. Wir reden überhaupt nicht mehr richtig miteinander, meine Mum und ich.

Im Dadbuch gibt es nur ein einziges Foto von meinem Erzeuger. Darauf ist er als kleines Baby zu sehen, wo er ein bisschen so aussieht wie Winston Churchill, mit spärlichem blondem Flaum auf dem Kopf und einem Gesicht wie eine Kartoffel. Vielleicht ist es gar nicht von meinem Dad, sondern ein x-beliebiges Babyfoto. Das Winston-Churchill-Baby hat jedenfalls keinerlei Ähnlichkeit mit mir als Baby. Ich war schon immer ziemlich klein und habe braune Augen, so wie Billy. Und ich hatte den Kopf voll schwarzer Kringellöckchen. Dunkel sind meine Haare immer noch, aber nicht mehr lockig, sondern glatt wie die von Onkel Zé.

Wenn ich mir vorstelle, wie oft ich das Foto von »Dad« angestarrt habe – vielleicht weil ich insgeheim hoffte, irgendwann doch noch eine Ähnlichkeit zu entdecken, einen Beweis, dass ich bin wie er, fremd und anders, nicht so streitsüchtig und durchgeknallt wie Mums Familie. Das heißt nicht, dass ich meine Familie nicht liebe, aber es gibt Zeiten, da halte ich es keine fünf Minuten im selben Raum mit ihnen aus, ohne dass ich sie alle nacheinander umbringen möchte – langsam und genüsslich. Und außerhalb unserer vier Wände, also ich meine, in der Öffentlichkeit, ist es noch viel schlimmer. Ich kriege schon Pickel, wenn ich nur dran denke. Zum Beispiel im Zug, wenn der ganze Lärm immer von meiner Familie stammt, oder wenn sie im Restaurant jeden Kellner zur Verzweiflung bringen mit ihren tausend Lebensmittelallergien und sonstigen Marotten. Ich habe mal irgendwo den Spruch gehört: Familie, das sind Menschen, die täglich miteinander essen, obwohl sie sich am liebsten gegenseitig vergiften würden. Und so wie wir uns manchmal in die Wolle kriegen, kann ich das nur bestätigen.

Ich blätterte die Seite mit dem Dadbrief auf – nur ein paar Zeilen, die er vor circa sechzehn Jahren für die Samenspender-Website geschrieben hat, um zu begründen, warum er seinen Beitrag leisten wollte. Ich weiß noch gut, wie ich früher oft stundenlang das Foto angestarrt und die Erklärung dazu gelesen habe:

»Ehrlich gesagt, ist es ein komisches Gefühl, das hier niederzuschreiben – als würde ich einen Liebesbrief an jemanden verfassen, den ich nie gesehen habe. Aber keine Angst, ich will keine Weisheiten verbreiten, weil ich dafür weder alt noch weise genug bin. Wenn du das hier liest, wirst du vermutlich wissen wollen, wer dein biologischer Vater ist. Also, das bin ich, und einer der Hauptgründe, warum ich mich zu diesem Schritt entschlossen habe, war die Kinderlosigkeit eines befreundeten Paares, das sich verzweifelt nach einem Kind sehnte. Dadurch wurde mir zum ersten Mal bewusst, wie viele Menschen, die bestimmt tolle Eltern wären, auf Kinder verzichten müssen, weil sie keine bekommen können.

Ich hoffe, du hattest bisher ein schönes Leben. Und bestimmt hast du längst begriffen, was ich selbst erst mühsam lernen musste: dass das Leben sehr lang und sehr seltsam, aber wunderschön ist. Ich bin stolz und glücklich, dass ich mithelfen durfte, dich in die Welt zu setzen und eine neue Familie zu schaffen, die dich liebt und für dich sorgen wird. Genieße dein Leben.«

Ich weiß, es ist lächerlich, aber manchmal vergrabe ich meinen Kopf in dem Brief und weine, wenn ich von der Schule nach Hause komme – zum Beispiel nach der Biostunde bei Mr Graves. Keine Ahnung, warum. Der Typ hat ja nichts wirklich Tiefgründiges oder Persönliches gesagt. Aber der Brief beweist mir, dass mein biologischer Dad, dem ich die Hälfte meiner Gene verdanke, ein Mensch aus Fleisch und Blut ist und nicht nur etwas aus einem Reagenzglas. Und selbst wenn die Geburtstagskarte nicht echt ist, wie Billy meint … also das ändert nichts daran, dass ich irgendwo in der Welt draußen einen leiblichen Vater habe. Einen Dad, der diesen Brief geschrieben hat, der meine Tante Lilah nie gesehen hat und der von Großtante Rita noch nie zu Tode erschreckt wurde. Ein Dad, der mir etwas von sich gegeben hat, nur mir allein und keinem anderen in meiner Familie.

Plötzlich wusste ich, was ich tun würde, und textete Billy:

SD: Muss ihn finden.
Billy: Was?
SD: Ich werde ihn finden.
Billy: Wen?
SD: Meinen Dad. Wen denn sonst, Mann?
Billy: Cool. ;)
Zzzzzzzzzzzzzzzzzzzzzzzzzzzzzzzzzzzz

Jetzt ging es mir endlich wieder besser. Ich holte Mums Laptop hervor und loggte mich ein. Zum Glück war

Groovechick2 online. Ich hatte ihr eine Menge zu erzählen.

Stimmungsstatus: Total geschockt.

Groovechick2: Wasnlos?
SayD: Hab zum Geburtstag ne Karte von meinem Dad gekriegt.
Groovechick2: Dachte, du hast keinen.
SayD: Hab ich auch nicht. Deshalb bin ich ja so geschockt.
Groovechick2: Meinst du, da hat dir wer n Streich gespielt?
SayD: Mhm. Bin total fertig. Ist schon schlimm genug, dass in der Schule alle Bescheid wissen.
Groovechick2: Hast du jemandem von der Karte erzählt?
SayD: Nö. Nur meinem Cousin Billy.
Groovechick2: Warum nicht?
SayD: Wills für mich behalten. Sonst hab ich die alle an der Backe.
Groovechick2: Und was machst du jetzt?
SayD: Ihn suchen. Meinen Dad. Ich werde ihn finden.
Groovechick2: Cool.
SayD: Er muss ja irgendwo sein. Ich werde ihn finden, schon allein, um dem Idioten, der mir die Karte geschickt hat, eins reinzuwürgen.
Groovechick2: Waren das diese Mobbing-Tussi und ihr Anhang? Die Fiesgirls?
SayD: Wer sonst?
Groovechick2: Echt gemein.

5

Shonna Matthews hasst mich

Haarstylingidee für Dienstag, den 25. September:

Glamour-Frisur mit glänzender Aussenwelle oder Ringellocke

Braucht jede Menge Volumen von unten her, damit die Tolle hält. Das Haar bis zur Wurzel durchtoupieren, Stylingspray in die Spitzen kneten und dann beim Föhnen mit der Metallrundbürste aufdrehen oder – für die Locke – einen Wickler reinmachen.
Bereit für den großen Auftritt?
Genieße dieses Gefühl!

Am Tag nach meinem fünfzehnten Geburtstag, an dem ich die Dadkarte erhalten und beschlossen hatte, meinen Dad zu suchen, erwachte ich bei strahlendem Wetter. Die Sonne spickte durch die Jalousien und warf helle Streifen auf meine Barbietapete, die so gnadenlos peinlich ist, dass sie schon fast wieder was Kultiges hat. Ich fühlte mich frisch und ausgeruht – wie neugeboren –, als sei das Leben ein unberührtes weißes Blatt Papier. Leider hielt das Gefühl nur wenige Sekunden an, bis mir wieder einfiel, dass ich ja in die Schule und somit Shonna Matthews gegenübertreten musste.

Vor einem Jahr hätte ich es kaum erwarten können, in die Schule zu rasen und Shonna die Dadkarte zu zeigen. Ich hätte ihr schon beim Geburtstagsessen eine SMS geschickt – direkt vor meiner Kopflandung im Schweinebauch –, und sie hätte sofort zurückgetextet. »Na und?«, hätte sie geschrieben: »Sag mir lieber, was für eine Perücke Großtante Rita trägt. Das ist viel spannender«, oder etwas in der Art, weil Shonna gern lästert. Manche Leute halten sie deshalb für »unsensibel« und »herzlos«, aber Shonna findet eben an allem was zu lachen, so ist sie nun mal.

Vor einem Jahr hätte es allerdings gar keine Dadkarte gegeben, denn ich war mir 99,9-prozentig sicher, dass Shonna hinter diesem geschmacklosen Streich steckte.

Seit zwischen Shonna und mir Funkstille herrscht, habe ich keine Freunde mehr. Ich bin eher schüchtern und kann nicht so gut Kontakte knüpfen. Musste ich bisher auch nicht, weil ich ja Shonna hatte. Alle meine anderen Freunde habe ich durch sie kennengelernt, und seit wir zerstritten sind, sind auch die Freunde verschwunden. Ich kann mich auch nicht einfach in eine andere Clique reinquetschen, denn in der neunten Klasse sind die Würfel gefallen und die Freundschaften verteilt, sodass ich jetzt nur noch Groovechick2 habe, von der ich nicht mal weiß, wo sie wohnt. Und ob sie überhaupt eine »sie« ist. Ich meine, sie könnte auch ein fünfundvierzigjähriger alter Knacker sein, der sich als Mädchen ausgibt, damit er uns arme Online-Loserinnen besser anbaggern kann. Aber egal. Ich werde Groovechick2 sowieso nie kennenlernen. Ich chatte nur mit ihr. Und im wirklichen Leben verbringe ich meine Zeit damit, Shonna und ihrer Clique aus dem Weg zu gehen.

Nach dem Frühstück schlug ich meinen Kalender beim Haarstyling von heute auf und machte mich an die Glamour-Frisur mit glänzender Außenwelle. Das Ergebnis sah cool aus – was wahrscheinlich an dem Glättungsserum lag, das ich verwendet hatte, bevor ich die Spitzen aufdrehte. Als Shonna und ich noch befreundet waren, haben wir uns stundenlang gegenseitig die Haare gestylt. Die erste Frisur, die wir perfekt beherrschten, war der »Französische Zopf«. Das war in der Achten und wir haben einen Trend damit losgetreten, der die ganze Schule erfasste.

Ich will mich ja nicht selber loben, aber ich habe mehr Talent zum Stylen als Shonna und seit wir nicht mehr miteinander reden, sehen ihre Haare oft ziemlich ungepflegt und langweilig aus, was ihr mit mir nicht passiert wäre. Ich bin mit meinen Haaren extrem experimentierfreudig und muss mir dann von der Oberstilikone Tante Lilah anhören, dass ich wie eine Kreuzung von Wednesday Addams und Emily the Strange aussehe.

Ich will später mal Friseurin werden – aber nicht so wie

Tante Lilah. Ich werde meinen Kundinnen keine Hausfrauenkrause oder »Rachels« verpassen oder andere Frisuren, die mal vor zwanzig Jahren der Hit waren.

Die Glamour-Frisur mit glänzender Außenwelle entpuppte sich als nicht besonders strapazierfähig. Im Ernstfall hätte sie nicht mal die Autofahrt zur Prom Night überstanden, und sie hielt kaum länger als mein vorsichtig gutes Gefühl. Noch vor der ersten Doppelstunde – Mathe – war mir klar, dass ich ein stärkeres Stylingspray auftreiben musste, weil die Außenwelle hoffnungslos abgesackt war, zusammen mit meiner guten Laune.

Ich holte tief Luft, als ich meine beiden Feindinnen vorne stehen sah – Shonna und ihre neue Trabantin Imelda. Sobald sie mich erblickten, grinsten sie sich an, als hätten sie sich gerade den besten Witz aller Zeiten erzählt. Die Dadkarte? Ich senkte den Kopf und machte mich so klein wie möglich (was mir nicht schwerfällt bei meiner Winzigkeit). Ich zwang mich, ruhig zu bleiben – einatmen, ausatmen –, aber meine Hände zitterten wie gestern Abend beim Essen und ich musste sie in die Tasche stecken, um meine Angst zu verbergen. Als ich an den beiden vorbeiging, schnellte plötzlich ein Fuß vor und im nächsten Moment lag ich platt auf dem Gesicht, aber nicht in einem weichen Schweinebauchkissen, sondern knallbäng auf dem Boden der Matheklasse. Ich hatte mir die Vorderzähne angeschlagen, und als ich aufstand, waren da sogar Blutstropfen.

Dann kam Kip zu mir herüber. Kip ist unser »Klassennetter«.

»Alles okay?«, fragte er.

Ich schmeckte Blut auf meinen Lippen und wischte es ab. Jetzt war es auch auf meinem Handrücken und selbst mein Mathebuch hatte etwas abbekommen.

»Nein«, sagte ich nur.

Hinter mir kicherte jemand. Shonna? Imelda?

Mir war zum Heulen, aber ich beherrschte mich, weil ich um keinen Preis vor Shonna weinen wollte. Eine schlimmere Demütigung kann ich mir nicht vorstellen. Ich saß also da und konzentrierte mich auf die Gleichungen an der Weißen Tafel.

$2x + y = 7$

$3x - y = 8$

Bis ich die Aufgaben gelöst und herausgefunden hatte, dass $x = 3$ ist und $y = 1$, hatte ich den Tränenandrang schon fast besiegt. Meine Augen blieben trocken, aber von meinem Mund tropfte immer noch Blut. Es sah ziemlich gruslig aus, als wollte ich die Klasse mit einer lebensechten Vampir-Performance überraschen.

Hinter mir entstand Bewegung, weil jetzt Mr Stone zur Tür hereinstürzte, wie immer fünf Minuten zu spät und ganz aufgelöst und flattrig. Warum kann er nicht einfach mal pünktlich sein? Dann würde er vielleicht mitbekommen, was hier abgeht, und Shonna und Imelda hätten mir kein Bein stellen können.

»Ach du liebe Güte, geh nur schnell zur Schulschwester«, sagte Mr Stone, als er das Blut sah. »Shonna bringt dich hin, ja?« Er griff sich Shonna, bevor sie an ihren Platz zurückhuschen konnte.

»Ja, Sir«, sagte sie und funkelte mich an. Wenn Blicke töten könnten, wäre ich auf der Stelle tot umgefallen. Warum hasst sie mich so?

Mr Stone hat uns wahrscheinlich noch als beste Freundinnen abgespeichert. Aber das ist ein Irrtum. Ich hasse Shonna und sie mich. Eine einfache Gleichung. Ich weiß nur bis heute nicht, wie wir von der einen einfachen Gleichung zur anderen gekommen sind.

Shonna + Sadie = beste Freundinnen

(Shonna)x + Sadie = schlimmste Feindinnen

Und Imelda wäre dann = x.

Jedenfalls ging ich mit Shonna aus dem Zimmer und dann den Flur entlang. Vorsichtig schielte ich zu ihr hoch. Ihre blöde Hochsteckfrisur sah noch viel rattiger aus als sonst. Gut.

»Was ist? Was hab ich gemacht?«, sagte sie, als sie meinen Blick auffing – als sei sie ein nettes Mädchen, als sei sie wieder meine beste Freundin.

»Du hast mich verletzt«, sagte ich und wie auf ein Stichwort tropfte mir das Blut aus dem Mund. Ich starrte sie an und wünschte mir im Stillen, sie würde sich zu mir umdrehen, so wie früher, wenn wir gestritten hatten, und sagen: »Na und? Du lebst doch noch«, und dann losprusten, bis ich mitlachen würde. Wir würden kreischen vor Lachen und uns gar nicht mehr einkriegen, wie alle besten Freundinnen auf der Welt.

Aber Shonna starrte mich nur an und sagte: »Das war ich nicht – du bist gestolpert. Aber wenn du unbedingt einen Sündenbock brauchst, bitte, du gestörte Kuh.«

Dann lieferte sie mich bei der Schulschwester ab und stürzte davon. Wahrscheinlich, um eine hinter den Mülltonnen zu rauchen, ehe sie zu Mathe zurückging. Seit Shonna mit Imelda herumhängt, stinkt sie immer nach Zigaretten.

Ich ging ins Schwesternzimmer, setzte mich auf den Plastikstuhl und fühlte mich hundeelend, fast so schlimm, wie es hier drin aussah. Die Schwester konnte nicht viel für mich tun. Ich hatte nur eine dicke Lippe und einen abgesplitterten Zahn. Ein kalter Umschlag und ein Termin beim Zahnarzt, und das war's dann.

Bis zur Mittagspause schwoll meine dicke Lippe bereits ab. Ich wagte mich an mein Schließfach, um meine Pausenbrote zu holen. Dann ging ich zum Probenraum, wo Billy immer mit seiner Band herumhängt. Billy, seine Band … und Tony Cruz.

6

Kleine Randbemerkung über Haare und Frisuren

Dass sich Tony Cruz, der süßeste Junge an der Schule, überhaupt mit Billys Band eingelassen hat, liegt einzig und allein an Billys Frisur, die ich höchstpersönlich auf Vordermann gebracht habe. Okay, ich glaube, die beiden kannten sich schon länger (über die Post-Rock-Szene und ihre Gitarrenleidenschaft, also bevor meine Schere Wunder wirkte), aber der coole Haarschnitt besiegelte den Deal. Wenn es für Haarstyling ein Bewertungssystem gäbe, so wie für World of Warcraft, dann hätte ich mindestens Level 6 erreicht. Ich habe mir jede Menge Gedanken gemacht und genau ausgetüftelt, worauf es beim Haarstyling ankommt. Nicht nur bei meinem Cousin Billy, sondern bei jedem künftigen Kunden, der auf der Suche nach einem anständigen Schnitt ist.

Bevor ich meine Theorien über den Beruf des Haarstylisten zum Besten gebe, hier noch ein paar Worte zum Friseursalon meiner Tante. Tante Lilahs Taufname ist »Delilah«, und so heißt auch ihr Salon. »Delilahs« – also ehrlich! Ohne einen

Funken Selbstironie. Delilah ist übrigens eine Frau in der Bibel, die ihrem Mann im Schlaf die Haare abschnitt und ihn auf diese Weise seiner Manneskraft beraubte. Ich meine, geht's noch?

Und der Name ist nicht das Einzige, was am »Delilahs« falsch ist. Kein Wunder, dass der Laden nicht brummt! Was nicht heißt, dass Tante Lilah nicht gut schneiden kann. Das ist nicht der Punkt. Sie hat eine lange Liste von Stammkundinnen, die regelmäßig zur Dauerwelle oder zum Entkrausen kommen, aber trotz ihrer fünfundzwanzigjährigen Berufserfahrung hat sie keine Ahnung, worauf es wirklich ankommt, sonst wäre sie längst zum nächsten Level aufgestiegen.

Die Sache ist doch die: Wenn man die Leute nach dem beliebtesten Haarschnitt der letzten zehn Jahre fragt, sagen sie wahrscheinlich »Bob« oder »Pixie-Cut«. Das sind auch die bekanntesten, aber komischerweise weiß niemand, dass lange Haare bei Frauen immer noch die beliebteste Frisur sind. Mehr berufstätige Frauen = mehr Kurzhaarschnitte, sollte man meinen, aber das ist Unsinn. Kurze Haare müssen viel mehr gestylt werden, damit sie gut aussehen. Eine Frau, die mit kurzen Haaren feminin wirken will, muss sich morgens jede Menge Make-up ins Gesicht klatschen. Vor allem braucht sie Zeit – und Geld für den Friseur. Lange Haare dagegen wirken von Natur aus feminin – außer der fettigen Hippieversion (mit Mittelscheitel) natürlich –, und wenn man mal keine Zeit zum Waschen hat, kann man sie einfach hochstecken. Aber das Beste ist: Man muss nicht dauernd zum Friseur rennen.

Tante Lilah bestärkt ihre Kundinnen darin, die Haare lang zu lassen, und das ist ihr Fehler. Ein Friseur, der Geld verdienen und zum nächsten Level aufsteigen will, muss den Frauen Kurzhaarfrisuren andrehen. Alles andere ist sinnlos. Die Achtzigerjahre müssen eine richtige Boomzeit für das Friseurgewerbe gewesen sein, weil damals alle Frauen kurze Haare und Powerbobs hatten, und selbst wenn sie ihre Haare lang trugen, wurden sie zu Tode gewellt. Das alles habe ich längst durchschaut, obwohl meine Friseurlaufbahn noch gar nicht angefangen hat. Und ich weiß, dass ich als Friseurin Level 80 erreichen werde, einfach weil ich den finanziellen Aspekt einer guten Frisur verstehe und nicht nur gut schneiden kann. Es kommt darauf an, einen Stil zu kreieren, der toll aussieht, aber extrem aufwendig ist und nur vom Profi umgesetzt werden kann – anstatt hausgemacht im Wohnzimmer.

Im vorletzten Sommer haben Shonna und ich im Berufspraktikum ein Geschäftsmodell für unseren künftigen Friseursalon »Hair Brain« entwickelt: Ich war die Chefstylistin und Shonna war für Buchhaltung und Organisation zuständig. Shonna Matthews hat null Stylingtalent, ehrlich, aber sie kann jeden um den Finger wickeln. Mit oder ohne Tricks. Wenn sie zum Beispiel irgendwelche Jungs herumkriegen will, redet sie ganz leise, damit sie sich zu ihr vorbeugen müssen. »Das funktioniert immer, Sadie, probier's nur mal aus.

Du redest so leise, dass sie sich zu dir vorbeugen und auf deine Lippen starren, und ehe du Piep sagen kannst …«

Mit anderen Worten, Shonna war das perfekte Aushängeschild für unseren Laden. Billy stellte sich als erster »Kunde« zur Verfügung, weil Shonna ihn natürlich sofort herumkriegte. Er hat heute noch ein Foto von ihr unter seiner Matratze: Shonna als Dorothy im »Zauberer von Oz« bei der letzten Schultheateraufführung. Und dieser Idiot denkt, ich weiß es nicht.

Jedenfalls verpassten wir ihm einen neuen Schnitt und brachten seine Haare in Ordnung, die vorher absolut unmöglich waren – fettig und trocken, platt und kraus, alles auf einmal. Man sollte die Macht eines stylishen Haarschnitts nicht unterschätzen: Bei Billy wirkte es wie ein Mutagen. Mein Cousin wurde über Nacht ein anderer Mensch, so wie die Schildkröten zu Ninjas wurden. Von da an ging er nicht mehr mit dem Weltatlas ins Bett oder spielte die halbe Nacht *World of Warcraft*, sondern lernte Elektrogitarre und alles, was es darüber zu wissen gibt. Tony Cruz und Billy wurden Freunde – sofern man bei zwei Typen, die sich hauptsächlich mit Surren und Klicken verständigen, von Freundschaft reden kann. Jedenfalls warfen sie sich ihren Gitarrenslang an den Kopf: »He, was ist mit dem G-Akkord?«, oder: »A-Moll, Kumpel!«, oder was auch immer. Und plötzlich hatte Billy die angesagteste Band, um die sich alle rissen, und als Leadsänger Tony Cruz, mit dem alle Mädchen an der Schule gern geknutscht hätten. Ich will nicht behaupten, dass das alles mein Werk war, aber ich habe die Macht. Mehr will ich nicht sagen.

Die meisten Mädchen an meiner Schule sind in Tony Cruz verknallt oder finden ihn zumindest total süß, aber Shonna Matthews, die seit der Grundschule meine beste Freundin war – nein, vorher schon, im Kindergarten –, war immer richtig in ihn verliebt. Mehr als ich sogar. Und das Komische ist, dass ich jetzt, seit ich nicht mehr mit Shonna rede, weil sie mich als Samenbankgirl des Jahres geoutet hat, immer öfter mit Tony herumhänge, nur um von ihr wegzukommen. Was ihr garantiert gewaltig stinkt.

7

Tony Cruz ist echt süß, aber er nickt zu viel

Auf dem Weg zum Probenraum musste ich bei der Bibliothekstreppe an Shonna und Imelda vorbei. Ehrlich, es gibt zweitausend Schüler an meiner Schule, aber irgendwie treffe ich immer auf die beiden. Sie starrten mich an, dann rief Imelda mir nach: »Happy birthday, Sadie!«

Als Nächstes hörte ich Shonna zischen, dass sie die Klappe halten sollte. Mir kribbelte die Kopfhaut unter meiner Glamour-Frisur mit Außenwelle, die inzwischen total abgeschlafft war. Ich rief mir die Handschrift auf der Dadkarte in Erinnerung. War es die von Shonna? Oder vielleicht sogar Imeldas? Und würden die beiden so was wirklich tun? Na klar doch. Ohne die geringsten Skrupel. Wütend riss ich die Tür zum Probenraum auf.

Der Probenraum der Schule war gut schallisoliert, sodass einem fast das Herz stehen blieb, wenn man von draußen hereinkam und drinnen gerade eine Band probte. Der Lärm traf mich wie ein Tsunami, zusammen mit dem

Gestank. Es war heiß und stickig und es miefte nach Jungs und Schweiß und vergammelten Pausenbroten. Alle fünf Mitglieder von *Rock Dove* (denn so lautet der jämmerliche Name von Billys Band) waren da, droschen auf ihre Gitarren ein und brüllten was von bpm – das heißt Beats pro Minute – oder »zu viel Bass hier« oder »mehr Hi-Hat dort«.

»Hey, Sadie«, sagte Tony, als ich hereinkam und meine dicke Lippe hinter meiner »glatten Außenwelle« versteckte, »wie fühlt man sich so mit fünfzehn?«

Er legte seine Gitarre weg und kam zu mir herüber.

Ich kämpfte mit meiner totalen Jungslähmung, die mich manchmal überfällt, wenn ein süßer Typ mit mir redet. Mit letzter Kraft riss ich meine Schultasche auf und kramte blindlings darin herum, damit ich Tony Cruz nicht in die Augen sehen musste.

»Hey, Tony«, brachte ich endlich heraus, so beiläufig wie ich nur konnte, während ich weiter in meiner Schultasche wühlte. »Auch nicht anders als mit vierzehn, nur dass es eine Kerze mehr war.«

War das jetzt okay? Oder hörte ich mich wie der letzte Idiot an?

Aber Tony lachte. Dann konnte es nicht so schlimm gewesen sein, obwohl mein Gesicht mich garantiert verriet, weil ich schon wieder rote Flecken hatte, das spürte ich. Wie machen andere Mädchen das bloß? Mit Jungs reden, meine ich, besonders mit solchen wie Tony?

Tony Cruz ist eindeutig der bestaussehende Junge an der

Schule und natürlich gab es mir einen Kick, dass er meinen Namen wusste und noch dazu ein Gespräch mit mir anfing. Er ist groß und sportlich – wenn er nicht gerade in der Band spielt, punktet er beim Fußball oder Basketball (also gar nicht mein Ding) – und er hat dunkles, »naturgewelltes« Haar, wie Tante Lilah sagen würde. Tonys Augen sind blau, ein cooles Blau, das einem den Atem raubt, und er hat einen ganz weichen, fast mädchenhaften Mund mit einer winzigen Narbe über der Oberlippe, dazu ein kantiges Kinn, wie die Superhelden aus Billys Comicheften.

Nur eines gefällt mir nicht so gut an Tony: sein ewiges Nicken. Der Typ nickt zu allem. Egal was.

»Jaja, das ist cool, Billy«, sagt er zum Beispiel und wippt mit dem Kopf, und im nächsten Moment: »Nein, nein, nein, gar nicht cool«, zu was anderem, aber der Kopf wippt trotzdem weiter.

Das gibt ihm eine extrem positive Ausstrahlung, aber mich erinnert es an die bescheuerten Wackelhunde, die manche Leute im Auto haben. Zum Beispiel Onkel Zés Cousin Moss, der seinen Job hingeschmissen hat, um »in E-Bay ein Vermögen zu machen«, fährt so einen Tony-Cruz-Wackelhund spazieren, und letztes Jahr hat ihn seine Frau verlassen, weil sie nicht länger mit einem Typ zusammenleben wollte, der seinen Lebensunterhalt mit E-Bay verdient. Bevor sie ging, köpfte sie noch seinen Wackelhund.

Billy schaltete den Verstärker aus und kam herüber, und dann redeten wir miteinander. Als Erstes über meinen Unfall in Mathe, wie ich gestolpert und gestürzt bin. Ich weiß nicht, warum ich es als Unfall hinstellte. Vielleicht weil ich Shonna und Imelda nicht den Triumph gönnte, dass sie mir eins reingewürgt hatten. Oder vielleicht weil ich Angst hatte, was sie mit mir machen würden, wenn ich die Wahrheit sagte. Auf jeden Fall war ich richtig in Fahrt und es machte direkt Spaß, mit Tony Cruz zu quasseln, obwohl ich die ganze Zeit nur den einen Gedanken hatte: *He, Mann, du redest mit Tony Cruz! Du redest mit Tony Cruz, du redest mit Tony Cruz, du redest mit Tony Cruz!*, sodass ich mich kaum konzentrieren konnte.

Tonys süßer kleiner Kopf wippte immer eifriger auf und ab, also fing ich von meinem Geburtstag an und von den Betty Boop Uggs, die Mum mir geschenkt hat, und ehe ich michs versah, wisperte ich: »Ich hab auch eine Karte von meinem Dad bekommen!«

Vor Schreck biss ich mir auf die Lippen und es brannte wie Hölle. Ich musste mich beherrschen, um nicht laut aufzuschreien. War ich übergeschnappt? Warum hatte ich das gesagt? Vielleicht weil ich das schöne neue Gefühl wieder anfachen wollte, das ich heute Morgen gehabt hatte, als die Sonne in mein Zimmer schien?

Tonys Augenbrauen schossen in die Höhe, bis unter den Haaransatz, und er beugte sich weiter zu Billy und mir vor und senkte die Stimme, damit niemand hören konnte, was wir redeten. Und die ganze Zeit nickte er, dass ihm fast der Kopf abfiel. Der Typ war einfach immer so positiv, egal worum es ging. »Mann, das muss ja 'ne Überraschung gewesen sein«, sagte er und dann: Nicken. Nicken. Nicken.

»Ja – nur Billy und ich wissen davon.«

»Oh!«, sagte Tony und schaute Billy an. »OKAAAY«, und sein Kopf wippte munter weiter, »ihr wollt das geheim halten, oder was?«

»Ja«, bestätigte Billy mit hochgezogenen Augenbrauen, »und die Karte ist sowieso nicht echt.«

Na toll, Billy. Wie nett von dir, dass du mich gleich auf den Boden der Tatsache zurückbringst! Danke, wirklich.

»Trotzdem«, sagte ich, »auch wenn sie nicht echt ist – das hat mich zum Nachdenken gebracht. Ich werde jetzt meinen Dad suchen, so viel steht fest. Und ich mach das allein und, na ja, vielleicht noch mit Billys Hilfe.«

Was Tony dann sagte, ließ mich seinen Wackeldackelkopf eine Weile vergessen.

»Gute Idee. Deine Familie nimmt dir doch sonst alles aus der Hand, wenn du ihnen nur den kleinen Finger reichst. Besonders Billys Ma, falls du verstehst, was ich meine.«

»Klar«, sagte ich, »und ob ich das verstehe.« Und eine Sekunde lang war ich ehrlich gerührt über diesen klugen Kommentar. Tante Lilahs Mangel an Feingefühl scheint auf der ganzen Welt berühmt-berüchtigt zu sein.

Dann kam einer der anderen Typen mit einem lauten, jaulenden Akkord herein und Billy sagte etwas von »Sound«, und danach gab es kein Halten mehr. Tony und Billy mutierten wieder zu dummen kleinen Jungs und surrten und piepten sich an, bis ich mir völlig abgeschrieben vorkam.

Frustriert setzte ich mich in eine Ecke, um mit meinen Hausaufgaben anzufangen. Ich schwor mir, dass ich keinen Gedanken mehr an Tony Cruz' blaue Augen verschwenden würde, geschweige denn an seinen süßen Wackelkopf oder wie cool er war, wenn er mit der Band probte.

Ich musste unbedingt mit Groovechick2 darüber reden und sobald ich zu Hause war, ging ich ins Netz.

Stimmungsstatus: Ich mag einen Typ, der immer nickt.

Groovechick2: Hey, Sadie – und wer ist der Nick-Typ?
SayD: Na, der Nicktyp eben. Der immer nickt.
Groovechick2: Spielt er W.o.W.?
SayD: Neeeiin! Er ist ... coooool. Erst fand ich ihn nicht so gut, aber jetzt merke ich, dass ich ihn doch mag. Meinst du, er mag mich auch?
Groovechick2: Na klar – wieso nicht?
SayD: Weil ich klein & schüchtern bin & keine Freunde habe & meine Hände zittern, wenn ich nervös bin, & weil ich immer sofort Ausschlag kriege.
Groovechick2: Gibt's auch was Gutes an dir, SayD?
SayD: Ich kann gut Haare stylen.
Groovechick2: Du bist garantiert hübsch – Friseurinnen sehen immer gut aus. Und die Fiesgirls können dir egal

sein. Ich meine, wen kratzt es, ob sie dich mögen oder nicht?

SayD: Ach, der will eh nichts von mir. Das weiß ich einfach. Wie bring ich ihn nur dazu, dass er mich mag?

Groovechick2: Sei du selbst. Keine Spielchen. Was machen eigentlich deine Fiesgirls?

SayD: Die sind fies.

Groovechick2: Dann wehr dich.

SayD: Zu viel Angst.

Groovechick2: Quatsch. Du bist viel besser als die.

8

Ich habe keine Y-Chromosomen

Nachdem ich Mums Laptop heruntergefahren hatte, ging ich in mein Zimmer und schloss sorgfältig die Tür zum Barbiereich hinter mir. Ich brauchte jetzt Zeit für mich, um alles zu verarbeiten, was seit meinem Geburtstag passiert war, und dazu musste ich allein sein. Ich wollte nicht, dass Mum ihren Kopf zur Tür hereinstreckte, »um ein bisschen zu plaudern«, wenn sie von der Arbeit kam. Tony Cruz hatte völlig Recht: Die Dadkarte ging nur mich etwas an und es war besser, meine Familie rauszuhalten. Mum würde sofort alles an sich reißen, wenn ich ihr sagte, dass ich Kontakt zu meinem Dad aufnehmen wollte. Und sie würde total hysterisch werden und sich Vorwürfe machen, dass sie vielleicht »ihren Elternpflichten« nicht richtig nachgekommen war. Mum sagt zwar immer, dass sie mir helfen will, meinen Dad aufzuspüren, wenn der richtige Moment gekommen ist, aber ehrlich gesagt glaube ich nicht, dass es diesen Moment je geben wird. Natürlich hab ich sie über meinen Dad ausgefragt, als ich noch klein war, ziemlich oft sogar, und angeblich hat sie mir alle Informationen gegeben, die sie selber hat, also im Prinzip das, was in meinem Dadbuch steht. Winston-Churchill-Babyfoto plus Brief. Wenn ich ihr jetzt von der Karte erzählte und dass ich meinen Dad suchen wollte, und zwar allein, dann konnte ich sicher sein, dass sie sich einmischen würde. Sie würde darauf bestehen, mir bei der Suche zu helfen, und dann würden auch die anderen davon erfahren. Die Suche nach meinem Dad würde Thema Nr. 1 bei unseren wöchentlichen Familientreffs werden. So wie die Internetstory. Großtante Rita würde bei jeder Gelegenheit zu sticheln anfangen und Tante Lilah würde dieses winzige Puzzleteil, das nur mir allein gehörte, für irgendwelche dummen Sprüche missbrauchen.

Und deshalb wollte ich allein suchen.

Aber wie sollte ich das machen? Ich versuchte es mit einer Liste.

1. Name: unbekannt
2. Wohnort: unbekannt
3. Ausbildung, Beruf: keine Ahnung

Ich hatte schon alle Handtaschen von Mum durchwühlt (dreizehn im Ganzen), um zu checken, ob sie vielleicht etwas vor mir verheimlichte. Selbst ihre »Geheimschatulle«, in der sie meine Geburtsurkunde aufbewahrt, hatte ich mir vorgeknöpft. Und wenn wir einen Dachboden oder einen Treppenschrank gehabt hätten, hätte ich dort auch nachgesehen. Also was jetzt? Ich musste meinen Dad finden. Obwohl die

Karte wahrscheinlich nicht von ihm stammte, konnte ich seit meinem Geburtstag an nichts anderes mehr denken. Ich fragte mich die ganze Zeit, was er von mir halten würde, wenn er mich jetzt sehen könnte. Wie früher als kleines Mädchen stellte ich mir vor, dass mein Dad mir über die Schulter blickte, während ich ihm erzählte, was ich gerade machte. »Hier, schau mal, das ist mein Zimmer. Die Tapete stammt noch aus meiner Barbiephase und ich weiß, das ist oberpeinlich, aber Mum sagt, wir können uns im Moment keine neue Tapete leisten.« Oder: »Das dort drüben ist meine exbeste Freundin Shonna. Ihre Haare sehen grässlich aus, oder?«

Aber es war hoffnungslos. Wie soll man seinen biologischen Vater finden, den Mann, der einem seine Gene vererbt hat, wenn man nicht mal seinen Namen kennt und schon alle dreizehn Handtaschen mütterlicherseits durchsucht hat, ohne auf den mindesten Hinweis zu stoßen?

Es wurde Zeit, dass ich mir Hilfe holte.

»DNA«, sagte Billy. »Wir haben seine DNA. Oder vielmehr du hast sie.«

Ich lag auf dem oberen Bett in Billys Zimmer, in dem Stockbett, um das ich ihn früher heiß beneidet habe. Und während ich dort oben fläzte, tastete ich wie üblich unter seiner Matratze herum, weil ich wissen wollte, ob Shonna in ihrem Dorothy-Kostüm noch da war. Billy hat sich das Stück damals gleich dreimal angeschaut. Ich werde es nie vergessen, weil Shonna mir sagte, dass Billy ihr »langsam unheimlich«

wurde. Andere Mädchen wären ausgeflippt vor Freude, dass jemand wie mein Cousin Billy de Souza sich drei Abende hintereinander ein beschissenes Theaterstück anschaute, nur um sie darin zu bewundern. Aber Shonna natürlich nicht. »Ich will ja nichts gegen Billy sagen«, tönte sie stattdessen, »ich meine, er ist dein Cousin und alles, aber ehrlich gesagt, macht er mir Gänsehaut.« Wenn ich an solche gemeinen Sprüche denke, frage ich mich, was ich je an Shonna Matthews gefunden habe. Aber wenigstens lag sie jetzt nicht mehr unter Billys Matratze, wie ich mit Genugtuung feststellte.

»He, Sadie, da oben ist nichts – keine schmuddeligen Zeitschriften oder so«, sagte Billy plötzlich. »Brauchst gar nicht rumzutasten.«

»Tu ich ja gar nicht«, log ich und zog ein Heft namens *Guitar Now* hervor, auf dem eine Freddy-Zoom-Custom-Shop-Tribute-Silverjet-Gretsch-Gitarre abgebildet war. Also doch etwas.

»Ich seh, was du machst – hör sofort auf damit! Willst du, dass ich dir helfe, oder nicht?«

»Ja«, sagte ich, weil ich ohne Billys Faktenmensch-Superhirn eindeutig nicht weiterkam. Ich kann froh sein, dass ich ihn als Cousin habe – er ist der intelligenteste Mensch, den ich kenne. »Okay, Billy, ich brauch deine Hilfe. Ich weiß nicht mal, wo ich anfangen soll.«

»Also gut, ich hab ein bisschen recherchiert«, sagte Billy. »Auf den einschlägigen Websites«, und ich beugte mich über die Bettkante und starrte ihn kopfüber an.

»Websites?«, fragte ich. »Das kann man im Internet machen?«

»Es gibt Websites, da kannst du deine DNA hinschicken und prüfen lassen, ob jemand aus der Familie deines Vaters registriert ist.«

»Echt? Und das machen die Leute? Warum?«

Billy lehnte sich in sein Kissen zurück und seufzte durch die Nase. »Genealogie, wahrscheinlich.« Er zuckte die Schultern. »Leute, die Ahnenforschung betreiben – vielleicht denken sie, dass sie was erben können oder so.«

»Aber wie soll ich das machen? Wie soll ich meine DNA dorthin schicken? Muss man sich dafür Blut abnehmen lassen? Iiih!«

»Die DNA zu beschaffen, ist das geringste Problem«, sagte Billy kühl – meine Venen interessierten ihn offenbar überhaupt nicht.

»Für dich vielleicht – ist ja nicht dein Blut.« Mir kamen langsam Zweifel, ob ich das durchstehen würde.

»Wangenabstrich. Du schabst was von deiner Mundschleimhaut ab und schickst es weg.«

»Abschaben?«

»Ja, mit einem Wattestäbchen. Die schicken dir ein DNA-Set, aber meistens nimmt man ein Wattestäbchen.«

Oh, ich liebe Billy. Er ist so clever.

Wir fuhren also Billys Laptop hoch und klickten uns in die größte Website ein – *familiendna.com* –, aber als wir die Infos über die verschiedenen Tests lasen, kratzte sich Billy am Kopf und brummte irgendwas, weil alle Tests für Männer bestimmt waren, die ihre Väter suchten.

»Das Problem ist«, sagte er schließlich, »dass du kein Y-Chromosom hast.«

»Und was bedeutet das?«, fragte ich, obwohl ich mir die Antwort selbst geben konnte. Manchmal höre ich schließlich auch zu, wenn Mr Graves in Bio über Genetik und DNA spricht. (Die meiste Zeit sitze ich allerdings nur da, starre auf die Spucke in seinen Mundwinkeln und frage mich, ob seine Frau ihm je gesagt hat, dass er es abwischen soll, oder ob es ihr gar nicht mehr auffällt.)

»Die DNA im Y-Chromosom wird vom Vater an die Söhne weitergegeben, aber nicht an die Töchter. Jungen haben das X- und Y-Chromosom, aber Mädchen nur X. Das bedeutet, dass wir deinen Vater so nicht aufspüren können – dafür sind die Tests noch nicht weit genug. Du hast das X-Chromosom von deinem Vater – oder eigentlich das X-Chromosom von der Mutter deines Vaters –, sonst wärst du ein Junge.«

Ich schaltete allmählich ab. Das war zu viel Information auf einmal für mich.

»Aber diese Tests«, fuhr Billy fort, »können nicht mit dem X-Chromosom gemacht werden, sondern nur mit Y, und da ist bei dir leider Fehlanzeige.«

Na bitte, Fehlanzeige auf ganzer Linie – im Dadbereich und im Freundschaftsbereich sowieso, und jetzt auch noch bei den Chromosomen. Ich kletterte wieder auf Billys Stockbett hinauf und verkroch mich unter der Decke.

»Tut mir echt leid, Sadie«, sagte Billy. Es klang ehrlich, aber hier oben unter der Decke war es so schön kuschelig, dass ich keine Lust hatte, wieder herunterzukommen.

Am Ende trieb mich Shonna Matthews heraus – oder vielmehr das Bild von ihr im Sportdress, das ich in Billys Kissenhülle fand.

»Hast du das aus dem Jahrbuch ausgeschnitten, Billy?«

»Ähm … ja.«

»Abartig, echt.«

Vielleicht lag Shonna in Bezug auf Billy doch richtig. Ich vergrub meinen Kopf wieder unter dem Kissen.

»Sadie«, hörte ich Billy sagen, »warum fragen wir nicht deine Mum nach ihm? Zeig ihr doch deine blöde gefakte Geburtstagskarte und FRAG SIE! Selbst wenn sie dir nichts sagen kann, weiß sie vielleicht, wo du suchen musst.«

Okay. Abgesehen von dem Problem mit der übergriffigen Familie hatte Billy ja Recht. Vielleicht war es besser, in den sauren Apfel zu beißen, nach Hause zu gehen und Mum zu fragen, anstatt ihre dreizehn Handtaschen zu durchwühlen und mit Wattestäbchen in meiner Mundhöhle herumzufummeln?

Aber ich konnte Mum nicht fragen.

Es ging einfach nicht.

Oder doch?

9

Niemand hört mir zu

Okay. Was Billy sagte, war im Prinzip richtig. Der einfachste und direkteste Weg, etwas über meinen Dad zu erfahren, ging über Mum. Wenn ich Mum fragte, riskierte ich allerdings, dass sie mir wieder ihren Vortrag über die Großherzigkeit der Spender hielt und dass ich ein absolutes Wunschkind gewesen sei. Sie würde feuchte Augen bekommen und womöglich Tanta Lilah anrufen. Aber wenn sich der erste Aufruhr gelegt hatte, würde sie mir helfen, und selbst wenn sie keine weiteren Informationen hatte, wie Billy meinte, wüsste sie vielleicht, was zu tun war. Vielleicht lohnte es sich ja doch, meine Familie einzuschalten, schon allein um den »Fiesgirls« eins reinzuwürgen. Das hatten sie verdient für ihren blöden Streich. Und was hatte ich letztlich von meinen Verwandten zu befürchten? Auch wenn sie mich manchmal tierisch nervten – gemein waren sie nicht, ganz im Gegensatz zu Shonna und Imelda.

Als ich vor unserer Wohnungstür stand und den Schlüssel

ins Schloss steckte, war ich schon fast entschlossen, Mum auf das Thema anzusprechen. Und zwar jetzt gleich. Von der Dadkarte würde ich ihr allerdings nichts erzählen, weil sie sonst nicht lockerlassen würde, bis sie herausgefunden hatte, wer dahintersteckte. Nein, ich würde ihr nur sagen, dass ich den Mann suchen wollte, dem ich die Hälfte meines Erbguts verdankte.

Ich weiß nicht, warum, aber irgendwie war es mir unangenehm, das Wort »Dad« in Mums Gegenwart in den Mund zu nehmen. Ich war ja nicht auf der Suche nach einer Vaterfigur, weil ich die nämlich direkt vor der Nase hatte, in Gestalt von Onkel Zé, der mich praktisch mit aufgezogen hatte. Ganz abgesehen von Tante Lilah, die für mindestens zehn Väter zählte. Mehr Verwandtschaft konnte ich beim besten Willen nicht verkraften.

Als ich die Haustür aufmachte, hörte ich Mum im Wohnzimmer telefonieren.

»Dann geben Sie mir bitte den Filialleiter«, sagte sie mit unverhohlener Gereiztheit in der Stimme, als hätte sie am liebsten losgeschrien: WAS IST DAS DENN FÜR EIN IDIOTENLADEN HIER? Wenn Mum geladen ist, kann sie ganz schön aufdrehen. Der Typ am anderen Ende der Leitung tat mir direkt leid.

Pause.

»Was? Der Filialleiter ist nicht da?«

Pause.

»Gut, dann möchte ich bitte mit *ihm* sprechen.«

Pause.

»Warum muss er mich zurückrufen, wenn er doch da ist?«

Pause.

»Wollen Sie mir erzählen, dass es keinen Vorgesetzten auf Ihrer …«

Halbe Pause.

»Bitte nicht in diesem Ton! Oder muss ich Sie daran erinnern, dass ich eine langjährige Kundin …«

Pause.

»Sie haben mein Konto ohne Vorwarnung gesperrt und ich möchte jetzt mit Ihrem … GEBEN SIE MIR JETZT BITTE SOFORT IHREN …«

Wieder folgte eine Pause und dann krachte es. Vermutlich hatte Mum das Telefon aus der Steckdose gerissen und durchs Wohnzimmer geschleudert, als Ersatz für den Kopf des Filialleiters, der leider nicht in Reichweite war. Ich spähte zur Tür hinein. Mums Augen waren ganz rot und die Haare an ihrer Stirn vorn aufgebauscht, weil sie wahrscheinlich mit den Fingern durchgefahren war. Das macht Mum immer, wenn sie mit der Bank telefoniert oder mit den Kreditkartentypen oder sonst irgendwelchen Bankfuzzis, die unser Konto sperren, wenn wir am wenigsten drauf gefasst sind.

Mum macht die Buchhaltung für viele kleine Geschäfte in unserer Gegend und irgendwie bringt sie ihre Kunden immer dazu, alle anfallenden Rechnungen pünktlich zu bezahlen, außer ihre eigenen. Seit ich denken kann, schlittern wir von einer Finanzkrise in die andere. Das kann auf Dauer ziemlich stressig sein – und teuer, weil so viele Telefone dabei draufgehen. Meine Dadpläne waren fürs Erste gestorben. Ich konnte Mum jetzt unmöglich über den Mann ausfragen, der ihr vor sechzehn Jahren sein Sperma gespendet hatte. Oder doch? Ich musste es einfach wissen …

»Mum?«, sagte ich.

Mum kroch in der Ecke herum, sammelte die abgebrochenen Telefonteile auf und versuchte sie wieder zusammenzusetzen.

»Oh«, sagte sie und schaute mich verlegen an. »Hab gerade das Telefon bisschen fallen lassen … oder vielmehr geschmissen, wenn ich ehrlich sein soll …«

Mum hielt zwei herausgebrochene Zahlentasten hoch und versuchte sie in das Gerät zurückzurammen, was natürlich der totale Blödsinn war.

»Mum, ich glaub, diesmal brauchen wir ein neues«, sagte ich vorsichtig. »Du kannst die Tasten nicht wieder reinkleben oder mit dem Absatz reinhämmern.«

Mum starrte auf das Telefon, dann lächelte sie mich an. »Du hast ja so Recht«, sagte sie und ließ sich auf die Couch fallen, wo sie zwischen ihren Papierstapeln versank.

Meine Mum könnte richtig hübsch aussehen, wenn sie wollte. Bisschen Make-up, gute Frisur, ein paar coole Klamotten, die zu ihrer zierlichen Figur passten, und schon würde sie wie eine smarte kleine Mini-Managerin aussehen. Aber leider trägt sie nur zwei verschiedene Frisuren – beide von 1987 und beide macht Tante Lilah (mich lässt sie ja nicht ran). Ihr Make-up ist meistens *Eau naturale*, also praktisch nicht vorhanden, und sie trägt Farben, die sie blass machen. Wenn ich sie manchmal anschaue, kann ich gar nicht glauben, dass wir miteinander verwandt sind. Vielleicht hat ja mein Dad einen guten Kleider- und Frisurengeschmack. Es gab nur einen Weg, das herauszufinden. Ich holte tief Luft.

»Hast du was?«, sagte Mum, bevor ich auch nur den Mund aufmachen konnte. »Du siehst noch so käsig aus.«

»Mir geht's gut«, sagte ich.

»Das kommt davon, dass du immer so lange aufbleibst«, beharrte Mum. »Du schläfst nicht genug und du isst auch nichts Anständiges zum Frühstück. Oh, mein Gott – ich hätte nie gedacht, dass ich mal so was sagen würde: *Du schläfst nicht genug und du isst auch nichts Anständiges zum Frühstück.* Oder: *Du hast schon wieder nicht angerufen,* und: *Ich hab mir Sorgen gemacht.*«

»Mum, mir geht's gut, wirklich«, unterbrach ich ihre weitschweifigen Gedankengänge. Mum hat die Angewohnheit, laut zu denken, und das kann man ihr nicht abgewöhnen. »Ich bin doch kein Kind mehr. Du musst mich nicht auf Schritt und Tritt bewachen, okay?«

»Trotzdem. Ich bin immer noch deine Mutter. Und ich bewache dich gar nicht. Du tust ja so, als ob ich dir nachschnüffle. Ich mach mir nur Sorgen. Das ist mein Job als Elternteil.«

»Okay, und ich bin negativ. Das ist dann *mein* Job.«

»Für den du perfekt geeignet bist.«

»Umso besser – dann kann ich ja auch so weitermachen.«

Noch ein Wort und wir würden Streit bekommen. Wegen nichts. Ich holte wieder tief Luft und versuchte es noch einmal.

»Mum«, sagte ich, »kann ich was Wichtiges mit dir besprechen?«

Mum schaute zu mir auf, als hätte sie schon vergessen, dass ich überhaupt da war.

»Mhm? Ach so ... Hör mal, Süße«, sagte sie und legte mir die Hand auf den Arm. »Ich weiß schon, es geht um die Frankreichreise. Ich hab den Zettel auf dem Küchentisch liegen sehen und ich fürchte, wir werden Nein sagen müssen, falls sie das Geld sofort wollen. Aber ich mach's wieder gut, versprochen. Wir verreisen dann später mal zusammen, nur wir beide. Vielleicht im neuen Jahr.« Ihre Augen wurden feucht.

Blöde Frankreichreise. Wie kam sie denn jetzt darauf? Als ob mich das interessierte ... Gut, in meinem früheren Leben hätte ich wahrscheinlich einen Mord dafür begangen. Paris? Nizza? Die Loire? Shonna und ich auf den Champs-Élysées! Aber Shonna hasste mich und fuhr jetzt mit Imelda hin, und deshalb war ich geradezu froh, dass wir uns die Reise momentan nicht leisten konnten. Verschärfte Ganztagsfolter wäre das.

»Nein, Mum«, sagte ich, »es geht nicht um die Frankreichreise.«

»Oh?« Sie schaute auf und nahm ihre Brille ab. »Du siehst müde aus, Mäuschen. Und ich bin auch müde.« Seufzend legte sie den Kopf zurück und schloss die Augen. »Das war ein schrecklicher Tag heute. Dieser George vom CD-Laden wirft sein Geld rechts und links aus dem Fenster und dann erwartet er, dass ich bei seiner Buchhaltung Wunder vollbringe. Ich hab den ganzen Tag nur herumgefeilscht, um seine Zahlungsfristen zu verlängern. Ich hab ihm gesagt: ›George, mein Lieber, du musst endlich der Tatsache ins Auge sehen, dass heutzutage niemand mehr CDs kauft. Das wird doch jetzt alles runtergeladen und …‹ Mein Gott, Sadie, schau nicht so gelangweilt …«

»Es ist ja bloß, weil ich dir gerade was sagen wollte«, protestierte ich. »Kannst du mich nicht wenigstens ausreden lassen?«

»Hör mal, das mit der Frankreichreise tut mir wirklich leid. Ich würde dich so gerne mitfahren lassen, aber …«

»Es geht nicht um die beknackte Frankreichreise. Das hab ich dir doch schon gesagt!« Ich wurde langsam sauer. »Warum hörst du mir nie zu, verdammt noch mal?«

»Deshalb musst du nicht gleich grob werden. Ich weiß nicht, was in letzter Zeit mit dir los ist. Du bist so …«

Und in diesem Moment ging die Türklingel.

»Ich wollte doch nur mit dir reden«, beharrte ich trotz des hartnäckigen Klingelns. Es brachte mich zur Verzweiflung, dass unser Gespräch so ausartete, wegen nichts! »Ich wollte nicht grob sein, aber du hörst mir einfach nicht zu.«

»Ja, gut, tut mir leid«, sagte Mum. »Aber der Tag heute war wirklich schlimm.«

Wieder klingelte es an der Tür. Mum stand auf.

»Heute ist Dienstag«, sagte sie, »ja, natürlich – Dienstag! Wie konnte ich das nur vergessen!«

Und dann ging sie zur Gegensprechanlage.

Dienstagabend, das bedeutet bei uns unweigerlich: *Good as it Gets* im Fernsehen – die bescheuerte Livesendung mit Harry Hodder, die Mum und Tante Lilah sich mit wahrer Begeisterung reinziehen.

»Juu-huu!«, hörte ich Tante Lilah in die Sprechanlage kreischen, als hätten wir sie sieben Jahre lang nicht gesehen, und dabei hängt sie die ganze Zeit bei uns rum oder wir gehen alle halbe Stunde zu ihr rüber. Jetzt kam sie fröhlich die Treppe hoch, mit Wein und Schokolade für ihre Lieblingssendung bewaffnet. Mann, was ging mir Tante Lilah manchmal auf den Keks! Oder eigentlich so gut wie immer.

»Heute Abend ist Halbfinale bei *Good as it Gets.* Hab uns was Feines zum Naschen mitgebracht«, trillerte sie, marschierte ins Wohnzimmer und übernahm sofort das Kommando.

Okay, natürlich mag ich Tante Lilah auch – sie kann manchmal sehr nett sein und meint es im Grunde genommen gut –, aber sie schafft es, einen in Sekundenschnelle aus der eigenen Wohnung hinauszudrängen. Und sie steht auf den dümmsten Fernsehschrott aller Zeiten. Bei *Good as it Gets* zum Beispiel treten die letzten Idioten auf, hüpfen auf der

Bühne herum und singen so falsch, dass einem die Ohren abfallen. Die Juroren sind genauso talentlos, besonders Harry »The Hurricane« Hodder, der dauernd den Spruch absondert: »Nur Mut! Nur Mut!« Mum findet den Mist auch nicht gut, aber irgendwie kapiert Tante Lilah das nicht oder will es nicht kapieren und macht jedes Mal denselben Zirkus, wenn die Sendung im Fernsehen läuft. Aber heute würde ich mir das nicht antun. Ich hatte meinen ganzen Mut zusammengenommen, um mit Mum zu reden, und jetzt das! Meine Fragen konnte ich fürs Erste vergessen.

»Ich mach Hausaufgaben«, verkündete ich.

Irgendwie hoffte ich, dass Mum vielleicht diskret nachhaken würde, was ich ihr vorher eigentlich sagen wollte. Aber nein – so viel Taktgefühl darf man bei uns zu Hause nicht erwarten.

»Wolltest du mir nicht was sagen, Süße?«, fragte Mum ganz unverblümt vor Tante Lilah.

»Nein!«, fauchte ich. »Ich geh jetzt Hausaufgaben machen.«

»Ist wohl zu aufregend für dich, was?«, flötete Tante Lilah. »Hast wahrscheinlich Angst, dass Brendan diese Woche nicht weiterkommt?«

»Nicht wirklich«, sagte ich und legte so viel kalte Verachtung in meine Worte, wie ich nur reinquetschen konnte.

»Wie du meinst. Nette Frisur übrigens, Püppchen«, sagte Tante Lilah.

Obwohl sie mir den letzten Nerv raubte, war ich geschmeichelt, dass ihr meine Frisur aufgefallen war.

»Die hab ich aus dem Kalender, aber heute Morgen war noch mehr Schwung drin. Ich glaube, das Haarspray war nicht stark genug.«

»Hast du's toupiert?«

»Ja, klar.«

»Na, dann weiß ich auch nicht. Vielleicht hast du zu viel Glättungsserum in die Spitzen gegeben – das könnte sie runterziehen. Aber mir gefällt es«, sagte sie. »Hat Klasse. Sehr smart. Eine meiner Kundinnen heiratet in ein paar Wochen. Vielleicht probier ich das mal bei ihr aus.«

Tante Lilah schnappte sich die Fernbedienung und stellte den Fernseher auf volle Lautstärke.

Ich schaute zu Mum hinüber, weil ich immer noch hoffte, dass sie den Wink mit dem Zaunpfahl verstehen und zu mir ins Zimmer kommen würde, um mit mir zu reden.

»Willst du Schokolade?«, fragte sie stattdessen.

»Nein«, sagte ich und drehte mich um.

»Ich will keine beschissene Schokolade, ich will ein Gespräch«, knurrte ich, aber erst als ich außer Hörweite war und zu niemand im Besonderen.

Wenn Mum mir doch nur mehr Raum geben würde, damit ich ihr auch mal eine schwierige Frage stellen kann! Aber das ist anscheinend zu viel verlangt. Ich bin nicht George vom *Go Beats Vinyl!*, dem Mum stets ihre ungeteilte Aufmerksamkeit schenkt. Ich bin ja nur ihre Tochter und die muss sich mit dem kläglichen Rest zufriedengeben, der am Ende des Tages noch übrig ist.

Bevor ich meine Zimmertür zumachte, hörte ich Tante Lilah sagen: »Du liebe Güte! Was ist denn mit der los?«

»Ach, nichts«, antwortete Mum. »So ist sie immer in letzter Zeit. Total negativ. Kann sich für nichts mehr begeistern. Ich krieg nur noch sarkastische Kommentare zu hören, von morgens bis abends. Gestern Nacht meinte sie, fünfzehn sei ein grässliches Alter. Und das an ihrem Geburtstag!«

»Ha! Was soll ich da erst sagen mit meinen fünfzig! Das ist wirklich das Grab!«, schnaubte Tante Lilah.

Das war so ungerecht, dass ich mit den Zähnen knirschte. Jetzt war ich wieder negativ, nur weil sie mir nicht zugehört hatte. Mum verdient es überhaupt nicht, dass ich ihr mein Problem anvertraue, dachte ich wütend. Immer wenn ich sie mal brauche, versteht sie überhaupt nichts. Für mich stand jedenfalls fest, dass ich die Suche allein durchziehen musste – Y-Chromosom hin oder her.

Ich setzte meine Kopfhörer auf und knipste das Licht aus, sodass ich mit meiner Musik und Mums Laptop allein war. Während ich online ging und hoffte, dass Groovechick2 zu sprechen war, ließ ich das Leben außerhalb meines Zimmers weit hinter mir.

Stimmungsstatus: Das Leben ist ätzend.

Groovechick2: Was macht der Nicktyp?
SayD: Der nickt.
Groovechick2: Und Dad?

SayD: Suche läuft.

Groovechick2: Ist das Leben deshalb so ätzend?

SayD: Niemand hört mir zu.

Groovechick2: Ich höre zu.

SayD: Bin total von der Rolle.

Groovechick2: Wegen was?

SayD: Alles. Und ich hasse Mum.

Groovechick2: Jetzt übertreibst du aber.

SayD: Na gut, kannst es auch »leidenschaftliche Abneigung« nennen.

Groovechick2: Du hast doch nur sie.

SayD: Bin aber stinksauer auf sie.

Groovechick2: Dann sag's ihr.

SayD: Hat sie gar nicht verdient.

10

Ich wette, sie verschweigt etwas

Haarstylingidee für Mittwoch, den 26. September:

ANGELINA HALF-UP-HALF-DOWN

Das ist ein altmodischer Look mit einer modernen Note à la Angelina Jolie. Dazu müssen die Haare bis zu den Wurzeln hinuntertoupiert werden. Alternativ kann man auch ein »Bumpit« nehmen, einen Haareinsatz. Damit bekommt das Haar sofort mehr Volumen und die Frisur hält den ganzen Abend lang.

Ich geh heute nicht in die Schule, war mein erster Gedanke, als ich morgens aufwachte.

»Ich geh heute nicht in die Schule«, sagte ich zu Mum, die mit ihrer Teetasse vor meiner Schlafzimmertür stand. Ich kann ihr morgens nicht beim Teetrinken zuschauen, ohne dass ich ihr am liebsten eine knallen würde. Sie trinkt immer zu schnell und gibt dann so eklige Schluckaufgeräusche von sich. Echt krass.

»Kann ich reinkommen oder wirfst du mir was an den Kopf?«, fragte sie.

»Du hast es nötig – ich meine, wer hat gestern das Telefon zertrümmert, ich oder du?«, konterte ich. »Und außerdem, im Barbiereich ist immer Tag der offenen Tür.«

Mum hockte sich auf meine Bettkante. »Bist du krank oder hast du nur einen Bad Hair Day?«

»Bisschen von beidem.«

Die Geburtstagsaufregung und das prickelnde Neubeginn-Gefühl waren verebbt, und ich fiel in ein leichtes Stimmungstief. Ich war immer noch sauer auf Mum, außerdem tat meine Lippe weh und ich konnte Shonna und Imelda heute nicht verkraften. Nein, ich wollte einfach nur meine Ruhe.

»Ich hab wahnsinnige Kopfschmerzen, Mum. Ich glaube, es ist besser, wenn ich zu Hause bleibe«, log ich.

Das war ein Fehler, denn Mum schaltete sofort in den Panikmodus um, als ob ich mindestens eine Gehirnhautentzündung oder einen Gehirntumor hätte. Meine Familie ist total hysterisch, das ist sozusagen ihr Erkennungsmerkmal.

»Kannst du dein Kinn auf die Brust drücken?«

»Ja, klar.«

»Dann tu's bitte! Kinn auf die Brust – mir zuliebe.«

Ich gehorchte und Mum beruhigte sich wieder.

»Weißt du, Schätzchen«, sagte sie, »das mit Frankreich tut mir wirklich leid.«

Oh Gott – nicht schon wieder! Das war ja wie bei einer Schallplatte mit 'nem Kratzer drin – auch wenn niemand mehr die Vinylscheiben vom guten alten George kaufte. Mum kapierte es einfach nicht.

»Schon gut, Mum! Ich hab dir doch gesagt, dass ich nicht mitwill.«

»Okay, aber trotzdem. Es ist nicht in Ordnung, dass du nicht auf Klassenfahrt gehen kannst. Nur ist es leider gerade schwierig. George hat mich nicht bezahlt, Marianne auch nicht und Jeanette schwört, dass sie mir das Geld letzte Woche auf mein Konto überwiesen hat – aber ich fresse einen Besen, wenn ich auch nur einen Penny davon gesehen habe.«

Dann erzählte sie mir von dem Gespräch, das ich gestern halb mitgehört hatte.

»Und ich sag dir was, Sadie: Das Leben mit fünfzehn ist vielleicht nicht ganz so sorgenfrei, wie ich es in Erinnerung habe, aber mit mir willst du bestimmt nicht tauschen.«

»Meine Haare würde ich jedenfalls nicht mit dir tauschen, so viel steht fest.«

»Frechdachs.«

»Warum lässt du dir nicht die Haare von mir schneiden, Mum? Du hast doch gesehen, was ich aus Billy gemacht habe.«

»Für meine Frisur ist Tante Lilah zuständig. Sie würde mich sonst umbringen, mal ganz im Ernst.«

Kurz darauf ging Mum zur Arbeit und ich musste versprechen, dass ich sie anrufen würde, falls komische Ausschläge, grelle Lichtblitze vor den Augen oder andere gefährliche Symptome auftreten sollten.

Sobald Mum aus dem Haus war und ich die Wohnung für mich hatte, probierte ich die Half-up-half-down-Frisur à la Angelina Jolie aus. Ich besaß kein »Bumpit«, aber ich wusste, dass Mum irgendwo einen Schmuckkamm hatte, der vielleicht auch als Haarlifter herhalten konnte. Die Suche nach dem Kamm entgleiste ein wenig und bald schnüffelte ich ungeniert in Mums Sachen herum. Als kleines Mädchen hatte ich bestimmt hunderttausendmal Mums Tamponpackungen, alte Pillenschachteln und kostbaren Fotos von ihrer Mutter – meiner Oma – aus der Kommode herausgekramt. Hinter dieser Kommode – Mums Schminkkommode – war ein riesiger alter PC eingekeilt und obendrauf stand Mums »Geheimschatulle«, in der sie meine Geburtsurkunde und das rote Buch mit all meinen Impfungen und Daten aufbewahrte – wie viel ich bei der Geburt gewogen habe und so weiter. Warum war ich nicht längst auf die Idee gekommen, dort nachzuschauen?

Jetzt blätterte ich darin herum und erfuhr, dass ich hinsichtlich Größe und Gewicht an der unteren Grenze gelegen und außerdem Milchschorf und selbst in diesem zarten Alter bereits »ungleiche Pobacken und Beinlängen« gehabt hatte. Na toll, das hatte mir noch gefehlt. Reichte es nicht, dass ich keine Freunde hatte? Und jetzt also auch noch ein schiefer Hintern!

Eine halbe Minute lang stand ich vor Mums bodenlangem Spiegel und studierte meine Pobacken. Waren sie immer noch ungleich? Schwer zu sagen. Dann blätterte ich das Buch bis zur letzten Seite durch. Dort stand, dass ich »ein aktives, gesprächiges Kind« gewesen war. »Keine Probleme im Unterricht.« Und sofort ging es mir wieder besser. Aber von meinem Dad nichts, nicht den mindesten Hinweis. Wie immer. Was laut Mum daran liegt, dass es einfach nichts gibt. Sie hatte mir alles erzählt, was sie wusste. Und wie es aussah, hatte sie nicht gelogen.

Ich lehnte mich in Mums Kissen zurück und zerbrach mir den Kopf, wo ich etwas verstecken würde, das niemand finden sollte, wenn das hier mein Zimmer wäre. Ich schaute auf das Schwarz-Weiß-Foto, das Mum auf ihrem Nachttisch stehen hatte: ein Babybild von mir. Ich habe einen einzigen makellosen Zahn (nichts Abgesplittertes in Sicht) und grinse fröhlich in die Kamera, als wollte ich sagen: »He, hast du meinen coolen neuen Zahn gesehen?«

Wann war das Leben so kompliziert geworden? Als ich meinen zweiten Zahn bekommen hatte, oder wie?

Wann kriegt man eigentlich Zähne? Mit eins oder zwei? Ich nahm das Foto in die Hand und drehte es um. Vielleicht stand ja ein Datum drauf? Nein, nur eine Zahl, mit Bleistift in die Ecke gekritzelt und teilweise von der Klammer verdeckt, mit der das Bild im Rahmen fixiert war. Ich schob die Klammer beiseite und da entdeckte ich etwas: Zwischen dem Foto und der Pappe steckte ein vergilbter Zettel. Ich sog scharf die Luft ein. Was zum Teufel war das? Vorsichtig drückte ich die Pappe weg, zwängte meinen Finger hinein und zog den Zettel heraus. Das war es! Vielleicht hatte ich endlich gefunden, was ich suchte. Etwas über meinen Dad. Das entscheidende Puzzleteil, das mir weiterhelfen würde – einen Namen womöglich.

Ich faltete den Zettel auseinander, wobei ich ihn vor Ungeduld fast zerriss.

Es war nur eine Geburtstagskarte von Großtante Rita, die sie vor vierzehn Jahren geschrieben hatte. Auf der Vorderseite tollten ein paar Frühlingslämmer herum und hintendrauf stand: »Herzlichen Glückwunsch zum ersten Geburtstag, Sadie – von deiner Großtante Rita.« Alles genau wie auf der diesjährigen Karte. Gleiches Bild. Gleicher Text. So ein Reinfall.

Frustriert nahm ich Mums »Geheimschatulle« an mich und setzte mich auf den alten Rechner. Gab es verborgene Fächer, die ich übersehen hatte? Oder einen doppelten Boden? Aber nichts. Null.

Ich mailte Billy. Er hatte eine Homestudy-Stunde, das heißt, er saß zu Hause am Computer.

SD: Ich bin sicher, dass sie was verheimlicht. Das spüre ich einfach.
Billy: Ja, vielleicht – hast du sie um Hilfe gebeten?
SD: Nein.
Billy: Warum nicht?

SD: Weil deine Mum rübergekommen ist und Good as it Gets bei uns angeschaut hat.
Billy: Oh, tut mir leid!
SD: Brauche dringend Rat.

Prompt läutete mein Telefon und Billy war dran. Anscheinend langweilte er sich gerade.

»Ich hab die ganze Wohnung durchsucht«, berichtete ich.

»Laptop?«

»Schon zweimal.«

»Koffer unter dem Bett? Meine Mum hortet alles da drin, sogar meine Milchzähne und Haare und weiß der Teufel was.«

»Würg. Mum hat so ein Kästchen, das hab ich gecheckt. Ich hab eine Glückwunschkarte zu meinem ersten Geburtstag von Großtante Rita gefunden, und weißt du was?«

»Was?«

»Sieht haargenau gleich aus wie die zum fünfzehnten.«

»Die Lämmer auch?«

»Ja.«

»Wieso kriegst du eigentlich immer die Lämmer und ich die Traktoren?«

»Weil sie vor sechzehn Jahren zwei Großpackungen davon gekauft hat, nehme ich an.«

»Und die gehen erst aus, wenn wir zwanzig sind oder so.«

»Wenn wir Glück haben. Jedenfalls weiß ich nicht, wo ich sonst noch suchen soll.«

»Alter Computer – hat sie vielleicht einen alten Computer? Du weißt schon, so ein Steinzeitmonster, das sie noch vor ihrem letzten Laptop hatte?«

Ich schaute hinunter. Klar hatte sie einen. Ich saß ja drauf.

»Ja, aber das Ding ist riesig – ein richtiger Dinosaurier.«

Ich versprach mir nicht viel davon, aber vielleicht lohnte es sich trotzdem, mal reinzuschauen. Falls das überhaupt ging. Billy war zum Glück ein Schlaukopf – und Tony Cruz der absolute Computer-Crack, das wusste ich.

»Okay, dann bring ihn rüber.«

»Aber wie? Das Ding ist viel zu groß und schwer«, jammerte ich. »Ich weiß nicht, wie ich den zu dir rüberkriegen soll.«

»Dir wird schon was einfallen«, sagte Billy. »Ich setz mich gleich mit Tony in Verbindung. *Wenn* jemand in so 'nen Dinosaurier reinkommt, dann er. Der ist 'ne Art Linux-Guru. Ich geb ihm das G. A.«

Billy fing an zu surren und zu piepen, als ob er einen Kurzschluss im Kopf hätte.

»Du gibst ihm was?«

»Das Go Ahead. Grünes Licht.«

Abgesehen von seinem Haarschnitt war Billy der letzte Idiot.

Ich zog eine Jogginghose an, dazu ein Poloshirt und meine brandneuen Uggs (falls nur die leiseste Chance bestand, dass mir Tony Cruz über den Weg laufen würde, wollte ich zumindest okay aussehen). Und ich fand, dass mir das gelungen war, auch wenn man sich nicht selber loben soll. Shonna war immer neidisch auf mein Talent gewesen, mich so lässig zu stylen, als hätte ich gar keinen Aufwand betrieben.

»Ich brauch vier Stunden, um mich fertig zu machen, und du fummelst zehn Minuten rum und siehst besser aus als ich. Vielleicht weil du so 'n Winzling bist. Du musst weniger Fläche mit Klamotten und Make-up ausstaffieren«, sagte sie. Ich wurde sofort traurig, wie immer, wenn ich an etwas Nettes dachte, das Shonna zu mir gesagt hatte. Am liebsten hätte ich sie angerufen, um ihr zu sagen, dass ich sie vermisste. Manchmal fehlte sie mir so sehr, dass es beinahe körperlich wehtat.

Aber Shonna hätte mich nur ausgelacht. Ich begrub den Gedanken und konzentrierte mich auf eine Frisur, die von den Wurzeln her Stand hatte, ohne dass man toupieren musste.

Ich fand Mums Schmuckkamm im Badezimmerschränkchen und befestigte ihn im Haar, so wie es in meinem Kalender beschrieben war, dann bürstete ich einen Teil der Haare vorwärts und band sie zu einem Pferdeschwanz zusammen. Der Kalender hatte Recht: Das »Bumpit« gab der Frisur tatsächlich mehr Stand und Volumen.

Jetzt musste ich nur noch ein Transportmittel finden, in dem ich den riesigen PC unterbringen und hinüberrollen konnte. Leider fehlte bei allen unseren Koffern entweder eine Rolle oder die Reißverschlüsse waren kaputt, und schließlich blieb als einzige Alternative der Einkaufstrolley von Großtante Rita – so ein Rollwägelchen, in dem alte Damen ihre Einkäufe herumkarren und mit dem sie einen im Bus rammen, wenn man nicht schnell genug aus dem Weg springt. Das hier war ein schickes rot-grün kariertes mit Zickzack-Metallgestell. Ich deckte den Computer mit einem alten Laken ab und schleppte ihn zur Wohnungstür hinaus.

Irgendwie schaffte ich es, den Trolley im Lift hinunterzubringen, aber jetzt musste ich mir was einfallen lassen, warum ich mit dem Ding herumlief, und zwar schnell, weil nämlich die 50-Pence-Frau zielstrebig auf mich zukam und mich garantiert gleich anquatschen würde.

»Haste mal 50 Pence übrig, Schätzchen?«, fragte sie prompt.

»Nein, tut mir leid«, antwortete ich.

»Was is 'n da drin?«, wollte sie als Nächstes wissen und beäugte Großtante Ritas Trolley.

»Wäsche«, sagte ich und beobachtete ihr Gesicht, ob ihr das irgendwie komisch vorkam oder nicht.

»Oh«, sagte sie, »Wäsche«, und ging weiter.

Ich brauchte kaum fünf Minuten, um von unserer Wohnung zu Billy zu kommen. Ich musste nur die Straße runtergehen, am Minimarkt vorbei über die Kreuzung und dann geradeaus weiter, den Taxibetrieb, die edle Konditorei, den Kebabstand und Kens Zeitungskiosk passieren, bis ich zur Kommandozentrale von Onkel & Tante kam: Zés Café und Delilahs Salon. Weil ich mein Leben lang in dieser Gegend gewohnt hatte, machte ich mich an jeder Ecke auf einen potenziellen Spion gefasst, der mich fragen würde, was ich in meinem Trolley hatte.

»Was ist denn in dem Trolley da, Herzchen?«, sagte Rez – einer der Taxifahrer.

»Wäsche.«

»Aha.«

»Wo willst ’n hin mit dem Trolley?«, fragte Ken. »Kaufst du für deine Tante ein, du braves Mädchen?«

»Wäsche.«

»Oho.«

Endlich kam ich an Onkel Zés Café vorbei. Er runzelte die Stirn, als er den Trolley sah, kassierte aber gerade ab, sodass er nicht herausrennen und mich fragen konnte, was drin war. Jetzt musste ich nur noch heil an Tante Lilahs Salon vorbeikommen, dann hatte ich meine Schäfchen im Trockenen. Der vertraute Geruch nach verbranntem Haar und süßlichem Vanillekerzenaroma waberte mir aus dem Salon entgegen. Ich nickte Tante Lilahs Rücken zu, während sie gerade ein armes Opfer mit dem Glätteisen attackierte.

»Wo gehst du hin?«, rief sie mir nach. »Warum bist du nicht in der …?«

»Mir geht’s nicht gut!«, rief ich zurück.

Ich hörte sie missbilligend mit der Zunge schnalzen. »Ihr geht’s nicht gut, aber in der Gegend herumrennen, das kann sie! Obwohl …«, sie redete jetzt mit ihrer Kundin, »gestern Abend ist sie tatsächlich umgekippt – mitten in ihr Essen rein.«

Ich hörte Tante Lilah munter weiterplappern, während ich den schweren Trolley die Treppe zu ihrer Wohnung hinaufhievte und dabei an der Tapete entlangscheuerte. »Schweinebauch mit Reis – ja, wirklich gut, wie er das macht. Liegt an der Fischsoße.« Ihre Stimme verebbte, als ich den obersten Treppenabsatz erreicht hatte und mich zu Billys Zimmer schleppte.

Billy und Tony warteten schon auf mich. Mein Herz schlug einen Salto. Billy fing wieder mit seinem bescheuerten Summen an und Tonys Augen waren strahlend blau und er nickte wie verrückt und platzte fast vor Stolz auf seine kostbare kleine Sammlung von supercoolen Computerzusatzgeräten.

Tony Cruz sah echt süß aus, okay, aber in Wahrheit war er auch nur ein nerdiger Computerfreak, so wie mein Cousin Billy.

11

Mums Welt

»Wow!«, sagte Billy. »Das Ding ist ja echt aus der Steinzeit.«

Wir starrten den Computer an, der mitten in Billys Zimmer thronte. Wir hatten praktisch die ganze Einrichtung umräumen müssen, damit er Platz hatte.

»Der gehört in ein Museum«, stimmte Tony zu.

Sie steckten das Kabel ein, schlossen den Rechner an einen Bildschirm an und Tony fuhr ihn hoch. Der Computer erwachte zum Leben. Er ächzte, als würde ihn jemand ankurbeln. Dann erlosch der Bildschirm, nur der orangefarbene Cursor blinkte oben links noch auf.

»Wir brauchen das Passwort«, sagte Tony.

»Das ist einfach«, verkündete ich. »2409SN. Mein Geburtstag. Meine Anfangsbuchstaben.«

»Der PC ist älter als du«, wandte Billy ein. »Und wenn Tante Angela keine Hellseherin war, kann es nicht dein Geburtstag sein.«

Oh. Peinlich. Ich warf einen verstohlenen Blick auf Tony, um zu checken, ob er mich jetzt für eine dumme Kuh hielt. Schwer zu sagen. Er hatte sogar das Nicken vergessen. Stattdessen lehnte er mit geschlossenen Augen an der Wand. Eine coole Nummer, die ihn richtig tiefsinnig aussehen ließ, ganz anders als das blöde Nicken.

»Also dann weiß ich auch nicht«, gab ich zu. »Heißt das jetzt, dass wir nicht reinkommen?« Mir wurde schlecht bei dem Gedanken. War meine ganze Schufterei wieder mal umsonst gewesen?

Meine Frage riss Tony aus seiner Trance. Er machte die Augen auf und fing eine Diskussion mit Billy an, die wieder hauptsächlich aus Surren und Klicken bestand.

Weil ich von all dem nichts kapierte, kletterte ich auf Billys Stockbett, steckte meinen Kopf unters Kissen und ballte die Fäuste. Die Spannung brachte mich fast um.

»Sadie, du kannst wieder rauskommen«, sagte Billy schließlich.

»Wieso? Oh, Mist – wir kommen nicht rein, stimmt's?«

»Nein, keine Sorge, wir kommen rein«, sagte Billy ruhig. »Dafür hat Gott uns Tony gegeben«, fügte er grinsend hinzu.

»Nein«, widersprach Tony und zwinkerte mir zu, »dafür hat Gott uns Linux gegeben.« Für einen Computernerd ist er echt süß. Vorsichtig fuhr ich mit der Hand in mein Haar, um zu prüfen, ob meine Frisur noch standhielt. Mums Schmuckkamm, der meiner Frisur Volumen gab, war noch da, wo er sein sollte. Leider konnte ich mich nicht im Spiegel überprüfen, weil Billy keinen im Zimmer hatte. Ehrlich, wie kann man ohne Spiegel leben? Das ist unmenschlich.

Tony legte eine CD ein und fuhr den Computer erneut hoch.

Mit steifen Beinen kletterte ich von Billys Stockbett hinunter. Meine Muskeln waren bretthart vor Anspannung. Ich spürte, wie meine Fingernägel sich in meine Handflächen bohrten, so fest ballte ich die Fäuste. Wir waren drauf und dran, etwas Großes aufzudecken.

Tony schlug einfach ein paar Tasten an oder jedenfalls sah es für mich so aus. Seine langen Finger bewegten sich schnell und geschickt, als ob er eine komplizierte Operation durchführte. Dann ließ er die CD herausgleiten und lehnte sich zurück.

»Okay«, sagte er, »ein Passwort wird nicht mehr gebraucht.« Tony war ein Genie, echt.

»Gut gemacht«, lobte ich ihn.

»Du bist der Größte, Mann«, stimmte Billy zu und die beiden klatschten sich ab.

Warum machen Jungs das immer? Merken sie nicht, wie unsexy das ist?

Tony und Billy tauschten jetzt die Plätze, und Billy fuhr den Computer wieder hoch und ließ die Anzeige für das Passwort frei.

Wir waren in Mums PC und betraten ihre virtuelle Welt – die Welt vor und bis kurz nach meiner Geburt. In dem alten Ding lagerten E-Mails, die siebzehn Jahre zurückreichten, und der Rechner ächzte laut vor Anstrengung, dass er die Mails nach so langer Zeit wieder herzeigen musste.

»Okay«, sagte Billy. »Wie lange dauert es, ein Baby zu machen? Neun Monate. Also lass uns mal den September vor dem Jahr, in dem du geboren bist, checken.«

Billy scrollte die Senderliste hinunter: »*GColes@babymakers* vielleicht?«

Die E-Mail war eine automatische Antwort, dass GColes in Urlaub war, sich aber umgehend auf die Anfrage melden würde, sobald er/sie zurück war. Die Nachricht war mit »Happy Babymaking« unterzeichnet, was ich ziemlich flapsig für eine Website fand, die von Frauen oder Paaren mit einem verzweifelten Kinderwunsch aufgesucht wurde. Kein Wunder, dass keine weiteren Mails von GColes folgten, so abschreckend, wie das klang.

»Okay, was ist mit *enqs@fertility-in-touch.com?*«, sagte Billy.

Eine Anlaufstelle für künstliche Befruchtung – das klang plausibel. Und vielversprechend.

Wir spähten ihm über die Schulter.

Billy öffnete jede Menge Mails mit bürokratischem Blabla von dieser Adresse: »Danke für Ihre Anfrage«, und so weiter, und massenhaft Informationen darüber, wie der Service funktionierte. Die Website entpuppte sich als eine Art Briefkasten, der die Kommunikation zwischen den Spendern und Müttern ermöglichte. Die Website lieferte die Daten der Männer, und die Frauen konnten sie durchsehen und dann den auserwählten Spender kontaktieren. Und wenn alles geregelt war, organisierte die Website einen Kurierdienst für die »Spende«. Jeder Spender musste sich damit einverstanden erklären, dass seine Kontaktdaten registriert wurden, plus seine gesamte medizinische Vorgeschichte und der familiäre Hintergrund.

»Wow«, sagte Tony, »das ist aber 'ne Menge Papierkram.«

Dann endlich trafen wir auf etwas Wesentliches:

Von: enqs@fertility-in-touch.com
Gesendet: Mittwoch, 28. September 11:26 Uhr
An: a.nathanson@parksidebookkeeping.co.uk
Betreff: Spender 241, 254, 278
Liebe Ms Nathanson,
danke für Ihre Anfrage und die Vermittlungsgebühr.
Ich freue mich, Ihnen anbei die Daten der ausgewählten Spender zusenden zu können: 241, 254, 278.
Mit besten Grüßen
Lucy Botham
Sachbearbeiterin Suchanträge

Endlich eine konkrete Spur: Spender und Zahlen. Mir lief ein Schauer über den Rücken. Wir waren auf der richtigen Fährte. Kurz vor dem Durchbruch sozusagen. Aber wo war der Anhang mit den Spenderdaten?

Billy scrollte die E-Mail rauf und runter. Seine Augen huschten suchend über den Bildschirm.

»Da ist kein Anhang«, verkündete er schließlich.

»Ja klar ist da kein Anhang«, sagte ich sarkastisch. Das wäre auch viel zu einfach gewesen. Ich meine, was hatten wir erwartet? Ein PDF mit Adresse, Telefonnummer, Winston-Churchill-Babyfoto und »Kummerfalte« unter der Rubrik »besondere Kennzeichen«?

Aber es gab noch eine weitere E-Mail von Lucy Botham, Sachbearbeiterin Suchanträge.

Von: enqs@fertility-in-touch.com
Gesendet: Mittwoch, 24. Oktober 09:31 Uhr
An: a.nathanson@parksidebookkeeping.co.uk
Betreff: AW: Dankeschön
Liebe Ms Nathanson,
danke für Ihre E-Mail und herzlichen Glückwunsch zur Geburt Ihrer kleinen Tochter. Wir freuen uns immer sehr, wenn wir eine Geburtsanzeige von Klienten oder ehemaligen Klienten bei fertility-in-touch.com erhalten.
Mit besten Wünschen für Sie und Ihre Familie,
herzlich,
Lucy Botham
Sachbearbeiterin Suchanträge

24. Oktober. Da war ich einen Monat alt gewesen.

»Wow«, sagte Tony und sein Kopf wippte auf und ab. »Jetzt sind wir richtig.«

»Das ist es!«, stimmte Billy zu.

Obwohl mein Herz doppelt so schnell schlug wie sonst, konnte ich es noch nicht glauben.

»Das ist was?«, fragte ich. Ich musste es laut ausgesprochen hören.

»Diese E-Mail ist der Beweis«, erklärte Billy. »*Fertility-in-touch.com* ist die Website, über die Tante Angela den Spender gefunden hat – deinen Dad.«

Er hatte Recht. Beide hatten Recht. Ich atmete langsam aus, als hätte ich die ganze Zeit die Luft angehalten. Zu benommen, um etwas zu sagen, ballte ich nur wortlos die Fäuste. Dann beugte ich mich über Billys Schulter und scrollte die E-Mail hinunter, bis zu der ursprünglichen Mail, die Mum geschickt hatte, die Mail, auf die diese Lucy geantwortet hatte. Mums E-Mail war um 02:26 morgens geschickt worden. Wahrscheinlich habe ich ihr damals nicht viel Schlaf gegönnt. Ich stellte mir Mum vor, wie sie bei schummrigem Licht in unserer Wohnung saß und diese E-Mail tippte. Wie sie auf die Häuser hinausschaute, während ich brabbelnd auf meiner Babydecke lag.

Mums Botschaft lautete einfach:

Von: a.nathanson@parksidebookkeeping.co.uk
Gesendet: Mittwoch, 24. Oktober 02:26 Uhr
An: enqs@fertility-in-touch.com
Betreff: Dankeschön
Liebe Lucy,
nur ein paar Zeilen, um Ihnen die freudige Nachricht mitzu-

teilen, dass am 24. September dieses Jahres meine kleine Tochter Sadie geboren ist.
Ich danke Ihnen nochmals ganz herzlich für Ihre Hilfe und Anteilnahme.
Mit besten Grüßen
Angela Nathanson

Wahnsinn. Ob Mum es wohl bereute, dass sie mich in die Welt gesetzt hatte, als sie diese E-Mail schrieb? Wenn nicht, dann aber garantiert jetzt, das möchte ich wetten.

»Sie sagt aber nicht, welchen Spender sie ausgewählt hat«, stellte Tony fest.

»Welcher war es, Tante Angela, jetzt spuck's schon aus«, sagte Billy zum Computer. »War es 241, 254 oder 278 ...? Na los doch!«

Die beiden Jungs blieben voll konzentriert am Ball.

»Du musst nach dem Anhang suchen«, sagte Tony.

Billy checkte das C-Laufwerk und tatsächlich fand sich unter den Ordnern der Exceltabellen, die Mum für ihre Klienten angelegt hatte, eine mit der Bezeichnung »Babyprojekt«. Mum war so vorhersehbar!

Aber der Ordner »Babyprojekt« war leer.

Ich starrte mit brennenden Augen auf den Bildschirm – beschwor ihn, etwas Greifbares auszuspucken. Billy startete eine Suche nach »241«, dann »254«, dann »278«, aber es kam nichts dabei heraus.

Ich schwitzte jetzt. Meine Stirn fühlte sich feucht an und

das Make-up drohte mir an den Wangen hinunterzulaufen. Wenn ich doch nur einen Spiegel gehabt hätte!

»Such einfach alle Ordner durch«, sagte Tony, »mal sehen, ob da vielleicht welche ein Passwort haben.«

Zwanzig Minuten lang schuftete Billy am Computer und klickte alle Ordner im C-Laufwerk an und weg, während der Uraltrechner surrte und ächzte, als ob er jeden Moment abheben würde.

»Der hier«, sagte er schließlich. »Kein Dateiname und das Passwort ist geschützt.«

Ich atmete ein. »Okay. Und was jetzt?«, fragte ich.

»Wir müssen das Passworterkennungsprogramm laufen lassen«, sagte Billy.

Das machten wir natürlich, und Tony Cruz griff wieder in seine Tasche und holte den USB-Stick heraus, auf dem das Passworterkennungsprogramm gespeichert war. Ich tigerte im Zimmer hin und her und kam mir vor wie in einem alten Film, in dem die Männer im Wartezimmer auf und ab laufen, während ihr Baby geboren wird. Als Mann hätte ich damals einen Bürstenschnitt getragen und ich überlegte, wie ich den hinkriegen würde. Auf jeden Fall brauchte ich eine Haarschneidemaschine dafür. Vielleicht sollte ich mir einen Samstagsjob bei einem Männerfriseur im Viertel suchen, um den Umgang mit der Haarschneidemaschine zu lernen. Ich war mir ziemlich sicher, dass Tante Lilah keinen Bürstenschnitt hinkriegen würde …

»Wir sind drin«, verkündete Tony plötzlich.

Ich sog scharf die Luft ein. Das war doch nicht möglich. So leicht konnte es doch nicht sein? Bestimmt nicht. Nie und nimmer.

Und dann sagte er: »Ich glaube, das ist es! Wir haben es gefunden!«

Ich spürte, wie ein winziger Schweißtropfen langsam und kühl an der Innenseite meines Arms hinunterglitt. Mein Herz klopfte, als wollte es mir gleich aus der Brust springen. Vorsichtig spähte ich auf den Bildschirm. Drei Dokumente tauchten dort auf. Drei Dokumente. Drei Spender, aber kein Hinweis darauf, wer von ihnen denn nun mein Dad war.

241.

254.

278.

Wir starrten schweigend auf die Dateien, während Tony die Maus hin und her bewegte – unentschlossen, welche er öffnen sollte.

»Um Himmels willen«, sagte Billy schließlich. »Welche ist es denn jetzt?«

»Alle drei«, sagte Tony. »Was meinst du, Sadie? Sollen wir alle drei aufmachen?«

»Ja, klar«, sagte ich leise. »Ich meine, warum nicht?«

Ein Geräusch vor der Tür ließ uns zusammenfahren. Onkel Zé kam die Treppe herauf und brüllte zu Tante Lilah in den Laden hinunter: »Ich hol mir 'ne Cola? Willst du auch eine?«

Dann blieb er vor Billys Tür stehen und klopfte.

Ich wollte nicht, dass Onkel Zé ins Zimmer kam. Er sollte

nicht sehen, dass wir Mums großen alten PC hier drin hatten. Und er brauchte auch nicht zu wissen, was wir da machten. Er würde nur Fragen stellen. Und misstrauisch werden.

Also lief ich zur Tür und öffnete sie einen Spaltbreit. Mein Herz klopfte und flatterte in meiner Brust, als hätte sich ein verängstigter Vogel darin verfangen. Im Hintergrund hörte ich Billy und Tony rumoren, die Mums Computer schnell irgendwie zu verstecken versuchten.

»Hi, *Tito*«, sagte ich mit strahlendem Lächeln und in meinem charmantesten Plauderton, »tut mir echt leid wegen gestern Abend – ich meine, dass ich dir dein tolles Abendessen versaut habe.«

»Schon gut, *Anak*, wir holen das irgendwann nach«, sagte mein Onkel und versuchte an mir vorbei ins Zimmer zu spähen, aber ich schloss die Tür hinter mir und bugsierte ihn in Richtung Küche.

»Ich hätte auch gern eine Cola«, sagte ich. »Und Billy bestimmt auch.«

Hinter mir hörte ich, wie Billys Computer im Schlafzimmer hochfuhr.

»Und Tony?«, fragte Onkel Zé und starrte mich vielsagend an. »Was meinst du, was der gern hätte?«

»Das … ich weiß nicht. Auch 'ne Cola wahrscheinlich«, stotterte ich schuldbewusst, weil ich vor nicht allzu langer Zeit mit Tony Cruz im selben Zimmer gestanden hatte.

»Wie findest du Tony?«, fragte Onkel Zé scheinheilig, während er Cola einschenkte. »Magst du ihn, *Anak*?«

Was sollte jetzt diese dämliche Fangfrage?

»Tony ist nur … also das ist doch nur Tony.«

»Und magst du ihn?«, beharrte Onkel Zé.

»Klar mag ich ihn … ich glaube, er ist wirklich …«

»Nett? Freundlich? Süß?«

Onkel Zé wollte mir eine Falle stellen, das hatte ich ja gleich gemerkt.

»Klar – er ist NETT«, sagte ich mit Nachdruck, damit gar nicht erst Zweifel aufkommen konnten.

Onkel Zé und seine Jungenphobie! Er musste endlich mal lockerlassen. In gewisser Weise wäre mein Leben viel einfacher gewesen, wenn Onkel Zé tatsächlich mein Vater gewesen wäre, weil er sich die ganze Zeit so benahm. Als ob ich ihm gehörte.

»Willste 'ne Coke, Billy *iho?*«, fragte Onkel Zé, und als ich mich umdrehte, standen Billy und Tony in der Küchentür – ein bisschen rot von der Anstrengung, aber sonst cool wie zwei Salatgurken und mit totaler Unschuldsmiene.

»Ja, gerne«, sagte Billy. Er schaute mich an und formte mit den Lippen die Worte: »In meinem Zimmer«, dann kam er in die Küche.

Ich zog mich in Billys Zimmer zurück, wo er irgendwie einen Drucker angeschlossen hatte, der jetzt massenhaft Papier in einem Haufen auf den Boden spuckte.

Ich sammelte es auf und sortierte es.

Charles Ward Spender: 254
charles.ward2@hotmail.com
Familienstand: Ledig
Kinder: 0
Religion: Anglikanisch
Beruf: Schauspieler
Blutgruppe: 0+
Medikamentenallergie: Nein
Lebensmittelallergie: Nein
Tierhaarallergie: Nein
Heuschnupfen: Ja
Insektenallergie: Nein
Impfstoffallergie: Nein
Gesunde Zähne: Ja
Zahnregulierung: Ja
Rückenprobleme: Nein
Bronchitis: Nein
Windpocken: Ja
Windpocken im Alter von: 2
Höhenangst: Nein
Geistige Gesundheit: Gut

Richard Swain-Coles Spender: 278
r.swaincoles@doctorsnet.org.uk
Familienstand: Ledig
Kinder: 0
Religion: Ohne Bekenntnis

Beruf: Medizinstudent
Blutgruppe: 0+
Medikamentenallergie: Nein
Lebensmittelallergie: Nein
Tierhaarallergie: Nein
Heuschnupfen: Nein
Insektenallergie: Nein
Impfstoffallergie: Nein
Gesunde Zähne: Ja
Zahnregulierung: Nein
Rückenprobleme: Nein
Bronchitis: Nein
Windpocken: Ja
Windpocken im Alter von: 5
Höhenangst: Nein
Geistige Gesundheit: Gut

Abraham Smith Spender 241
abe.smith@kent.gov.uk
Familienstand: Ledig
Kinder: 0
Religion: Ohne Bekenntnis
Beruf: Gärtner
Blutgruppe: 0+
Medikamentenallergie: Nein
Lebensmittelallergie: Nein
Tierhaarallergie: Nein

Heuschnupfen: Nein
Insektenallergie: Nein
Impfstoffallergie: Nein
Gesunde Zähne: Ja
Zahnregulierung: Nein
Rückenprobleme: Nein
Bronchitis: Nein
Windpocken: Ja
Windpocken im Alter von: 3
Höhenangst: Ja
Geistige Gesundheit: Gut

Charles Ward. Richard Swain-Coles. Abraham Smith.

Schauspieler. Doktor. Gärtner.

Das war's also. Aus den Spendernummern waren Namen und Berufe geworden. Die Daten meiner Dads.

Drei mögliche Dads.

Denn auch diese Daten gaben keinerlei Hinweis darauf, wer von den drei Spendern nun mein Dad war.

12

Wenn dein Dad ein Samenspender wäre

Nach einer Weile kam Billy in sein Zimmer zurück, setzte sich vor den Computer und fing wieder mit seinem bescheuerten Summen an, während ich weiterhin auf die Ausdrucke starrte. Ich konnte das gar nicht alles auf einmal verdauen. Der Computer lieferte mir mehr an Information, als ich je gehabt hatte – und mehr, als ich wirklich brauchte. Das war mein Problem. Wenn es nur *einen* Ausdruck gäbe, dann …

Ich starrte blind aus dem Fenster. Die Leuchtreklame des *Royal Standard Tandoori* gegenüber von Billys Zimmer blinkte pausenlos, wie immer. Mr Kahn schaute aus dem Vorderfenster und hielt missmutig nach früher Kundschaft Ausschau. Er blickte auf, lächelte mir zu und winkte halb. Ich nickte zurück. Ich kannte Mr Kahn viel besser, als ich Richard Swain-Coles, Abraham Smith oder Charles Ward je kennen würde, obwohl ich die Hälfte meiner Gene von einem von ihnen hatte. Auch Ken, den Zeitungsverkäufer, die 50-Pence-Frau und Colin vom Vietnamesen standen mir näher als mein Dad.

»Und? Was sagst du dazu?«, fragte Billy schließlich. »Tony und ich .... Also wir finden, du sollst ihnen mailen und sie fragen, ob sie dein Dad sind oder nicht.«

Ich sagte nichts. Die Situation war zu verwickelt für großes Kino.

»Ich würde es jedenfalls so machen, wenn ich an deiner Stelle wäre«, fügte Billy noch hinzu.

»Ach ja?«, sagte ich. »Das würdest du also machen, wenn dein Dad ein Samenspender wäre und du die Wahl zwischen drei Kandidaten hättest, die du gerade im PC deiner Mum gehackt hast? Einfach fragen, ja klar! Und wenn sie nun gar nicht wissen, ob sie mein Dad sind oder nicht? Mum hat sie garantiert nicht angerufen und ihnen zu ihrem Beitrag zu meiner Geburt gratuliert.«

»Ich meine ja nur ...«, verteidigte sich Billy.

»Nein. Ist schon okay«, sagte ich. »Gut zu wissen, was du an meiner Stelle tun würdest.«

Ich starrte weiter reglos aus dem Fenster. Ich wollte nicht darüber reden. Es war bescheuert. Woher wollte Billy wissen, was er in meiner Situation tun würde? Er hatte doch keine Ahnung, wie sich das anfühlte.

»Tut mir leid«, fing Billy wieder an. »Ich wollte wirklich nicht ...«

»Ich bin nur ein bisschen durcheinander«, sagte ich, »und wenn du mir jetzt erzählst, was ihr an meiner Stelle tun würdet, hilft mir das auch nicht weiter, verstehst du? Du bist eben *nicht* an meiner Stelle.«

»Tut mir leid«, wiederholte Billy.

»Ich meine, ich hab schon gehört, dass In-vitro-Befruchtungen häufig zu Mehrfachgeburten führen, aber nicht zu Mehrfachvätern. Oder?«

Billy lachte und überspielte es schnell mit einem Hüsteln, als er mein Gesicht sah.

»Ich muss das erst alles verdauen, bevor ich weitere Entschlüsse fasse«, verkündete ich. »Auf jeden Fall hab ich jetzt konkrete Namen, und das ist viel mehr, als ich erwartet hatte.«

Billy war sichtlich enttäuscht. Aus dem Augenwinkel sah ich, wie seine Schultern heruntersackten.

»Nicht, dass ich mit der Suche aufhören will oder so«, fügte ich hinzu. »Aber ich brauche ein bisschen Luft und Raum, bevor ich weitermache. Und außerdem muss ich den Computer nach Hause zurückbringen, damit Mum nichts merkt.«

»Ja, klar«, sagte Billy.

Mit Tonys Hilfe hievten wir den PC wieder in Großtante Ritas Einkaufstrolley und beförderten ihn so leise wie möglich die Treppe hinunter. Aber leider doch nicht leise genug, weil Onkel Zé den Kopf aus dem Wohnzimmer streckte und uns beobachtete.

»Wäsche«, sagte ich.

Entweder war ich total überzeugend oder Onkel Zé war von der Tatsache abgelenkt, dass Tony Cruz weniger als einen

Meter von mir entfernt stand. Auf jeden Fall gab er sich mit meiner Erklärung zufrieden und ging mit unwilligem Kopfschütteln ins Wohnzimmer zurück, ohne mir weitere Fragen zu stellen.

Tante Lilah hatte eine Kundin im Salon, die sie gerade mit vollem Körpereinsatz in Alufolie einwickelte wie einen 190-Pfund-Truthahn. Sie drehte sich nicht mal um, als ich an ihr vorbeirauschte.

Ich rollte den PC auf der Straße nach Hause zurück und war heilfroh, dass wenigstens hier draußen alles beim Alten war. In meinem Kopf ging alles drunter und drüber. Ich atmete aus und mein Puls wurde langsamer.

Als ich in meine Straße einbog, sah ich schon von Weitem, dass Licht in der Küche brannte. Verdammt. Mum war da und das bedeutete, dass ich den PC in ihr Zimmer zurückschmuggeln musste, ohne dass sie es merkte.

Ich weiß nicht warum, aber plötzlich nahm ich einen Kreidestein und zeichnete ein Liebesherz auf die rote Backsteinwand vor dem Wohnblock. Dann schrieb ich RSC und AS und CW in die Mitte.

»Komisch«, sagte ich in Gedanken zu Shonna, in einer Parallelwelt, in der wir noch Freundinnen waren und Arm in Arm zur Schule gingen, »das sind die Anfangsbuchstaben von meinen Dads.«

»Du bist vielleicht ein Glückspilz«, würde Shonna antworten, »du hast gleich drei und alle deine Dads sind so was von cooool!«

»Ach du liebe Güte – die Anfangsbuchstaben von deinen drei Dads!«, würde Mum in dieser anderen Welt sagen. »Die werden sich schieflachen, wenn sie das hören. Wir müssen es ihnen sofort erzählen, wenn sie von der Arbeit nach Hause kommen.«

Aber nichts davon würde je in Erfüllung gehen, weil Shonna mich hasste und Mum mir nicht zuhörte und RSC, AS und CW gar nicht wussten, dass sie eine fünfzehnjährige Tochter hatten, die in Hackney, Ostlondon, lebte.

13

Wie du meinst, Mum

Schon von Weitem hörte ich Großtante Ritas Stimme – die Frau war besser als jeder Lautsprecher. Aber gut, dass sie da war und Mum von mir ablenkte. Die Arme saß wahrscheinlich wie festgenagelt an ihrem Platz und biss sich auf die Lippen, um nicht loszuprusten.

Ich schlich in den Gang, stellte den Trolley an seinen Platz zurück und hievte den PC heraus. Auf Zehenspitzen schleppte ich ihn in Mums Zimmer, quetschte ihn hinter die Frisierkommode zurück und stellte Mums Geheimschatulle obendrauf. Dann holte ich tief Luft und öffnete die Wohnzimmertür.

Mum und Großtante Rita saßen am Tisch und verspeisten Essiggurken. Iiih. Beide starrten mich überrascht an.

»Oho!«, bellte Großtante Rita. »Sieh mal einer an: meine Lieblingsgroßnichte.«

Dann prustete sie los und ich lachte höflich mit, obwohl ich den Witz schon Zillionen Mal gehört hatte.

»Hi, Tante Rita«, sagte ich und umarmte sie herzlich. Ich meine, klar, sie ist eine grässliche alte Frau, die einem echt Angst einjagen kann, aber irgendwie liebe ich sie auch. Sie ist ja praktisch meine Ersatzoma und ich finde, dass sie ihre Rolle super ausfüllt, obwohl Mum der Meinung ist, dass sie sich zu viel einmischt.

Ich habe keine richtigen Großeltern. Meine Oma und mein Opa sind beide innerhalb von drei Jahren gestorben, als Mum und Tante Lilah noch in die Grundschule gingen. Wir reden nicht viel über meine Großeltern, weil es einfach zu traurig ist. Mir tut sogar Tante Lilah leid, wenn ich daran denke. Mum und Tante Lilah und Großtante Rita gehen einmal im Jahr in die Synagoge, um für meine Großeltern zu beten und *Kol Nidrel* zu hören, ein total trauriges Lied, ganz in Moll, bei dem man praktisch Selbstmordgedanken bekommt, und manchmal holt Mum die alten Fotos raus, weil sie wissen will, ob ich inzwischen ihrer Mutter ähnlich sehe. Aber das lässt sich nur schwer sagen, weil die Bilder entweder überbelichtet oder zu verschwommen und körnig sind. Jedes Mal, wenn ich mich beschwere, dass unsere Familie zu eng aufeinandersitzt, reibt Mum mir unter die Nase, wie glücklich ich sein kann, dass wir einander haben. In letzter Zeit fällt es mir allerdings schwer, das als »Glück« zu sehen. Zum Beispiel jetzt.

»Warst du weg?«, fragte Mum, nachdem ich Großtante Rita umarmt hatte. »Mein Gott, du bist ja ganz blass und heiß«, fügte sie hinzu und packte meine Hand, »und deine

Hände sind ganz verschwitzt. Ich glaube, du hast Fieber. Rita – sie hat Fieber.«

Kein Wunder, dass ich blass und verschwitzt war. Ich hatte schließlich gerade erst erfahren, dass ich drei mögliche Dads besaß, und hatte noch dazu einen 5-Kilo-PC in Mums Zimmer geschleppt – auf Zehenspitzen.

»Ach, ihr fehlt nichts, Angela«, sagte Tante Rita. »Du regst dich immer viel zu schnell auf. Willst du ein Essiggürkchen, meine Liebe? Die hier sind sehr gut. Mit Dill.«

»Nein danke, Tante Rita.« Ich hasste Essiggurken – schon immer.

»Angela, sie will keine Essiggurke!«, rief Großtante Rita entsetzt. »Dann muss sie wirklich krank sein.«

Ich hasste Essiggurken und alles sauer Eingelegte.

»Sadie hat doch noch nie Essiggurken gegessen«, sagte Mum.

»Was? Noch nie Essiggurken gegessen?«, rief Großtante Rita. »Da stimmt was nicht, Angela, glaub mir. Du siehst gar nicht gut aus, Sadie, setz dich hin, damit du wieder zu Atem kommst.«

»Mir geht's gut, ehrlich«, sagte ich. »Ich hab gerade nur ein bisschen frische Luft gebraucht. Deshalb war ich kurz spazieren.«

Großtante Rita folgte mir mit den Augen, als ich mich zu ihnen an den Tisch setzte. Dann reichte sie mir eine Essiggurke. Ich aß sie einfach auf, weil ich keine Lust hatte, die Essiggurkendiskussion neu zu entfachen. Ältere Menschen können so gnadenlos sein. Sie lassen dir keine Ruhe, bis du irgendwann Essiggurken runterwürgst, obwohl du es gar nicht willst.

»Und? Gehst du immer noch gern in die Schule?«, fragte Großtante Rita.

Autsch! Genauso gut hätte sie mich fragen können, ob ich mich gerne jeden Tag von einem Auto überfahren lasse.

»Ja, klar«, sagte ich.

»Und wie geht's Gad?«, bohrte Großtante Rita weiter.

Im ersten Moment wusste ich nicht, wovon sie redete. Dann fiel es mir wieder ein, *Dad, Gad* und das ganze Drama mit der Geburtstagskarte und wie Billy mir aus der Patsche geholfen hatte.

»Oh, dem geht's gut, Tante Rita«, brachte ich fast ohne Stocken hervor.

»Ich hab noch nie von einem Gad gehört«, schniefte Mum und schaute mich mit hochgezogenen Augenbrauen an, dann wandte sie den Blick ab. »Aber ich bin ja auch die Letzte, die es erfahren würde.«

Damit hatte sie nicht ganz Unrecht, aber warum musste sie es unbedingt aussprechen? Wahrscheinlich sollte es witzig sein, war es aber nicht, weil niemand darüber lachen konnte, sodass es nur vorwurfsvoll und sarkastisch rüberkam. Und natürlich konnte ich meinen Mund nicht halten.

»Was soll das heißen, du bist die Letzte, die es erfahren würde?«, schoss ich zurück. »Du warst doch an meinem Geburtstag dabei, als ich die Karte von Gad bekommen habe?« Ich wartete ihre Antwort nicht ab, sondern legte schnell nach: »Ich meine, alle anderen können sich dran erinnern, warum also du nicht?«

Ich spürte, wie mir die Röte ins Gesicht schoss. Schließlich war das alles ihre Schuld; wenn sie mir zugehört hätte, als ich neulich mit ihr reden wollte, dann müsste ich jetzt die Suche nach meinem Dad nicht alleine durchziehen.

Ich drehte mich abrupt um und marschierte in den Küchenbereich. Auf der Arbeitsplatte lag ein Stück Cheddarkäse und daneben ein großes Messer. Ich nahm das Messer in die Hand und rammte es in den Käse und danach fühlte ich mich gleich viel besser.

»Ich hab Jeanette heute im Laden gesehen«, sagte Mum.

Sie drehte sich zu mir um und starrte mich vielsagend an. Ich hackte weiter in dem Cheddarkäse herum.

Jeanette, Shonnas Mum, hat einen Kleiderladen namens »Empire of Bling« an der Roman Road unten. Es gibt dort fast nur Leoprintklamotten und limettengrüne Stringtangas, und Mum ist ihre Buchhalterin. Jeanette und Mum sind nicht mehr ganz so eng befreundet wie früher, als Shonna und ich klein waren, aber sie tratschen immer noch gern miteinander. Vielleicht hatte Mum erfahren, dass Imelda jetzt Shonnas beste Freundin war. Vielleicht hatte sie was von meinem abgesplitterten Zahn gehört – und natürlich nur aus Shonnas Sicht. Ich sagte nichts. Weil es nichts zu sagen gab.

»Hast du gehört, Süße?«, fuhr Mum fort. »Ich hab Jeanette im *Empire* gesehen.«

»Ja, Mum, ich hab's gehört«, sagte ich und blendete sie aus, indem ich mich darauf konzentrierte, den Käse so dünn wie möglich aufzuschneiden, ohne mir dabei den Daumen abzusäbeln.

»Und sie hat … hörst du, Sadie? Also kannst du jetzt nicht mal rüberkommen und dich hinsetzen?«

»Sprich mit deiner Mutter, Liebes«, bellte Großtante Rita in ihren Lautsprecher.

Ich hatte den Käse inzwischen hauchdünn aufgeschnitten und jetzt nahm ich die Nagelschere, die in der Küchenschublade lag, und schnippelte daran herum, als ob es Haare wären. *He, du wärst echt gut mit der Haarschneidemaschine,* dachte ich unwillkürlich, *lass dir einen Job beim Männerfriseur um die Ecke geben, damit du lernst, wie man einen Bürstenschnitt macht.*

»Sadie!« Mum hob ihre Stimme.

»Komm her und setz dich!«, donnerte Großtante Rita. »Mein Liebes«, fügte sie leise hinzu, als sei ihr das eben erst eingefallen.

Ich hatte keine Lust, über Shonna zu reden. Ich meine, es war schlimm genug, dass ich mich jeden Tag in der Schule von ihr terrorisieren lassen musste. Mum schaute ein bisschen beleidigt, als sei es eine Zumutung, dass sie ihre Stimme mal über ein Flüstern anheben musste. Sie hielt mir ihre Hand hin und deutete auf den anderen Stuhl.

»Warum hast du mir nicht gesagt, dass du immer noch nicht mit Shonna sprichst, Schätzchen?«

Zum Glück ließ sie mir nicht wirklich Zeit für eine Antwort. »Jeanette meint, sie hat keine Ahnung, was zwischen euch vorgeht, aber Shonna regt sich wahnsinnig drüber auf …«

Ja, klar, dachte ich. Und worüber genau? Dass ich nicht hart genug mit dem Kopf am Boden aufgeschlagen bin, um mir den Schädel zu zertrümmern? Vielleicht hätte ich es Mum doch erzählen sollen. Vielleicht hätte ich ihr sagen sollen: *Wenn du die Wahrheit hören willst, Mum: Mein Leben ist die Hölle, seit Shonna vor der ganzen Klasse erzählt hat, dass mein Dad ein Spermapäckchen aus dem Internet war. Sie lässt mir keine Ruhe, verfolgt mich die ganze Zeit. Sie mobbt mich, sie hat mir sogar eine Geburtstagskarte geschickt, die mit »Dad« unterzeichnet war, nur um mich fertigzumachen. Ich hasse sie.*

Aber ich sagte kein Wort. Warum auch? Damit Mum Jeanette anrief? Damit die beiden Mamis, die uns praktisch gemeinsam aufgezogen hatten, sodass jede die Tochter der anderen fast genauso gut kannte wie ihre eigene, dafür sorgen konnten, dass wir uns zusammensetzten und darüber redeten? Shonna würde es nur ausnützen, um Munition gegen mich zu sammeln, damit sie mich in der Schule noch mehr demütigen konnte. Ich traute ihr nicht über den Weg.

»Wir haben uns auseinandergelebt, Mum«, sagte ich. »So was kommt vor, verstehst du?«

»Ich weiß, dass so was vorkommt, Sadie. Aber du bist doch bestimmt unglücklich darüber. Ich meine, ihr habt immer alles zusammen gemacht.«

Das stimmte. Ich wusste alles über Shonna Matthews, was es zu wissen gab. Dass das Armband an ihrem linken Handgelenk ein Taufgeschenk war, das sie seit ihrer Geburt trug und jedes Jahr ein Loch weiterstellte. Dass der Ersatzschlüssel zu ihrer Wohnung unter einer steinernen Schildkröte im Vorgarten ihrer Oma lag, die nebenan lebte. Oder dass Shonna einen »Storchenbiss« an ihrem Bein hatte, ein rotes Geburtsmal, das wir »Kriechender Rosmarin« nannten und das an ihrem Knöchel anfing und sich bis zu ihrem Schenkel hochrankte. Und ich wusste auch, dass Shonna jedes Mal, wenn jemand furzte, sagte: »He, wer hat da 'nen Koffer stehen lassen?« Ich habe mich immer schlappgelacht.

»Ihr wart so eng befreundet, ihr beide.«

»Na und? Ich war auch mal mit Rabbi Rabbit befreundet, ich hab ihn sogar mit ins Bett genommen und bin mit ihm durch dick und dünn gegangen. Und jetzt sitzt er auf dem Regal oben und aus dem Riss in seinem Arm quillt die Füllung raus.«

»Ich meine ja nur«, plapperte Mum hirnlos weiter, »ich meine ja nur.«

Sie sah müde aus. Ihr Minimal-Make-up hatte sich im Lauf des Tages aufgelöst, wie immer, und ihre Gesichtszüge wirkten farblos und verwaschen. Der Schlabberpulli, den sie an diesem Abend trug, hatte einen riesigen Fleck auf dem Ärmel, und ihr Haar – OHMEINGOTT! Unterirdisch, mehr sage ich nicht. Ich möchte nie so aussehen, wenn ich mal achtundvierzig bin.

Entschlossen stand ich auf. »Shonna hat sich verändert«, sagte ich. »Ich bin in letzter Zeit lieber mit Billy zusammen.«

»Mit Billy oder mit Tony?«, stichelte Mum.

Mum hat Tony gesehen. Sie weiß, was für ein heißer Typ er ist.

»Ja, Tony ist Billys Kumpel, aber ich bin nicht …«, fing ich an.

»Und wer bitte«, dröhnte Großtante Rita wie ein altes Nebelhorn, »ist Tony? Ich dachte, der Junge heißt Gad.«

»Was weiß ich, Rita?«, schnaubte Mum. »Wie gesagt, ich bin die Letzte, die hier was erfährt. Aber Jeanette hat von Tony gesprochen«, fügte sie zu mir gewandt hinzu. »Dieser Tony hat Shonna und dich auseinandergebracht, meint sie. Shonna mag Tony, kommt aber nicht an ihn heran, weil du immer mit ihm rumhängst.«

Das war der Gipfel. Ich und mit Tony herumhängen?

»Deine blöde Jeanette kann von mir aus zur Hölle fahren!«, brüllte ich in einer Lautstärke, gegen die selbst Großtante Rita nicht ankam. »*Ich hänge nicht herum*, okay? Ich hab einfach keine anderen Freunde und irgendwo muss ich ja hin, verdammt noch mal …« Wütend wischte ich mir die Tränen aus den Augen und stürzte hinaus. Ich wollte nicht, dass Mum von meinen Problemen erfuhr. Das ging gegen meinen Stolz. Diesmal knallte ich die Tür volle Kanne zu und schloss mich ein. Und dann rammte ich mir die Kopfhörer über die Ohren, um Mums hartnäckiges Klopfen auszublenden.

»Sadie, Schätzchen – lass uns doch drüber reden. Da scheint sich ja eine Menge angestaut zu haben.«

Später hörte ich, wie Großtante Rita sich zum Gehen fertig machte und noch eine Weile mit Mum im Flur herumstand.

»Ich will mich nicht einmischen«, dröhnte Großtante Rita. »Du wirst schon wissen, was du tust, Angela, aber ich an deiner Stelle hätte sie auf eine gute jüdische Mädchenschule wie die Hillel Heights geschickt, dann hättest du solche Probleme nicht mit ihr.«

»Rita, auf der Hillel Heights hätte sie jede Menge andere Probleme, angefangen damit, dass sie kein Schweinefleisch essen dürfte. Da ist es mir lieber, wenn sie sich mit ihrer besten Freundin in die Wolle kriegt – das ist viel weniger kompliziert.«

Ich hörte, wie Mum Großtante Rita hinausließ, und dann muss sie lange Zeit allein im Gang draußen gestanden haben. Nach einer Weile rief sie Tante Lilah an.

»Ich weiß einfach nicht, was los ist«, hörte ich sie noch sagen, bevor sie die Wohnzimmertür hinter sich zumachte.

Mein Zimmer war jetzt dunkel. Ich stand auf und zog Rabbi Rabbit von seinem staubigen Regal herunter und setzte ihn neben mich ins Bett. Er roch noch genauso wie früher.

Ich schaltete Mums Laptop ein und ging ins Netz. Groovechick2 hatte als Stimmungsstatus gepostet:

Manchmal hab ich das Gefühl, dass mich keiner mag.

SayD: Kenn ich, das Gefühl.
Groovechick2: Ehrlich?
SayD: Mum sagt, sie liebt mich, aber sie hört mir nicht zu. Nicht wirklich.
Groovechick2: Du machst ihr ganz schön viele Vorwürfe, SayD.
SayD: Wem?
Groovechick2: Deiner Mum.
SayD: Weswegen?
Groovechick2: Wegen deinem Dad. Und allem.
SayD: Ich mach ihr Vorwürfe? Wie kommstn darauf?
Groovechick2: Was für ne Frage! Du hast Power – mach was draus. Geh raus und nütze deine Power zum Guten.
SayD: Kann es sein, dass du zu viel W.o.W. spielst?
Groovechick2: Deshalb bin ich ja hier drin.
SayD: Weiß nicht, wie ich meine Power zum Guten nützen soll.
Groovechick2: Greif dir die Fiesgirls. Finde deinen Dad. Hab keine Angst.

14

Ich nehme Shonna in Schutz

Haarstylingidee für Donnerstag, den 27. September:

HOCHSTECKFRISUR

An einem Bad Hair Day sind Hochsteckfrisuren die perfekte Lösung. Einfach hochdrehen und mit Haarnadeln oder einer Schmetterlingsspange fixieren. Gib noch eine Blüte als Accessoire dazu und geh ab wie eine Rakete!

Als ich am Donnerstagmorgen aufwachte, fielen mir als Erstes meine drei Dads ein: Nr. 241, 254 und 278. Charles Ward, Richard Swain-Coles und Abraham Smith. Ehrlich gesagt hatte ich das Gefühl, in den letzten vierzehn Stunden an nichts anderes gedacht zu haben. Irgendwo da draußen wachten meine Dads jetzt auf, so wie ich, nur ohne Barbietapete natürlich.

Heute wollte mein Haar nicht so recht, deshalb probierte

ich die Hochsteckfrisur aus, steckte aber eine Feder statt einer Blüte als Schmuck dazu. Das Ergebnis war okay, nur ging ich leider nicht ab wie eine Rakete, was ich sehr enttäuschend fand.

»Vielleicht sollte ich ihnen wirklich einfach mailen«, sagte ich auf dem Schulweg zu Billy. Seit Shonna und ich zerstritten sind, gehe ich immer mit Billy in die Schule. Traurig irgendwie, dass ich mit meinem nerdigen Cousin vorliebnehmen muss, aber immer noch besser, als allein zu gehen.

Aber heute Morgen antwortete Billy nichts. Er schwieg eisern.

»Jetzt sag schon – was meinst du dazu?«, drängte ich.

»Gar nichts, Sadie. Ich hab keine Lust, mich schon wieder anfauchen zu lassen«, antwortete Billy. Und ich konnte es ihm nicht verübeln. Ich hatte ihn gestern Abend angebrüllt, als er mir einen guten Rat geben wollte.

»Tut mir leid«, sagte ich, »du weißt doch, wie wichtig mir deine Meinung ist, und ich brauche wirklich Hilfe in dieser Sache.«

»Na ja, Mailen wäre zumindest ein Anfang«, sagte Billy. »Auf dem PC war ja sonst nichts, was uns irgendwie weiterhelfen könnte. Okay, wir wissen jetzt, dass deine Mum sich definitiv für *Fertility-in-touch.com* entschieden hat und dass die Aktion erfolgreich war. Das Ergebnis bist du. Und einer von diesen drei Spendern muss dein Dad sein, weil wir keine anderen gefunden haben. Übrigens – deine Haare sehen heute cool aus. Mir gefällt die Feder.«

Er hatte Recht – mit dem Mailen und auch mit meiner Frisur. Aber gleich an drei Männer schreiben, die ich gar nicht kannte? Vor so was wurde man in der Schule doch ständig gewarnt. Ich würde sie natürlich nicht alleine treffen oder zu ihnen nach Hause gehen, das war klar. Ich bin ja nicht blöd – aber trotzdem, der Gedanke machte mir höllische Angst. Und dann noch die Tatsache, dass sie vielleicht gar nicht wussten, ob sie mein Dad waren.

»Und wenn sie es gar nicht wissen? Wenn Mum es ihnen nie gesagt hat?«, gab ich zu bedenken.

Billy summte schon wieder vor sich hin. »Dann müssen wir uns mit ihnen treffen«, sagte er, »und wenn einer von ihnen klein und dunkelhaarig ist und blaue Strähnchen und schlechte Manieren hat, dann wissen wir Bescheid.«

Inzwischen standen wir vor dem Schultor. Die E-Mail musste warten. Erst Morgenversammlung.

Ich saß drei Reihen hinter Tony Cruz, aber mit freier Sicht auf seinen Nacken. In der Elften gab es eine große Bandbreite von Jungsnacken zu bewundern. Vom dürren Hühnerhals bis zum Streuselkuchen- und Stiernacken war alles vertreten. Tonys Nacken hob sich wohltuend hervor, weil er muskulös, aber nicht zu bullig und außerdem leicht gebräunt war. Billy stand neben ihm und schnitt erstaunlicherweise auch nicht schlecht ab. Er hatte die dunkle Haut von seinem Dad und auch den schlanken, eleganten Hals mit den breiten Schultern. Ich war direkt stolz auf ihn – von hinten sieht Billy richtig gut aus. Das musste ich ihm mal sagen.

Ich stand also da und meine Augen bohrten vermutlich ein Loch in Tonys Hinterkopf, was er irgendwann gespürt haben muss, weil er sich umdrehte und mich anschaute. Also ich meine, so richtig. Tony Cruz sah mich an und zog fragend die Augenbrauen hoch. Nach dem Abend neulich wusste ich, dass er in Wahrheit nur ein dummer kleiner Junge war, der Memorysticks in seiner Tasche herumschleppte. Trotzdem, für einen Computerfreak hatte er einen superdurchtrainierten Körper, sodass mir unter seinem Blick ganz heiß wurde. Mein Gesicht war garantiert so rot wie eine Tomate.

Tony schenkte mir ein halbes Lächeln und drehte sich wieder um. Ich könnte schwören, dass ich eine ganze Achtklässler-Mädchenreihe hinter mir kichern hörte. Dann donnerte die Tanztruppe auf die Bühne und legte eine total überflüssige Bump-and-Grind-Nummer hin, und ich glaube, Tony ist in eine von ihnen verknallt – vielleicht Rada (sie ist die Hübscheste), weil sein Hals plötzlich rot und immer röter wurde – bis zu den Ohren hinauf.

Ehrlich gesagt, konnte ich die Mittagspause kaum noch erwarten, weil ich ihm von meinen Plänen erzählen wollte. Doch dann kam alles anders, denn Tony fing mich ab, ehe ich auch nur aus der Aula herausgekommen war.

»Sadie!«, rief er. Ein paar Mädchen aus meiner Klasse blickten sich verwundert um und fragten sich wahrscheinlich, warum Tony Cruz ausgerechnet mit dem Winzling Sadie Nathanson redete.

»Und? Wie läuft's?«, fragte er mit seinem üblichen Nicken.

»Gut«, sagte ich, »und danke für gestern Abend – war ja ziemlich schwierig, das Zeug zu finden.«

»Ach, kein Problem«, sagte er. »He, ich mag deine Haare. Die Feder sieht cool aus.«

»Danke.« Ich notierte mir im Stillen, dass ich mir die Frisur öfter mal machen musste.

Tony lotste mich von meiner Klasse weg.

»Hör mal, ich hab mit Billy geredet«, sagte er leise. »Er hat mir erzählt, wie gemein Shonna Matthews in letzter Zeit zu dir war. Und ich dachte immer, ihr seid Freundinnen.«

Ich erstarrte. Warum interessierte sich Tony plötzlich für meine Freundschaft mit Shonna?

»Ja, schon«, sagte ich so beiläufig wie möglich. »Mädchen können echt fies sein.«

»Soll ich mal mit ihr reden?«, fragte Tony. »Ihr sagen, dass sie die Finger von dir lassen soll?«

Bat er mich etwa um Erlaubnis? Wow! Ich war geschmeichelt, aber auch überrascht.

»Wenn du willst«, sagte ich, »mach nur – sprich mit ihr. Warum nicht? Sie mag dich so gern, vielleicht hört sie ja auf dich. Aber du musst aufpassen, sie hat so einen Trick bei Jungs .... Also, sie redet ganz leise, damit du dich vorbeugen musst und ...«

»Ehrlich?«, unterbrach Tony mich. »Shonna Matthews mag mich?«

»Was denkst denn du?«, sagte ich und klatschte mir mit dem Handrücken gegen die Stirn. Also echt. Brauchte dieser

Typ denn pausenlos Bestätigung, dass alle Mädchen in der Schule auf ihn fliegen?

Und dann machte Tony etwas total Eingebildetes. Er kicherte. Kicherte und schüttelte den Kopf. Statt wie sonst eifrig zu nicken. Und das brachte mich auf die Palme. Wie konnte er über die Gefühle von anderen Menschen lachen? Selbst wenn es Shonnas Gefühle waren. Und wer sagte mir, dass er über meine nicht genauso lachte?

»Hör mal«, fing ich an, »ich hasse Shonna Matthews, aber dass du über sie lachst, hat sie nicht verdient.«

Tony klappte den Mund auf und zu, aber es kamen keine Worte heraus, und deshalb fuhr ich fort: »Sprich mit ihr. Sag ihr, dass sie aufhören soll, mir das Leben zur Hölle zu machen, aber lach nicht über sie!«

Dann stolzierte ich davon und ließ ihn einfach stehen – sprachlos und mit offenem Mund.

Verdammt. Ich hatte Shonna vor Tony in Schutz genommen. Was zum Teufel war bloß in mich gefahren? Konnte ich sie immer noch nicht richtig loslassen? Aber warum schaffte ich es nicht, Shonna die Kante zu zeigen, so wie ich es gerade bei Tony Cruz gemacht hatte? Ehrlich gesagt, manchmal bin ich mir selbst unheimlich.

15

Wie mailt man seinem potenziellen Dad?

Die Schulbibliothek war eigentlich kein besonders guter Arbeitsplatz, selbst für die langweiligsten Aufgaben nicht, wie zum Beispiel Buchinterpretationen schreiben oder für Biotests büffeln.

Hier hingen immer Leute herum, die nicht auf den Pausenhof rauswollten, weil es regnete. Und natürlich tuschelten und kicherten sie die ganze Zeit und ließen Zettelchen herumgehen, bis sie von einer Abordnung von Strebern angezischt wurden (Mädchen natürlich), die selbst in der Pause Extrapunkte sammeln wollten.

Zum Glück schien die Sonne an diesem Tag, sodass die meisten das Schulgelände verlassen hatten, um Chips zu kaufen oder die Ladenbesitzer in der Gegend zu ärgern. Jedenfalls hatte ich ausnahmsweise fast die ganze Bibliothek für mich allein, um meinem Dad zu mailen, der wahrscheinlich gar nicht wusste, dass ich überhaupt existierte. Mein potenzieller Dad.

~~Hallo, ich bin ziemlich sicher, dass Sie mein Dad sind. Vielleicht erinnern Sie sich, vor sechzehn … Vielleicht erinnern Sie sich, dass Sie sich vor sechzehn Jahren bei Fertility-in-touch-com …~~
Hallo, also ich bin Ihre Tochter …

Ich blickte auf. Miss Frame, die Bibliothekarin, schaute mich an. Es scheint ein Naturgesetz zu sein, dass die meisten Lehrer wie Außerirdische von einem fremden Planeten rüberkommen – nicht gesellschaftsfähig –, aber Miss Frame ist eine Ausnahme. Ehrlich gesagt, ist sie der normalste Mensch, der sich je in die Haut eines Lehrers verirrt hat, soweit ich es beurteilen kann. Sie ist hübsch mit ihrer zierlichen Figur und ihren coolen, smarten Klamotten – wie eine Porzellanpuppe – und was sie sagt, ist okay und immer wieder überraschend. Ihr Haarstil ist auch ständig anders. Miss Frame probiert gern neue Frisuren aus. An diesem Tag hatte sie eine Teddy-Girl-Frisur, ganz im Fünfzigerjahre-Stil, nach vorn gekämmt und mit einer Spange festgesteckt. Extrem retro. Vielleicht liegt es daran, dass wir beide einen Frisurentick haben, jedenfalls kann ich mich immer ganz normal mit ihr unterhalten.

»Du siehst so nachdenklich aus, Sadie«, sagte sie und lächelte mir zu. Dann ging sie wieder an ihre Arbeit zurück, was immer eine Bibliothekarin so macht – Regale einräumen, katalogisieren und so weiter.

»Okay«, tief Luft holen. »Ich will eine Mail an einen Mann schreiben, der wahrscheinlich mein Dad ist«, sagte ich, »aber er weiß nicht, dass es mich überhaupt gibt.«

Keine Ahnung, warum ich es ihr erzählte. Vielleicht weil es sowieso kein Geheimnis war. Und auch keines sein sollte. Miss Frame wusste garantiert Bescheid. Lehrer tratschen und sie hatte bestimmt im Lehrerzimmer gehört, was in jener denkwürdigen Biostunde vorgefallen war.

Miss Frame schwieg lange. Andere Lehrer hätten vielleicht gesagt: »Das hier ist ein Raum zum Lernen, Sadie, und kein Internetcafé – auch nicht in der Mittagspause.« Oder sie hätten mich auf Punkt C1(b) im Handbuch der »Internetnutzung für Schüler« hingewiesen:

b) Keine Online-Kommunikation mit Fremden ohne Einverständnis der Eltern.

Ja, klar – aber wenn nun der »Fremde«, mit dem man online kommunizieren will, zufällig der eigene Vater ist? Was dann? Dafür gab es wahrscheinlich keine Klausel. Miss Frame traute mir jedenfalls eine gewisse Intelligenz zu, weil sie mir diesen ganzen Mist ersparte. Nach einer halben Ewigkeit sagte sie: »Ich kann mir vorstellen, wie schwierig das ist, wenn du ihn noch nie gesehen hast und er vielleicht nicht mal weiß, dass du seine Tochter bist.«

»Total schwierig«, stimmte ich zu. »Ich weiß nicht, wie ich anfangen soll. Ich hab schon x-mal alles wieder gelöscht, weil es sich so bescheuert anhört.«

Miss Frame legte jetzt ihre Bücher weg, kam zu mir herüber und setzte sich auf die Schreibtischkante, und zwar so, dass sie nicht auf den Bildschirm sehen, mich aber anschauen konnte. Sie hat ganz winzige Hände, die sie zusammenfaltete, sodass sie noch niedlicher aussahen, und ich bewunderte ihre feinen, perlmuttrosa lackierten Fingernägel und schmalen Silberringe und schaute auf meine eigenen plumpen Finger hinunter, die mit Tinte und Haarfärbemittel verschmiert waren. Was bildete ich mir eigentlich ein? Tony Cruz würde sich nie in ein Mädchen mit solchen Fingern verlieben.

Miss Frame lächelte mich an.

»Stell dir vor, du würdest mit ihm reden, Sadie. Schreib ihm, als ob es ein ganz normales Gespräch wäre.«

Nein, das ging nicht. Unmöglich.

»Wie denn? Der Haken ist doch, dass ich eben *kein* normales Gespräch mit ihm führe«, sagte ich. »Ich schicke ihm eine E-Mail und überlege mir jedes Wort, das ich schreibe, und dann kann ich's einfach nicht.«

Dass ich die E-Mail gleich dreimal verschicken musste, verschwieg ich lieber.

Miss Frame stand auf und ging zu ihrem Bücherstapel zurück.

~~*Lieber Dad … die verrückte Bibliothekarin hier sagt, ich soll dir schreiben, als ob wir normal miteinander reden würden, aber das tun wir ja nicht …*~~

Dann saß ich fast zwanzig Minuten lang da und starrte aus dem Fenster. Die Mittagspause war praktisch vorbei. Miss Frame legte einen Bücherkatalog weg, kam zu mir herüber und setzte sich wieder auf die Schreibtischkante. Sie holte tief Luft durch die Nase, sodass ihre zierliche kleine Puppenbrust sich hob und senkte.

»Okay«, sagte sie, »willst du jetzt die E-Mail an deinen Vater schreiben oder nicht?«

Ich starrte sie an – vielleicht war sie doch eine Außerirdische von einem fremden Planeten, so wie die anderen Lehrer. Und auf jeden Fall schien sie Blut geleckt zu haben.

»Ja-ha«, sagte ich.

»Dann tu's, Sadie. Schreib ihm. Tipp irgendein Blabla in den Computer und schick es ab. Dann ist es erledigt und du brauchst nicht mehr dran zu denken.«

Miss Frame faltete ihre Hände auseinander und strich ihren Rock glatt, als hätte sie mir gerade das beste Apfelkuchenrezept der Welt verraten oder einen neuen Stickstich gezeigt.

»Ich finde es sehr mutig, was du dir da vorgenommen hast. Geradezu verwegen. Also darfst du auch nicht schüchtern sein. Schließlich geht es ja nicht um die E-Mail, die du selbst schickst, sondern um die Antwort, die du darauf erwartest, oder nicht?«

»Ja, schon.«

»Und wenn du keine E-Mail schickst, kriegst du auch keine Antwort.«

»Ja, stimmt.«

»Also, dann schreib und schick es ab!«, sagte Miss Frame. Sie erhob sich, ging wieder an ihre Arbeit zurück und stapelte weiter Bücher aufeinander oder blätterte Kataloge durch.

Hi, ich glaube, Sie sind mein Dad – ich weiß es durch eine E-Mail, die ich entdeckt habe und in der steht, dass Sie damit einverstanden waren, Ihre persönlichen Daten registrieren zu lassen. Außerdem habe ich einen Brief zu Hause, den Sie an »mich« geschrieben haben – oder nein, eigentlich nur an ein künftiges »Ich« –, und jetzt wollte ich einfach mal Hallo sagen. Also, ich heiße Sadie, bin gerade fünfzehn geworden und ich hätte furchtbar gern …

Dann läutete es und die Pause war zu Ende. Verdammt.

16

Der Verrat

Der Nachmittag verging quälend langsam. Ich ärgerte mich, dass ich es immer noch nicht geschafft hatte, die E-Mails abzuschicken. Nachdem ich mich endlich zu einem Anfang durchgerungen hatte, wollte ich es sofort erledigt haben. Am liebsten schon gestern.

Sobald der Unterricht zu Ende war, stürzte ich in die Bibliothek und betete, dass niemand da war, nicht einmal Miss Frame, damit ich mich ganz auf meine E-Mail konzentrieren konnte. Die Bibliothek schien verlassen, also loggte ich mich ein und öffnete meine halb geschriebene Mail:

… bald eine Antwort von Ihnen – oder nein, am liebsten sofort, weil es mich wahnsinnig viel Überwindung kostet, Ihnen diese Mail zu schreiben, und ich vor lauter Stress schon ein nervliches Wrack bin.

Sadie Nathanson

Ich überprüfte die Adressen:

charles.ward2@hotmail.com
r.swaincoles@doctorsnet.org.uk
abe.smith@kent.gov.uk

Dann drückte ich dreimal auf »Senden«.

Und schaute zu, wie die Mail dreimal aus meiner Mailbox verschwand.

Ich checkte den Ordner »Gesendet«. Die Mails waren drin. Super. Jetzt konnte ich aufatmen. Und es war ein richtig gutes Gefühl, dass ich es geschafft hatte. Dass ich die Sache ins Rollen gebracht hatte.

Ich las alles, was ich geschrieben hatte, noch einmal durch und fand, dass es ziemlich lahm klang – aber egal. Miss Frame hatte Recht: Es ging nicht um die Nachricht, die ich geschickt hatte, sondern um die Antwort, die ich darauf bekommen würde.

Meine Mum hat mir mal erzählt, dass sie früher immer mit sich selbst geredet hat, wenn sie allein war, und erst als ich auf die Welt kam, sei ihr klar geworden, dass sie keinen Dachschaden hatte, sondern die ganze Zeit mit mir geredet hatte, ohne es zu wissen. Und mir ging es jetzt genauso, als ich an diesem Nachmittag die erste Botschaft an meinen Dad in der Bibliothek von Miss Frame abgeschickt hatte. Die ganzen imaginären Gespräche, die ich mit ihm geführt hatte, dieses Gefühl, dass mein Dad mir über die Schulter blickte, waren real, Wirklichkeit, und daran war überhaupt nichts Krankes. Jetzt musste er nur noch antworten.

Ich loggte mich aus und fuhr den Computer herunter. Das Abschaltgeräusch hallte durch die Bibliothek. Die Schule wirkte plötzlich verlassen, als seien schon alle nach Hause gegangen. Eine volle Schule kann der absolute Horror sein, aber eine leere Schule, das ist wie ein versunkener Dschungel. Es war totenstill, bis auf ein paar gespenstisch dröhnende Heizungsrohre. Unwillkürlich dachte ich daran, wie es wohl in Tante Lilahs Friseursalon bei Nacht zuging: Die vielen Trockenhauben, die verzweifelt nach den Köpfen schrien, die sonst unter ihnen schmorten. Oder die Zeitschriften, die gelesen werden wollten. Ich blieb sonst nie länger in der Schule als unbedingt nötig – es war viel zu gruselig.

Vorsichtshalber ging ich die Hintertreppe hinunter statt vorne raus. Ich wollte nicht gesehen und gefragt werden, was ich hier machte und warum ich noch in der Schule war. Ich wollte unbemerkt nach Hause schlüpfen und das Gefühl in mir nachwirken lassen, das ich beim Abschicken der drei Mails gehabt hatte. Ich wollte nicht, dass der Zauber gebrochen wurde.

Doch so viel Glück war mir natürlich nicht vergönnt.

Ich stand noch auf den Betonstufen vor dem Schulgebäude, den Türgriff in der Hand, als ich etwas hinter den riesigen Mülltonnen hörte – Getuschel. Es war Shonna und sie redete in dem leisen Flüsterton, den sie immer anschlägt, wenn sie einen Typen dazu bringen will, dass er sich zu ihr vorbeugt.

Das funktioniert immer, Sadie, probier's nur mal aus. Du redest so leise, dass sie sich zu dir vorbeugen und auf deine Lippen starren, und ehe du auch nur Piep sagen kannst …

Dann sah ich den Nacken, den ich mittlerweile in jeder x-beliebigen Nackenreihe erkennen würde – Tonys Nacken –, und Tony, dieser Verräter, beugte sich voll zu ihr vor.

Ich hatte den Türgriff noch in der Hand und knallte die Tür zu, so laut ich nur konnte. Dann rannte ich an Shonna und Tony vorbei, die sich hinter den Mülltonnen zueinander vorbeugten und tuschelten. Seine Augen auf ihren Lippen, und ehe sie Piep sagen konnte … *Das funktioniert immer, Sadie, probier's nur mal …* Die Tränen ließen alles vor meinen Augen verschwimmen, und ich rannte und rannte.

Zum Glück finde ich meinen Heimweg blind.

Zu Tante Lilahs Salon.

Und Mr Khans Laden.

Die Kreuzung.

Der Minimarkt.

Die 50-Pence-Frau.

Nach Hause.

Mums Auto parkte vor der Tür. Mist, dann war sie da. Und sie würde mich natürlich fragen, warum ich in Tränen aufgelöst war. Ich musste also schnell sein. Entschlossen riss ich die Wohnungstür auf und stürzte durchs Wohnzimmer, wo Mum mit ihrem Laptop saß und auf eine Tabelle starrte.

»Sadie-Schätzchen?«

»Hausaufgaben«, murmelte ich, ehe sie aufstehen konnte. Ich schloss meine Zimmertür hinter mir, schmiss mich aufs Bett und zog die Decke über den Kopf. Rabbi Rabbit dämpfte meine Schluchzer.

»Was ist denn, Süße?« Mum klopfte an meine Tür.

»HAUSAUFGABEN!«, brüllte ich. Trotz meiner verzweifelten Lage schoss mir der Gedanke durch den Kopf, dass ich mit dieser Stimme selbst Großtante Rita niederschreien könnte.

»Okay, okay«, sagte Mum und ich hörte sie ins Wohnzimmer zurückgehen.

Tony Cruz. Von wegen, dass er zu Shonna ging, um ihr zu sagen, dass sie mich in Ruhe lassen sollte! Ha! Wie hatte ich nur auf so was reinfallen können? Ich hätte es wissen müssen nach seinem blöden Gekicher. Und wie er gesagt hatte: Was, Shonna Matthews mag mich?

Und ich blöde Kuh hatte sie auch noch verteidigt …

Ich hasste Shonna Matthews. Noch viel mehr als vorher, falls das überhaupt möglich war.

Ich starrte auf meine tintenfleckigen Stummelfinger und zwang mich zu lachen. Ich lachte über mich selbst. Im Ernst: Wie konnte ich mir nur einbilden, dass Tony Cruz auf mich stehen würde? Dass er je was anderes als Mitleid für mich empfinden würde? Mitleid, weil ich die Cousine seines besten Kumpels war, klein und still – wie eine hilflose Maus auf einer idiotischen World-of-Warcraft-Mission, in die er mit hineingelockt worden war?

Ich holte tief Luft, so wie Miss Frame es mir in der Mittagspause vorgemacht hatte. Von Tony und Shonna würde ich mir jedenfalls nicht den Tag verderben lassen. Oh nein. Ich würde mein inneres Gleichgewicht wahren. Unabhängig bleiben. Mich in allem nur auf mich selbst verlassen. Ich stand auf und schaute in den Spiegel. Die Feder in meinem Haar war umgeknickt. Es sah bescheuert aus.

Ich hatte ja gleich gewusst, dass heute ein Bad Hair Day war. Da gab es nichts zu retten. Ich ging ins Badezimmer, drehte die Dusche auf und stellte mich drunter.

»Ich stelle keine Fragen«, sagte Mum, als sie mich tropfnass in meiner Schuluniform auf der Badematte stehen sah. »Und ich brülle auch nicht, damit es nicht eskaliert und in einem häuslichen Doppelmord endet.«

»Gut«, sagte ich. Und dann noch: »Ich mach alles wieder trocken, okay?«

Ich war beeindruckt: Meine Mum kann manchmal echt cool in Situationen sein, in denen ich es ihr nie zugetraut hätte. Zum Beispiel jetzt, als ich in meiner klatschnassen Schuluniform vor ihr stand.

»Am besten, wir reden nicht drüber«, sagte Mum. »Auch nicht über die Tatsache, dass der Blazer in die Reinigung muss und nicht gewaschen werden darf.«

Und sie hielt Wort.

Aber jetzt saß ich wie auf Kohlen und hoffte, dass Mum bald ins Bett ging, damit ich meine E-Mails auf ihrem Laptop checken konnte. Vielleicht hatten mir die Dads Nr. 241, 254 und 278 ja zurückgeschrieben?

Leider klebte Mum an diesem Abend geradezu an ihrem Laptop. Ich tigerte herum, ging immer wieder ins Wohnzimmer hinüber und starrte auf den Computer, in der Hoffnung, dass ich ihn mir klauen konnte.

»Ist was mit dir, Süße?«, fragte Mum. »Du bist so unruhig.« Sie blätterte jetzt ihre Karteikarten durch, den Ellbogen auf den Laptop gestürzt. »Und blass bist du auch.«

Ich spielte mit dem Gedanken, mich krank zu stellen – nur um Mum zu beruhigen. Sie denkt immer, ich bin krank oder brüte irgendwas aus. Und nichts macht sie glücklicher, als wenn sie meine Temperatur messen oder mir heiße Zitrone mit Honig machen kann.

»Alles okay«, sagte ich trotzdem, »hab nur jede Menge Zeugs zu lernen, vor dem ich mich gern drücken würde. Aber keine Sorge, alles ist gut. Alles im grünen Bereich.«

Mum legte den Arm um mich und drückte mich an sich. Ich liebe meine Mum und die Versuchung war groß, ihr alles zu erzählen, als wir jetzt unter uns waren. Über Tony und Shonna, über die drei Dads. Aber sie hätte nichts davon ohne großes Tamtam gelöst. Ich wusste genau, dass das nicht unter uns bleiben würde wie in einer normalen Mutter-Tochter-Beziehung. Mum würde überreagieren und alle miteinbeziehen. Sie würde Onkel Zé herholen (zum Kochen) und Tante Lilah (für die hysterischen Anfälle) und Großtante Rita (damit sie alle anbrüllen konnte). Nein, ich musste das allein regeln und der Versuchung widerstehen, alles auszuplaudern.

Ich griff also nach der Fernbedienung, statt Mum mein Herz auszuschütten, und schaltete den Fernseher ein. Ich spürte, wie mir sofort die Tränen in die Augen schossen, als ich an die Schule und an Shonna und Tony dachte. *Good as it Gets – Hinter den Kulissen,* ein Ableger von Tante Lilahs geliebter Dienstagabendserie, fing gerade an, und im selben Moment klingelte es an der Tür.

»Donnerstag«, sagte Mum. »Heute muss Donnerstag sein!«

Hilfe! Hoffentlich werde ich nie so, dass man mein ganzes Leben und was ich gerade mache oder wo ich mich aufhalte, am Fernsehprogramm ablesen kann. Dann kann ich mich ja gleich erschießen. Tante Lila »juhute« die Treppe herauf, weil heute Donnerstag war und das Making-of ihrer Lieblingsserie lief und weil sie zu Hause niemanden hatte, der es mit ihr anschauen wollte. Es war tragisch, echt, aber auch unterhaltsam, und deshalb stürmte ich diesmal nicht in mein Zimmer. Ich setzte mich neben Mum, und wir verdrehten die Augen hinter Tante Lilahs Rücken und lachten über die Kandidaten, die sich für tolle Sänger hielten, aber total unmusikalisch waren, oder über die Möchtegerntänzer mit den zwei linken Füßen.

»Das war unglaublich!«, sagte Harry »The Hurricane« Hodder, der schreckliche Typ vom Jurorenteam, nachdem eine Frau in Beige *My Heart will Go On* gejault hatte.

»Danke«, sagte die Beige.

»Nein, halt, das war kein Kompliment. Es war einfach unglaublich grauenhaft – kein Gesang, sondern Gebrüll. Als ob Sie mit Ihrer Nachbarin gestritten hätten.«

Tante Lilah renkte sich fast den Kiefer aus vor Lachen, so toll fand sie diesen Witz.

Als Tante Lilah endlich wieder fort war – garantiert hatte sie auf dem ganzen Heimweg über die Grobheiten von Harry »The Hurricane« Hodder gekichert – und Mum sich ins Bett verkrochen hatte (mit Ohrstöpseln in den Ohren und tot für diese Welt), schlich ich mich zum Laptop und loggte mich ein.

Zwei Mails warteten auf mich.

Dies ist eine automatische Benachrichtigung der Mail-Delivery-Software. Eine Nachricht, die Sie verschickt haben, konnte einem oder mehreren Empfängern nicht zugestellt werden. Dieser Fehler ist wiederholt aufgetreten. Folgende Adresse(n) wurde(n) nicht gefunden:
charles.ward2@hotmail.com

Katastrophe.

Und es kam noch schlimmer.

Dies ist eine automatische Benachrichtigung der Mail-Delivery-Software. Eine Nachricht, die Sie verschickt haben, konnte

einem oder mehreren Empfängern nicht zugestellt werden. Dieser Fehler ist wiederholt aufgetreten. Folgende Adresse(n) wurde(n) nicht gefunden:
r.swaincoles@doctorsnet.org.uk

Es gibt Tage, da sollte man lieber gleich im Bett bleiben. Meine Haare hatten mich gewarnt, aber ich hatte nicht darauf gehört. Man sollte immer auf seine Haare hören, weil sie eine feine Antenne dafür haben, was im Lauf des Tages noch alles auf einen zukommen wird.

Stimmungsstatus: Am Boden zerstört.

Groovechick2: Hä?
SayD: Gleich 2 Dads geplatzt, und dann stellt sich auch noch raus, dass Nicktyp auf Fiesgirl steht + ich hab hässliche Hände.
Groovechick2: Schreck, das klingt nach einem Scheißtag.
SayD: Auch nix Neues. Was mach ich jetzt? Mich für alle Zeiten unter der Decke verkriechen?
Groovechick2: Bloß nicht. Halt durch. Gib nicht auf.
SayD: Mir ist zum Heulen. Weiß nicht, warum die Fiesgirls mich so hassen und warum der Nicktyp so gemein zu mir ist. Ich hab ihm diesen ganzen Dadkram anvertraut und er betrügt mich.
Groovechick2: Du brauchst sie nicht – keinen von beiden. Du bist besser als die.

SayD: Fühl mich aber total ausgetrickst. Schnief.
Groovechick2: Lass es nicht an dich ran. Glaub an dich. Wehr dich. Und finde deinen Dad.
SayD: Und du? Was machst du?
Groovechick2: Immer dasselbe. Ich = Lernen. Freund = W.o.W.
SayD: Schade, dass ich nicht mehr auf Barbie stehe. Schade, dass ich nicht mehr 6 bin und meine Ma mag.
Groovechick2: Komisch, eines Tages wachst du auf, und alles, was sie sagen, ist einfach nur nervtötend.
SayD: Und alles, was sie nicht sagen, auch.

17

Dads googeln

Haarstylingidee für Freitag, den 28. September:

Bauernzopf

Diese fantastische Frisur kriegt man nur schwer allein hin, aber mit der Hilfe einer guten Freundin ist der Zopf leicht gemacht.
Was du außerdem brauchst: ungefähr 20 Minuten Zeit, schulterlanges glattes Haar (oder Extensions), einen Stylingkamm und ein Haargummi. Der Look verleiht den ganzen Tag ein gepflegtes, elegantes Aussehen und jedes Härchen sitzt am rechten Platz!

»Ich hab mir so was schon gedacht«, sagte Billy am Freitagabend nach dem Essen.

Ich hatte schon den ganzen Tag miese Laune. Jetzt lag ich auf seinem Stockbett, jammerte ihm über die falschen E-Mail-Adressen vor und tastete gleichzeitig unter dem Bettrand nach weiteren Fotos von Shonna herum, die mir beim letzten Mal vielleicht entgangen waren.

»Also wer bleibt dann noch?«, fragte Billy.

»Abraham Smith – Gärtner aus Kent«, sagte ich mit Grabesstimme. »Nummer 241, deine leibliche Tochter wartet händeringend auf dich.«

»Dann ist noch nicht alles verloren«, sagte Billy.

»Wie meinst du das?«, fauchte ich irritiert.

Wie konnte er nur so schrecklich optimistisch sein? Unsere Misserfolgsquote lag schließlich bei 2 : 1 nach dem Stand von gestern Abend.

»Na ja«, erwiderte Billy, »ich sagte doch schon, dass ich nichts anderes erwartet habe, und deshalb hab ich ein paar Nachforschungen angestellt.«

Ich setzte mich auf.

»Was für Nachforschungen?«

»Ach, ich hab nur ein bisschen gegoogelt.«

»Und?«

»Und, und, und …«, sagte Billy. »Dad Nummer 278 – Richard Swain-Coles – ist tatsächlich Arzt geworden. Es war ganz leicht, ihn zu finden. Alle Ärzte sind irgendwo registriert und sein Name ist ziemlich ungewöhnlich. Es gibt bestimmt keine zwei Ärzte in England, die Swain-Coles heißen.«

»Heeey, Wahnsinn!«, sagte ich. »Du hast ihn also gefunden?«

»Hm-mh. War gar nicht schwer. Ich zeig's dir.«

Er drehte sich zu seinem Computer um und ich sprang vom Bett hinunter.

Klick-klick, schon landeten wir auf einer Website namens *Swain-Coles Kosmetische Chirurgie.* Leises Kaufhausgedudel ertönte im Hintergrund, wahrscheinlich um die interessierte Kundin einzulullen, während sie sich überlegte, ob sie sich »den Busen, den Sie schon immer haben wollten, für eine monatliche Rate von 77 Pfund« auch leisten konnte. Ein weiterer Klick förderte ein Foto von Richard Swain-Coles zutage. Seine schwungvolle Unterschrift verlief dummerweise genau über dem Bild. Was darunter zu sehen war? Ein großer dunkelhaariger Typ, der hinter einem Mahagonischreibtisch saß und in die Kamera lächelte.

Das Winston-Churchill-Baby? Ja, schon möglich.

Kummerfalte? Nicht zu erkennen.

Aber die Seite lieferte eine E-Mail-Adresse und ein Formular, das man ausfüllen musste, um einen Beratungstermin zu bekommen. Klick-klick, und schon war Billy in dem Formular drin.

»Wir machen am besten einen Rundumschlag«, sagte er. »Ich melde dich für Wangenimplantate, Botox, Ohrenkorrektur und Fettabsaugen an Po und Oberschenkeln an. Wir wollen doch sichergehen, dass du gleich zu Dr. Swain-Coles persönlich kommst und nicht zu einem Assistenten oder einem anderen Spezialisten oder so.«

Ich dachte an das rote Buch aus Mums Geheimschatulle.

»Ich bin mit ungleichen Pobacken auf die Welt gekommen«, sagte ich.

Das war mir einfach so herausgerutscht, vor lauter Aufregung und weil mir nichts anderes einfiel. Und weil es mir auf einmal bedeutsam erschien.

»Ausgezeichnet«, sagte Billy. »Sollen wir es abschicken?«

»Nein, warte mal«, sagte ich.

»Was?«, fragte Billy. »Wo ist das Problem?«

»Ach, nichts ... nur weil es plötzlich so schnell geht, ich meine, ich will schon, aber ... verstehst du ...«

Billy zog die Augenbrauen hoch. »Abschicken? Soll ich oder soll ich nicht? Abschicken? Soll ich oder soll ich nicht?«, betete er herunter – wie eine Schallplatte mit einem Kratzer drin – und ließ die Maus über SENDEN schweben.

»Ja, okay«, sagte ich schließlich.

»Und soll ich um einen Termin bitten?«

»Ja, okay«, wiederholte ich.

»Oh, gut«, sagte Billy. »Ich bin froh, dass du einverstanden bist, weil ich das nämlich gestern Abend schon gemacht habe und die mir auch schon eine Bestätigung geschickt haben.«

»Du hast *was* gemacht? Wie bitte?«

»Ich wollte keine Zeit verlieren. Ich meine, wir hätten den Termin ja wieder absagen können, wenn es dir nicht passt, aber ich dachte, ich ...«

»Okay, gut«, sagte ich. »Du hast also einen Termin für mich vereinbart und die haben ihn bestätigt. Das heißt, ich bekomme ein Beratungsgespräch, bei dem mir erklärt werden soll, wie mein Körperfett von einer Seite auf die andere gequetscht wird – und das alles nur, um meinen Dad zu finden?«

»Bist du einverstanden? Oder soll ich es absagen?« Billy schaute mich besorgt an. »Ich komme natürlich mit. Du musst nicht allein dahin gehen.«

»Nein, schon gut«, sagte ich. »Ist zwar alles total krank, aber irgendwie ist es auch wieder gut. Vielleicht finde ich Dad und vielleicht kann er sogar meine Pobacken korrigieren, als Einstieg in unsere künftige Vater-Tochter-Beziehung.«

»Dienstag, 16:30 Uhr«, fuhr Billy fort, ohne auf meinen sarkastischen Kommentar einzugehen, »dann haben wir eine Stunde Zeit, um von der Schule nach Westlondon zu kommen. Ach, und du bist natürlich achtzehn und nicht fünfzehn, okay?«

Das ging alles sehr schnell und irgendwas störte mich daran …

»Okay, Billy, aber kannst du mir verraten, warum wir nicht an die E-Mail-Adresse von diesem Dr. Swain-Coles schreiben und ihm den wahren Grund sagen, weshalb ich ihn sehen möchte, statt so zu tun, als ob …. als ob ich mich bei ihm unters Messer legen will?«

Billy schwieg einen Augenblick.

»Also ehrlich gesagt«, erwiderte er schließlich, »bin ich froh, dass wir diese beiden Typen nicht gleich über ihre alten E-Mail-Adressen erreicht haben, denn wenn wir das Ganze

›undercover‹ machen, können wir sie zunächst mal auschecken. Ich meine, kann doch sein, dass du nur noch wegwillst, wenn du sie erst gesehen hast – vielleicht graust dir's dann, dass du dieselben Gene hast wie die.«

Und da war was dran. Ich hatte mir nie Gedanken darüber gemacht, ob ich meinen Dad mögen würde oder nicht – dafür hatte ich viel zu lange von ihm geträumt. Aber wer sagte mir denn, dass ich Richard Swain-Coles um den Hals fallen wollte, sobald ich seine berühmte Kummerfalte identifiziert hatte? Vielleicht war der Typ so grässlich, dass ich nur noch die Flucht ergreifen und ihn nie wiedersehen wollte?

»Hast du gestern Abend vielleicht sonst noch was gemacht, Billy?«, fragte ich. »Hast du zufällig Charles Ward unter deiner Matratze versteckt, neben deinen schmuddeligen Gitarrenzeitschriften?«

Ich war langsam auf alles gefasst.

»Tja, also bei Dad Nummer 254, Charles Ward, ist es ein bisschen komplizierter«, erklärte Billy.

Ich war mir nicht sicher, ob ich erleichtert oder enttäuscht sein sollte. Noch eine Überraschung würde ich vielleicht nicht so gut verkraften.

»Charles Ward hat ›Schauspieler‹ als Beruf angegeben«, fuhr Billy fort, »aber berühmt kann er nicht sein, weil ich ihn unter diesem Namen nirgends gefunden habe.«

»Das war's dann also«, sagte ich. Wir hatten Nr. 254 verloren. Und bei Nr. 278 war es so einfach gewesen!

»Es gibt noch eine Möglichkeit«, widersprach Billy.

»Ach ja?«

»*British Actors Equity*«, sagte Billy. »Das ist die Gewerkschaft, in der alle Schauspieler Mitglied sind.«

»Oh«, sagte ich. »Aber ich verstehe nicht, inwiefern das …«

»Ganz einfach – die können Post an ihre Mitglieder weiterleiten.«

»Okay«, sagte ich. »Jetzt kapier ich.«

»Wir müssen also nur einen Brief schreiben, was Offizielles, Geschäftsmäßiges, das ihn garantiert aufhorchen lässt. Am besten erwähnst du die Samenspender-Website, *Fertility-in-touch.com.*«

»Da wird er nicht nur aufhorchen«, wandte ich ein, »sondern gleich einen Herzschlag kriegen. Und was soll ich als Ausrede anbringen, warum ich ihn sehen will?«

Billy saß eine Weile schweigend da, den Kopf in die Hände gestützt, und summte vor sich hin.

»Hmmm«, sagte er schließlich. »Journalistin – du bist eine Journalistin, die einen Artikel über Samenspender schreiben will.«

»Und deshalb bitten wir ihn um ein Treffen?«

»*Du* bittest ihn um ein Treffen, aber ich bin natürlich auch dabei, also …«

»Ehrlich? Ich würde es ja gern allein machen, aber …«

»Red keinen Blödsinn«, sagte Billy. »Ich komme mit, ob du willst oder nicht.«

Ich hätte es wirklich lieber allein gemacht, jedenfalls mein mutigeres Ich, aber trotzdem war ich froh, dass Billy unbedingt dabei sein wollte.

Sehr geehrter Mr Ward,

ich würde mich gern mit Ihnen treffen, um über eine Website namens Fertility-in-touch.com zu sprechen. Ich schreibe einen Zeitungsartikel über Samenspender und soviel ich weiß, hatten Sie vor Jahren Verbindung zu dieser Seite.

Ich schlage Ihnen ein Treffen in …

Ja, wo nur?

»Wo sollen wir ihn treffen? Wir können ihn ja wohl nicht hierher einladen.«

»Irgendwo in der Öffentlichkeit«, sagte Billy, »das ist sicherer – und wirkt auch seriöser.«

»Aber wo?« Ich hatte keine Ahnung, wo man sich zu einem Geschäftsgespräch verabredet.

Billy blätterte den Papierstapel durch, den er im Lauf seiner Nachforschungen ausgedruckt hatte. Ich checkte so lange seine Haare, die er an diesem Morgen zu platt an den Kopf geföhnt hatte. Ich brauchte irgendwas, um Stand reinzubringen – ein Gel oder so.

»Ah, hier, ich hab's«, sagte er. »Das *Equity*-Büro – da steht: ›Wir verfügen über einen Warteraum, der auch als informeller Begegnungsort für unsere Mitglieder dient.‹ Wir sagen einfach, dass wir ihn dort treffen. Nett und zentral. Sehr businesslike.«

... Ich schlage vor, dass wir uns am Donnerstag, den 4. Oktober, um 16:30 Uhr vor dem Equity-Büro in der St. Martin's Lane zu einem Gespräch treffen.

Mit besten Grüßen

S. Nathanson

Damit es professioneller wirkte, setzte ich die Nummer von meinem alten Handy unten auf die Seite. Ich hatte das Telefon und die Nummer noch und ich wollte meine aktuelle lieber nicht rausrücken. Sicher ist sicher, sagte ich mir, aber es gab noch ein Problem.

»Der nimmt uns garantiert nicht ab, dass wir Journalisten sind, Billy«, sagte ich. »Du bist erst sechzehn und ich ... hast du mich mal angeschaut? Ich geh kaum als Zwölfjährige durch. Das glaubt er uns nie.«

»Es spielt keine Rolle, wie wir aussehen«, sagte Billy. »Bis dieser Charles Ward uns überhaupt wahrnimmt, haben wir ihn längst abgecheckt und du weißt dann, ob du dich mit ihm treffen willst oder nicht. Und wenn er dir gefällt, kannst du ihm den wahren Grund sagen, warum wir da sind.«

Das leuchtete mir ein.

Es war ein komisches Gefühl, einen richtigen, ausgedruckten Brief abzuschicken. Ich hatte das noch nie gemacht. Feierlich steckte ich ihn in den Umschlag, den *Equity* an meinen Dad adressieren sollte, dann begleitete Billy mich zum Briefkasten. Wir schauten zu, wie der kleine weiße Brief in dem schwarzen Loch verschwand, wer weiß, wohin. Es war ein großer Moment, ganz anders als Mailen.

»Das war's dann«, sagte Billy. »Jetzt ist er fort.«

»Ich komm morgen Nachmittag zu dir rüber und mach dir die Haare«, schlug ich vor.

»Wieso? Was ist los damit?«

»So stimmt es nicht ganz«, sagte ich. »Du hast sie vorn zu platt geföhnt.«

18

Wann werden Jungs eigentlich nett?

Am Samstagnachmittag wusch ich Billys Haare. Nach dem Trockenrubbeln stellte ich fest, dass sie ein bisschen nachgeschnitten werden mussten. Ich ging in den Salon hinunter, um mir eine Schere zu holen, und stieß auf der Treppe fast mit Tony Cruz zusammen, der auf dem Weg nach oben zu Billys Zimmer war. Sofort blitzte das Bild von Shonna und Tony hinter den Mülltonnen wieder in meinem Kopf auf.

Du bringst den Typ dazu, dass er sich zu dir vorbeugt, und dann …

Billy und ich waren so damit beschäftigt gewesen, meine drei Dads aufzuspüren, dass ich die ganze widerliche Episode vergessen hatte, aber leider nur fast. Sozusagen eine Erinnerungspause. Was aber nichts daran änderte, dass ich Tony und Shonna am Donnerstagabend miteinander gesehen hatte und mir wie der letzte Dreck vorgekommen war. Und da war Tony jetzt und marschierte unverfroren zu Billys Zimmer hinauf, mit seinem nickenden *malaki ulo* (Onkel-Slang für »großer Kopf«). Und dann dieser Machogang, den er draufhatte!

Sobald er mich sah, richtete er sich auf und nahm die Hände aus den Hosentaschen. Ich schaute stur geradeaus, als sei er Luft für mich – was natürlich idiotisch war, weil er nur Millimeter von meinem Gesicht entfernt war.

»Sadie?«, sagte er. »Bist du …«

Er war die Anteilnahme in Person. Als sei nichts geschehen. Ich stürmte an ihm vorbei die Treppe hinunter, bevor er auch nur seinen Satz beenden konnte, und knallte die Tür hinter mir zu. Trotzdem konnte ich es mir nicht verkneifen, im Vorbeigehen meinen Bauernzopf in einem der Spiegel des Frisiersalons zu begutachten. Ich hatte ihn ganz allein hingekriegt, ohne die geringste Hilfe, und er hielt schon zwei ganze Tage. Ich musste wissen, ob er dem letzten großen Trauma in meinem Leben standhielt. Und das tat er. Aber leider war auch meine Kummerfalte wieder zum Vorschein gekommen.

Jetzt hörte ich Schritte hinter mir. Tony? Vielleicht war er mir gefolgt? Vielleicht wollte er sich entschuldigen, mir erklären, warum … Ich drehte mich um, aber es war nicht Tony, der durch den Laden auf mich zukam, sondern Onkel Zé.

»Alles in Ordnung mit dir, *Anak?*«, fragte er und schaute mich durchdringend an.

»Nein.« Ich runzelte die Stirn.

»Ich dachte schon, die Tür fliegt aus den Angeln.«

»Tut mir leid, *Tito.*«

Meine Lippen fingen an zu beben, weil ich wieder an Shonna und Tony denken musste. Am Montag würden Shonna und Imelda mich auslachen. Shonna würde sagen: *Hast du im Ernst gedacht, dass Tony Cruz auch nur das geringste Interesse an dir hat? Dass ich nicht lache! Der hat dich nur an der Nase rumgeführt. Ich meine, wer steht schon auf Zwerge? Für den bist du doch der letzte Idiot.*

Oh ja – ich konnte mir lebhaft vorstellen, wie sie auf mir herumhacken würden.

»Komm mal her zu mir, *Anak*«, sagte Onkel Zé und breitete die Arme aus. Damit war alles vorbei, denn wenn jemand so nett zu einem ist, bricht man natürlich vollends zusammen, und im nächsten Moment schluchzte und schniefte ich in Onkel Zés Kochschürze, die immer ganz köstlich nach knusprig gebratener Schweinekruste roch.

»Lass dich nur nicht von Jungs fertigmachen«, sagte Onkel Zé. »Das sind alles Hohlköpfe, Nulpen, *idyotas!* Die sind es gar nicht wert, dass du sie beachtest, glaub mir, mein Mädchen.«

»Ich … ich lass mich j-ja gar nicht v-v-on J-Jungs fertigmachen«, schluchzte ich, was nur halb gelogen war.

»Na gut, aber es lohnt sich trotzdem nicht, dass du dir die Augen ausweinst, was immer es auch ist. Er, sie oder es. Vergiss es einfach. Hier, da ist 'n Fünfer für dich, *Anak*«, sagte er und drückte mir einen Fünfpfundschein in die Hand. »Kauf dir was Schönes. Gibt gute Schnäppchen zurzeit – leg's zu deinem Geburtstagsgeld und gönn dir was.«

»Das brauchst du doch nicht, *Tito.*«

»Ich weiß«, sagte er. »Aber ich will es.«

Wann werden Jungs eigentlich so nett wie mein Onkel Zé? Oder sind sie wirklich alle nur Hohlköpfe und *idyotas?* Mum sagt immer, Tante Lilah habe den einzigen guten Mann auf der Welt ergattert. Wahrscheinlich stimmt das sogar. Manchmal frage ich mich, wie es wäre, wenn Mum Onkel Zé geheiratet hätte statt Tante Lilah und er mein Dad wäre. Wäre dann mein Leben besser als jetzt? Einfacher vielleicht. Aber es würde keinen Billy geben.

Zielstrebig marschierte ich zum Park. Ich brauchte Raum, um meine Gedanken zu ordnen. Schuldbewusst dachte ich an Billy, der in der Wohnung oben auf mich wartete, während ihm das Wasser aus den Haaren in die Augen tropfte. Er würde eine Ewigkeit so dasitzen, in genau derselben Haltung, bis ihm endlich aufging, dass ich abgehauen war. Meine letzten Worte an ihn waren gewesen: »Beweg dich ja nicht, wenn dir dein Leben lieb ist!«

Als ich den Park erreichte, hatte ich bereits zwei entgangene Anrufe auf meinem Handy und eine SMS. Die Anrufe waren von Billy – wahrscheinlich wunderte er sich, wo ich abgeblieben war. Die SMS war von einer Nummer, die ich nicht erkannte. Und die Nachricht lautete:

Alles okay? Wasnlos? Tony

Tony Cruz hatte meine Handynummer. Er textete mir!

Ich ignorierte ihn, und Billy ebenfalls. Ich brauchte jetzt etwas Zeit und Raum für mich.

Inzwischen nieselte es. Der Himmel war hässlich grau und die Straßen sahen schmutzig und heruntergekommen aus. Ich hatte keinen Regenschirm dabei und war froh, dass ich mich für den Zopf entschieden hatte. Er löste sich in der Nässe nicht auf.

Die 50-Pence-Frau ging breit grinsend an mir vorbei. Sie hielt zwei Softeistüten in der Hand und der Regen schlug Dellen in die perfekt gequirlten Spitzen. Ich steuerte den verlassenen kleinen Spielplatz an der Ecke des Parks an und setzte mich auf das Karussell. Früher war ich jeden Tag nach der Schule hierhergekommen und hatte wahrscheinlich irgendwann geglaubt, es wäre mein Privatspielplatz. In Wahrheit war es eine schäbige Anlage – ungepflegt und voller Graffiti. Unten am Fuß der Rutsche, wo abends die größeren Kids saßen und rauchten, lag alles voller Zigarettenkippen.

Es gab eine Zeit in meinem Leben, als dieser Spielplatz der Mittelpunkt all meiner Abenteuer und Spiele war. Shonna und ich lagen oft auf diesem Karussell – den Kopf auf den Fußstützen und die Füße über die Sitze drapiert – und redeten stundenlang, während die anderen Kinder auf- und absprangen und uns immer schneller herumwirbeln ließen. Wir malten uns aus, was wir später mal werden wollten, Popstars oder Friseurinnen oder Tierärztinnen, wen wir heiraten und wie viele Kinder wir kriegen wollten, wie sie heißen würden und wie viele Brautjungfern wir haben und wie unsere Männer aussehen würden. Und wenn wir genug davon hatten, redeten wir über unsere Väter, die Feuerwehrmänner oder vielleicht auch Soldaten waren – auf jeden Fall waren sie stark und mutig, egal welchen Beruf sie hatten.

Das Komische war nämlich, dass Shonna auch keinen Dad hatte. Ich meine, klar hatte sie einen, so wie jeder Mensch auf der Welt, aber Shonna hat ihren Dad nie gekannt und auch nie wirklich gesehen. Shonnas Eltern waren zusammen auf der Highschool. Mit sechzehn heiratete Jeanette Shonnas Dad und er verschwand, als Shonna noch ein Baby war. Eines Winternachmittags marschierte er aus dem Wettbüro an der Ecke der Park Road und kam nie mehr zurück. Von diesem Tag an waren Shonna und ich in unserer Vaterlosigkeit vereint.

Ich wunderte mich immer, wenn Shonna diese Geschichte erzählte, dass niemand in ihrer Familie je auf die Idee gekommen war, nach ihm zu suchen. Aber wenn Shonna mal zu Hause ihren Dad erwähnte, zog ihre Oma heftig an ihrer Zigarette und brummte vor sich hin: »Was für ein Glück, dass er fort ist. Was Besseres hätte uns gar nicht passieren können.« Es schien auch niemanden zu kümmern, dass er einfach verschwunden war, außer Shonna, die sich pausenlos den Kopf über ihn zerbrach.

Eines Tages, wir hatten gerade in der Neunten angefangen, tauchte er wieder auf. Nicht bei Jeanette, aber er war in der Bethnal Green Road gesehen worden und hing angeblich im »Blinden Bettler« in Whitechapel herum. Kaum hatten wir das erfahren, saßen Shonna und ich im 388er-Bus nach Bethnal Green und liefen mit einem fünfzehn Jahre alten Familienfoto auf und ab, das wir mit den Gesichtern der mittelalten

Männer auf den Straßen verglichen. Wir gingen sogar in einen verlotterten Altmänner-Pub, in dem Shonnas Onkel sich volllaufen ließen. Als wir sie fragten, schauten sie genauso angewidert wie Shonnas Oma und behaupteten, dass sie ihn nicht gesehen hatten, aber das war wahrscheinlich gelogen.

Wir hörten nichts mehr von ihm, bis letzten März. Shonna war gerade vierzehn geworden und hatte ihr Geburtstagsgeld in der Tasche und wir schlenderten auf dem Whitechapel-Markt herum, auf der Suche nach billigen Glitzischuhen. Wir bestellten einen Milchshake bei McDonald's, und dort saß ein abgerissener Typ auf der anderen Seite des Raums am Fenster und schaute die ganze Zeit zu uns herüber. Er trug einen schmutzigen Mantel und der ganze Mann sah aus, als sei er mit einer braunen Patina überzogen, wie das Innere einer Teekanne. Er drehte sich eine Zigarette, sodass man sehen konnte, wie dreckig seine Nägel waren.

Wenn es nach mir gegangen wäre, hätte ich ihn ignoriert, wie man das bei durchgeknallten Typen macht, bevor sie lästig werden. Man behandelt sie wie Luft, nimmt keinen Augenkontakt mit ihnen auf und dann lassen sie einen normalerweise in Ruhe. Aber Shonna schaute immer wieder hinüber, als ob sie den Typ kannte. Und da passierte etwas Schreckliches: Der schmutzige alte Penner grinste sie vom anderen Ende des McDonald's-Restaurants an, sodass alle seine braunen Zahnstummel zum Vorschein kamen, und dann rief er ihren Namen.

»Shonna!«

Ohne jede Vorwarnung sprang Shonna auf, so abrupt, dass ihr Stuhl umkippte, dann stürzte sie aus dem McDonald's und ließ ihren Milchshake auf dem Tisch zurück. Ich rannte hinterher, und als ich sie einholte, winkte sie wie verrückt einem Bus, der gerade herfuhr. *Was zum Teufel macht sie da?*, dachte ich beim Rennen. *Warum läuft sie weg? Wer war der Typ? Woher kannte er ihren Namen?* Und plötzlich fiel bei mir der Groschen: Ja, klar – das war ihr Dad! Dieser schmutzige alte Mann mit den dreckigen Fingernägeln war Shonnas Dad. Er war nicht in der Armee oder bei der Feuerwehr. Er war ein armseliger Penner, der auf der Straße lebte.

Als sich die Bustüren öffneten, stürzte Shonna sofort aufs Oberdeck hinauf, ohne sich nach mir umzusehen. Dann setzte sie sich auf die Gangseite, drehte den Kopf zum Fenster und steckte die Kopfhörer ihres MP3-Players in die Ohren. Ich verstand den Wink mit dem Zaunpfahl – dass sie mich jetzt nicht neben sich haben wollte – und ging mit den beiden Milchshakes wieder hinunter. Wir verloren kein Wort darüber, als wir an derselben Haltestelle ausstiegen. Wir redeten überhaupt nicht miteinander, weil Shonna ihre Kopfhörer aufbehielt, bis wir zu Tante Lilahs Friseursalon kamen.

Und da rutschte mir etwas Unverzeihliches heraus. Etwas, das ich nie hätte sagen dürfen. In Wahrheit hätte ich Shonna gern umarmt und ihr gesagt, wie leid es mir tat, dass der alte Penner ihr Vater war, aber in diesem Moment vor dem Friseursalon fühlte ich mich zurückgewiesen, als hätte ich kein Recht dazu. Und dann die Art, wie sie im McDonald's vor mir weggelaufen war, wie sie mich ganz allein im Bus hatte sitzen lassen … Und dass sie nicht mit mir reden wollte, dass sie schon immer alles besser konnte als ich, zum Beispiel andere Leute zum Lachen zu bringen und um den Finger zu wickeln … und jetzt, nur dieses eine Mal, war ich im Vorteil. Ich hatte meinen Dad noch nicht gefunden. Er hatte noch jede Möglichkeit, sich als Held zu entpuppen.

Und deshalb sagte ich es. Ich sagte Shonna, dass ich meinen Dad suchen wollte, und ich weiß bis heute nicht warum. Aus all den oben genannten Gründen vermutlich. Ich könnte mich dafür in den Hintern treten. Weil es so dumm war. Und gemein. Shonna muss geglaubt haben, dass ich Salz in ihre Wunde reiben wollte, weil alle unsere schönen Spielplatzfantasien jetzt nicht mehr für Shonnas Dad galten. Wir standen vor Tante Lilahs Laden und ich sagte aus heiterem Himmel: »Du, ich hab mir überlegt, dass ich meinen Dad suchen will.«

Shonna antwortete nichts darauf. Nie. Sie trat nur gegen die Backsteinmauer unter dem Ladenfenster. Dann drehte sie sich mit ausdruckslosem Gesicht um, die Lippen zu einem dünnen Strich verkniffen.

»Bis später!«, rief ich ihr nach. Aber sie schaute kein einziges Mal zurück.

Am nächsten Tag outete sie mich in der Biostunde bei Mr Graves und an meinem fünfzehnten Geburtstag schickte sie mir eine gefälschte Karte von meinem Dad. Wahrscheinlich habe ich es irgendwie verdient.

19

Ich wehre mich gegen Shonna

Haarstylingidee für Montag, den 1. Oktober:

FRECHE PFERDESCHWANZFRISUR – BESSER ALS JEDES FACELIFTING!

Das Haar wird so straff wie möglich zusammengefasst und ganz weit oben am Hinterkopf zum Pferdeschwanz fixiert. Das gibt einen sportlichen, frechen Look, der wie ein Facelifting wirkt und alle Fältchen wegzaubert! Mit einem Defrizzer-Haarserum bleibt das Haar gut am Kopf »kleben« und sieht schön glatt und glänzend aus. Femininer wirkt es, wenn ein paar Strähnchen um die Ohren herum weich in die Stirn fallen.

Okay, ich gebe es zu: Immer wenn montags die Schule wieder anfängt, hoffe ich im tiefsten Inneren, dass Shonna Matthews sich umdreht und mich anlächelt, so wie früher, als wir noch Freundinnen waren. Aber das wird nie passieren. Stattdessen lauerten sie mir auf, Shonna und Imelda, als wir am Montagmorgen in der ersten Stunde vor der Matheklasse standen. Mr Stone war zu spät dran, wie üblich, und ich reihte mich hinter dem Klassenpulk ein, alles Idioten, die nur herumbrüllten und kicherten und keine größeren Sorgen hatten als die Frage, wer bei der neuen Staffel *Good as it Gets* Sieger werden würde. Shonna und Imelda versüßten mir das Warten, indem sie abwechselnd von hinten gegen meinen Rocksaum traten.

»Ups, 'tschuldigung«, sagte Imelda. »Hab ich dich doch glatt mit dem Fußabtreter verwechselt.«

Kick.

»Bisschen stinkig für 'n Fußabtreter – ich glaub nicht, dass ich mir damit die Schuhe abwischen möchte«, legte Shonna nach.

Kick.

Die Wut schnürte mir die Kehle zu. Ich hasste Shonna Matthews, weil sie sich Tony gekrallt hatte, nur um mir eins reinzuwürgen.

»Und sie kommt sich soooo cool vor, weil sie mit dieser Band rumhängt – alles Loser, wenn du mich fragst.«

Kick.

Ich hasste Shonna Matthews, weil sie Billy schlechtmachte. Aber das war ja nichts Neues. *Nichts gegen Billy – ich meine, wo er doch dein Cousin ist und alles –, aber der Typ macht mir echt Gänsehaut.*

Kick.

Ich hasste Shonna Matthews, weil sie mir eine Geburtstagskarte von meinem Dad geschickt hatte.

Kick. Kick. Kick.

Dann ging die Tür zum Klassenzimmer auf und hinter mir entstand ein Tumult. Eine Hand packte meinen Pferdeschwanz und riss mit aller Kraft daran. Plötzlich war es, als ob eine fremde Macht von mir Besitz ergriff. In diesem Moment hasste ich Shonna Matthews aus tiefstem Herzen, wie ich noch nie einen Menschen gehasst hatte. Ich wollte nicht mehr, dass sie mich anlächelte, so wie früher, als sie noch meine beste Freundin war. Ich wollte sie nur noch pulverisieren, zu Staub zertreten. Ich vergaß, dass ich null Kampfkraft besaß, und hatte nur einen Gedanken im Kopf: VON DIESER BLÖDEN KUH LASSE ICH MICH NIE MEHR FERTIGMACHEN!

Die Worte der Weisheit, die Groovechick2 mir gemailt hatte, hallten mir in den Ohren wider: *Lass sie nicht gewinnen. Glaub an dich. Wehr dich. Finde deinen Dad.*

Ich drehte mich um und bot dem Feind die Stirn, sodass sie mich weder ignorieren noch an mir vorbeikommen konnte. Ich versperrte ihr den Weg zwischen zwei Tischen. Shonna saß in der Falle.

»Du findest also, dass ich mit lauter Losern rumhänge?«, sagte ich herausfordernd.

»Wenn du meinst«, sagte Shonna, als ob sie das kein bisschen kratzte.

»Hast du mal deine Freundin dahinten angeschaut?«,

fuhr ich fort und deutete auf Imelda, die hinter Shonna stand.

»He, was zum …?«

»Ja, du da mit dem zermatschten Gesicht«, sagte ich zu Imelda. »Was ist mit deinem Kopf passiert – hat deine Mum dich fallen lassen, als du noch klein warst? Oder schläfst du in einem Schraubstock?«

Irgendwo in der Klasse schnappte jemand nach Luft.

»Soll das witzig sein, oder was?«, zischte Imelda. Sie wollte sich zu mir durchquetschen, aber Shonna war ihr im Weg – eingekeilt zwischen mir und den beiden Schreibtischen.

»Oh, mein Gott, Sadie, jetzt kannst du dich vergessen«, stöhnte Dena Barbulis hinter mir.

»Du Giftzwerg!«, keifte Shonna, beugte sich zu mir vor und bohrte mir ihren dünnen Finger in die Brust. »Wie kannst du es wagen, so mit ihr zu reden?« Sie reckte das Kinn hoch und versprühte ein paar Speicheltröpfchen. Wie eine fauchende Katze erschien sie mir.

Ich wich zurück. »Komm mir nicht zu nahe!«, warnte ich sie. »In deinen Haaren krabbelt was.«

»In meinen Haaren … was?«

»Ja, Shonna – wasch sie doch mal wieder.«

»Hast du ’n Problem, oder was?«, sagte Shonna und stieß mich grob gegen die Brust. »Du gehst mir verdammt auf den Keks.«

»Ja«, sagte Imelda, dann beugte sie sich über Shonna und

packte meinen Pferdeschwanz – riss mir wieder einige Haare samt der Wurzel aus.

Ich gab keinen Laut von mir. Ehrlich gesagt, genoss ich es sogar. Die ganze Szene.

»Oh, mein Gott«, sagte Dena. »Die machen dich alle, Sadie!«

Aber jetzt war ich in Fahrt und konnte nicht mehr aufhören. Es war wie auf einer Vergeltungsachterbahn. Ich fühlte mich unglaublich befreit. Genüsslich bohrte ich meine Fingernägel in Imeldas Arm – den Arm, der an meinen Haaren riss.

»Autsch, du tollwütige Katze!«, kreischte sie.

»Weißt du, warum Shonna sich überhaupt mit dir abgibt?«, sagte ich zu ihr, während sie ihren Arm loszureißen versuchte. »Nur weil du so dämlich bist und alles machst, was sie dir sagt, das ist der einzige Grund.«

Dann überschlugen sich die Ereignisse.

Shonna schrie mich an: »Halt die Klappe! Halt deine Klappe, okay?«

Imelda machte einen Satz über den Schreibtisch, packte mich am Arm und versuchte ihn mir nach hinten zu verdrehen.

Die anderen in der Klasse johlten: »Zickenkrieg! Zickenkrieg!«

Mir schoss das Blut in den Kopf und ich brüllte in voller Lautstärke los:

»*Palabok langhap sarap! Macapuno!*

Longganisa Longganisa!

Love ko 'to! Love ko 'to! Love ko 'to!«

Shonna wich vor mir zurück, aber ich griff sie weiter an. Sie war zwischen mir und der restlichen Klasse eingekeilt, die immer noch johlte. Imelda stand hinter mir und packte wieder meinen Arm.

Ich war jetzt so dicht an Shonnas Gesicht, dass ich die Poren in ihrer Haut und die kleinen Mitessernester um ihre Nase sehen konnte. *Mann, hast du 'ne schlechte Haut!*, dachte ich, während ich weiterbrüllte: »*Macapuno! Longganisa!*«

Sollte Shonna ruhig denken, dass ich sie ernsthaft verfluchte, obwohl ich nur eine Speisekarte aus einem Fast-Food-Restaurant namens Jollibee auf den Philippinen rezitierte, die Billy und ich vor einem Jahr auswendig gelernt hatten. Wenn man die Wörter nur oft genug wiederholte – und ich schrie sie Shonna aus vollem Hals ins Gesicht –, klang es echt gruselig.

»He, könnt ihr jetzt vielleicht mal aufhören?«, rief Kip, der über die Bänke klettern musste, um zu uns vorzudringen.

Mr Stone folgte ihm auf dem Fuß und er fand das alles gar nicht lustig.

»Was um Himmels willen ist denn in euch gefahren, Mädchen?«, fragte er kopfschüttelnd.

Ich starrte ihn an.

Dann schaute ich Shonna an. Ihr Gesicht war lila vor Wut. Meins wahrscheinlich auch, aber ich hatte keine Lust, hier herumzustehen und darauf zu warten, dass ich zum Direktor geschickt wurde. Ich wollte mir nicht anhören, dass ich mich schämen sollte und dass ich Schande über die Schule und mich selbst gebracht hatte und das übliche Blabla. Also machte ich, wovon ich schon jahrelang geträumt hatte – ich spazierte einfach aus der Klasse hinaus.

20

Alles okay?

Es war eine kindische Aktion, ich weiß, aber an diesem grundfalschen Tag kam es mir völlig richtig vor und ich ging einfach weiter, aus der Klasse hinaus und dann aus der Schule. Ich hörte, wie Mr Stone mir nachrief: »Sadie Nathanson! Komm sofort wieder her, wir müssen das ausdiskutieren!« Aber er konnte mich nicht aufhalten.

Ich ging weiter, bis ich die Schule nicht mehr sehen konnte und wieder Luft bekam. Ich marschierte am Park vorbei, am Bagelshop, am Fischgeschäft und am Minimarkt, bis ich das Ende meiner Straße erreichte. Dann blickte ich auf die Uhr: 10 Uhr vormittags. Es war unglaublich viel passiert, während gerade mal eine knappe Schulstunde vergangen war. So viel Drama in so kurzer Zeit.

Mum war zum Glück nicht zu Hause. Ich war noch ganz aufgewühlt von dem Streit mit Shonna und der Tatsache, dass ich einfach zum Schultor hinausspaziert war. Ohne Passierschein. Ohne Genehmigung. Und mitten im

Unterricht. Obwohl ich gute Chancen hatte, von der Schule und von Mum streng bestraft zu werden, musste ich grinsen. Alles egal – ich hatte es geschafft, Shonna Matthews in ihre Schranken zu weisen, nachdem sie mich monatelange gemobbt und gequält hatte! Und dafür nahm ich jede Menge Nachsitzen, Hausarrest und Gardinenpredigten in Kauf.

Mein wilder Speisekartenfluch hatte mich sehr hungrig gemacht. Ich brauchte dringend was zu essen und schlang eine ganze Schüssel Cheerios hinunter und dann noch eine und noch eine. Ich war echt am Verhungern.

Das Handy in meiner Tasche summte wie verrückt.

Zwei SMS.

Eine von Billy: **Alles okay?**

Und eine von Tony: **Alles okay?**

Nachrichten verbreiten sich schnell hierzulande.

Über die zweite SMS musste ich laut lachen. Ein schrilles »Ha!«, und dann, weil heute der Tag der Vergeltung war, textete ich Tony sofort zurück:

Ja, klar. War total happy, dass du mit meiner Erzfeindin geknutscht hast. SADIE

Ich hatte keine Ahnung, warum Tony mir geschrieben hatte, aber bestimmt nicht, um sich nach meinem Wohlergehen zu erkundigen. Vielleicht hatte Shonna ihn dazu angestachelt – als neue Foltermethode. Um erst mal wieder runterzukommen, setzte ich mich mit der nächsten Schale Cheerios auf die Couch und stellte den Fernseher an. Eine

Frau mit einer aufgedonnerten Frisur interviewte gerade Harry »The Hurricane« Hodder.

Wie hatte die nur so viel Volumen reingekriegt?, überlegte ich. Vielleicht hatte sie ein »Bumpit« drunter? Oder hielt es nur durch Toupieren und Haarspray?

Dann läutete es an der Tür. Ich hatte gute Lust, nicht aufzumachen. Wahrscheinlich war es der Postbote, der ein Päckchen für die Nachbarn abliefern wollte und einfach auf alle Klingeln drückte. Aber man konnte ja nie wissen ... Vielleicht war es ein Päckchen für mich? Also drückte ich auf den Sprechknopf.

»Wer ist da?«

»Hi«, sagte Tony Cruz.

Wir haben eine Kamera über der Sprechanlage am Eingang und ich sah Tony vor der Metalltür stehen. Er wirkte irgendwie verloren. Das Blau seiner Augen konnte man auf dem Bildschirm nicht sehen – und auch seine gnadenlos positive Ausstrahlung kam nicht so gut rüber ohne das ganze Nicken. Der Kopf blieb still.

»Was willst du?«, fragte ich. Ich war sofort wieder auf hundertachtzig von dem Kampf vorher und es machte mich rasend, dass Tony Cruz einfach hier antanzte und an *meiner* Tür klingelte!

»Ich muss mit dir reden ...«

Am liebsten hätte ich ihn draußen stehen lassen wie einen geprügelten Hund. Die Versuchung war groß. Und noch größer war die Versuchung, das Fenster über dem Vordereingang aufzureißen und einen Eimer voll Schleim über seinen Kopf zu kippen.

Andererseits war ich natürlich neugierig und wollte wissen, was ihn hergeführt hatte. Was konnte er mir noch groß zu sagen haben nach der Szene hinter den Mülltonnen neulich abends?

»Ich komm runter«, kündigte ich an.

Auf dem Weg nach draußen checkte ich mein Haar im Flurspiegel. Mein Facelifting-Pferdeschwanz war ein bisschen zerrupft, nachdem Imelda mit aller Kraft daran gezerrt hatte, und ich löste das Gummi heraus. Ehrlich gesagt bekam ich Kopfschmerzen davon. Ich weiß nicht, wie manche Frauen das den ganzen Tag lang aushalten. Meine Augenbrauen waren dieser Dauerspannung jedenfalls nicht gewachsen. Ich nahm eine Bürste und strich die Haare wieder glatt nach unten.

Den Lift ließ ich links liegen, ging stattdessen die Treppe hinunter und bremste absichtlich mein Tempo. *Langsam, schön langsam,* ermahnte ich mich. *Ja nicht zu schnell. Du weißt nicht, was er will. Vielleicht will er dich nur wieder ärgern.*

Tony stand da, die Hände in den Taschen seiner Jeans. Er trug ein dünnes T-Shirt und hatte Gänsehaut auf den gebräunten Armen. Als er mich sah, nahm er die Hände aus den Taschen und zuckte hilflos mit den Schultern.

»Ich bin's nur«, sagte er, als wollte er sich entschuldigen.

»Hallo, Ichbinsnur«, sagte ich so trocken, wie ich nur konnte. »Was gibt's?«

»Können wir irgendwohin gehen, um zu reden? Nicht hier, in aller Öffentlichkeit. Vielleicht belauschen uns deine Nachbarn.«

Ja, klar!

»Meine Nachbarn sind alle bei der Arbeit, Tony.« Komischerweise kam ich gar nicht ins Stottern, so wie sonst immer, wenn Tony vor mir stand. Ich redete langsam und überlegt, als wäre es mir egal, als wäre ich sogar gelangweilt. Keine totale Jungslähmung heute.

»Ich hab grad 'ne Freistunde und sollte eigentlich Hausaufgaben machen, aber ich kann mich nicht konzentrieren«, sagte Tony. »Ich will endlich diesen ganzen Mist zwischen uns aus der Welt schaffen.«

»Was für einen Mist? Was du mit Shonna hinter den Mülltonnen getrieben hast, hat für mich nicht nach Mist ausgesehen. Ihr habt euch prima amüsiert.«

»Hä?« Tony schüttelte den Kopf, als wüsste er nicht, wovon ich redete. »Du hast mich neulich bei Billy brutal geschnitten und du hast mit der Tür geknallt, als ich Shonna bei den Mülltonnen abgefangen habe, um mit ihr zu reden. Ich kapier's nicht, ehrlich. Und warum hast du mir die SMS eben geschickt?«

Wollte er mich auf den Arm nehmen, oder was?

»Tony, ich bin doch nicht blöd. Ich weiß, was ich gesehen habe.«

»Aber ich hatte dir doch gesagt, dass ich mit Shonna reden will, Sadie, und genau das hab ich getan. Mit ihr geredet. Ich weiß nicht, was du hast. Ich hab dich verteidigt. Es war nett gemeint.«

»So hat es für mich nicht ausgesehen.«

»War's aber.« Kopfschüttelnd fügte er hinzu: »Jetzt komm schon, Sadie, lass es mich erklären«, und dann hielt er mir die Hand hin.

Ich fand es ganz natürlich, seine Hand zu nehmen. Ich meine, falls etwas zugleich total aufregend und natürlich sein kann. Tony zog mich praktisch aus dem Parkplatz heraus, und dann liefen wir so schnell, dass ich kichern musste, weil es mir vorkam, als würden wir fliegen – am Fischimbiss vorbei, dann am Bagelshop, und dann startete Tony eine typische Jungenaktion. Das heißt, er sprang mit zwei Sätzen über das Parkgitter und erwartete von mir, dass ich hinterhersprang.

Was ich selbstverständlich nicht machte.

Schwerfällig quälte ich mich auf meiner Seite herum, bis Tony zurückkam und mir hochhalf, sodass ich nur noch auf die andere Seite hinüberspringen musste, wo er mich herunterhob. Wir bewegten uns wie in Zeitlupe – Tony stand vor mir und breitete die Arme aus, und zuerst beugte ich mich in die falsche Richtung vor, sodass wir mit den Köpfen zusammenstießen und lachen mussten, dann hob er mich mühelos herunter. Todelegant, ehrlich. Ich nahm alles ganz bewusst wahr – mein Gewicht, seine Arme, die kalte Luft. Und als wir dann auf der anderen Seite des Gitters waren, standen wir nur da und schauten uns verlegen an. Die Euphorie der letzten paar Minuten verebbte und mir fiel wieder ein, wie wütend ich auf ihn war.

»Tony, was machen wir eigentlich?«, fragte ich leise. Ich musste doch wissen, woran ich mit ihm war. Er vernebelte mir immer alles, wenn er in meiner Nähe war, und jetzt kam auch noch die lässige Nummer mit dem Anlehnen, diesmal am Parkgitter und mit geschlossenen Augen. Ich kämpfte dagegen an, wollte mich nicht einfangen lassen. Aber es gefiel mir verdammt gut, wie er da lehnte. Viel zu gut. Ich musste meine Wut bezähmen.

»Wir reden, sonst nichts«, sagte Tony. Er nahm wieder meine Hand und führte mich auf den Kinderspielplatz.

Komisch, ich war seit gut fünf Jahren nicht mehr auf diesem Spielplatz gewesen und jetzt gleich zweimal in einer Woche! Vorsichtig setzte ich mich auf das eine Ende der Wippe. Am anderen Ende saß ein kleines Mädchen in Orange und als ich mich hinsetzte, stieg es in die Luft auf.

»Du bist zu groß für die Wippe«, krähte die Kleine und zeigte auf mich.

Ich lächelte sie an und Tony setzte sich in die Mitte der Wippe, mit dem Gesicht zu mir, und ließ die Beine zu beiden Seiten der Stange herunterbaumeln. Mein Puls raste. Meine Hand kribbelte, wo er sie gehalten hatte.

»Anscheinend denkst du, dass ich was total Gemeines gemacht habe, und das stimmt nicht, Sadie, und ich will das jetzt klären, bevor du mich als den letzten Dreckskerl abstempelst oder als Nulpe und Hohlkopf und *idyota*, wie dein Onkel Zé sagen würde.«

Er hatte Recht. Wenn ich an die Szene hinter den Mülltonnen dachte, war er wirklich der letzte Hohlkopf und *idyota* für mich. Und eine Nulpe sowieso.

»Ich will nur noch mal betonen, dass absolut NICHTS zwischen Shonna und mir war. Das musst du mir glauben«, sagte Tony ernst und schaute mir dabei voll in die Augen.

»Ui«, sagte das Mädchen hinter Tony. »Seid ihr verliebt?«

Ich lächelte die Kleine an, aber Tony drehte sich zu ihr um.

»Und du?«, sagte er zu dem Mädchen. »Bist du auch verliebt?«

Die Kleine brüllte vor Lachen. »Du Dummi«, kicherte sie, »ich bin doch erst vier.«

Tony drehte sich wieder zu mir um und schaute mich ernst an.

»Glaubst du mir?«

»Ihr seid zu groß für die Wippe«, beharrte das Mädchen. »Ihr Verliebten.«

Also ließen wir die Wippe ein bisschen auf und ab hüpfen, damit die Kleine ihren Spaß hatte.

»Ich muss jetzt Pipi«, verkündete das Mädchen nach einer Weile. Ich ließ sie herunter und schob sie in Richtung ihrer Babysitterin. Als ich mich wieder umdrehte, stand Tony auf der Wippe und balancierte auf dem Balken entlang zum anderen Ende.

»Du musst mir glauben«, sagte er, »ich hab nur gemacht, was ich dir versprochen habe. Ich hab Shonna gesagt, dass sie dich in Ruhe lassen soll.«

Und das hatte er mir tatsächlich versprochen. Dieser Teil war also nicht gelogen.

»Kann ja sein, dass du das ursprünglich wolltest«, entgegnete ich. »Aber ausgesehen hat es ganz anders.«

Nein, ernsthaft – je mehr ich es mir überlegte, desto weniger konnte ich ihm glauben. »Es hat so … so intim gewirkt, so vertraulich.«

Tony sprang herunter, hob das andere Ende der Wippe auf, hockte sich rittlings auf den Sitz und hielt die Wippe mit seinen Schenkeln fest. Und weil ich so ein Winzling bin, musste ich das andere Ende hinunterdrücken, um auf den Sitz zu klettern. Ich drückte zu fest und Tonys Ende schnellte hoch und knallte ihm in die Eier. Alle Farbe wich aus seinem Gesicht und er klammerte sich an den Griffen der Wippe fest, als würde er auf einer Achterbahn sitzen und nicht auf einer Kinderwippe.

»Mann, das hat wehgetan«, stöhnte er. »Da bleibt einem echt die Luft weg.«

»Tut mir leid«, sagte ich und wäre am liebsten gestorben vor Scham.

»Hooooooo«, ächzte Tony. Er schüttelte den Kopf. Machte Atemübungen. Mehrmals kurz ausatmen, einmal lang einatmen.

Ich war immer noch wütend auf ihn und ich musste ihm

meinen Standpunkt klarmachen, egal wie schwer ich ihn gerade verletzt hatte.

»Tut mir leid, Tony, aber für mich hat es nicht so ausgesehen, als ob du mit Shonna nur geredet hättest.«

Hielt er mich etwa für dämlich? Ich sprang von der Wippe. Darauf war Tony nicht gefasst. Sein Ende der Wippe sauste herunter und traf ihn am Knöchel. Tony sog die Luft ein und umklammerte seinen Fuß.

Oh Mann, warum erschlägt mich denn niemand?

Mir fiel nichts ein, was ich sagen könnte, außer: Soll ich vielleicht einen Krankenwagen rufen? Aber das wäre übertrieben gewesen und deshalb marschierte ich einfach in Richtung Ausgang davon. Ich hörte, wie Tony hinter mir herlief, leicht hinkend und keuchend.

»Sadie! Warte doch!«

Langsam drehte ich mich zu ihm um.

»Deine Freundin … also ich meine, deine Exfreundin … ist … ziemlich …«

Mir gefror das Blut in den Adern.

»Was? Sie ist was?«

Was wollte er mir sagen? Dass Shonna hübsch, aufregend, verführerisch war?

»Furchterregend«, sagte er schließlich.

Was? Tony hatte Angst vor Shonna Matthews?

»Furchterregend?«

»Ja«, sagte er und nickte wieder, »die ist echt einschüchternd. Du hast mich ja gewarnt und ich könnte mich ohrfeigen, dass ich nicht auf dich gehört habe – ich meine, dieser Trick, den du mir verraten hast. Sie hat so leise geredet, dass ich dauernd ›Was?‹ und ›Wie bitte?‹ sagen und mich zu ihr vorbeugen musste, und ich dachte schon, die springt mich an oder so …«

»Ich hab's dir doch gesagt – sie macht das absichtlich«, triumphierte ich. »Und dann stürzt sie sich auf dich. Angeblich funktioniert das immer.«

»Also bei mir nicht. Bei mir hat es nichts genützt und ich hab ihr gesagt, sie soll dich in Ruhe lassen.«

Er setzte sich zu meinen Füßen auf den Boden und streifte seine Socken herunter. Die Wippe hatte ihm die Haut am Knöchel aufgeschürft. Ich kniete mich neben ihn. Wer weiß, vielleicht sagte er ja doch die Wahrheit? Ich hatte mich gegen seine Lügen zu wappnen versucht, aber vielleicht waren es gar keine Lügen. Tony Cruz fand Shonna »einschüchternd«, ja sogar »furchterregend«. Vielleicht sollte ich nach dem Grundsatz handeln: im Zweifel für den Angeklagten.

Ich lächelte ihn an. »Tut mir leid wegen deinem Knöchel … und deinen … na, du weißt schon.«

»Schon gut. Aber ich glaube, ich hätte mir Shonna gar nicht vorknöpfen müssen, weil du dich anscheinend ganz gut selbst wehren kannst. Ich meine, wenn das stimmt, was ich heute Morgen in der Schule gehört habe … du musst ihr ja kräftig eingeheizt haben!«, sagte Tony.

»Woher weißt du das?«, fragte ich.

»Von einem Mädchen. So 'ne Blonde. Brille. Redet ohne Punkt und Komma.«

»Ach, das ist Dena.«

Dena Barbulis war so eine Art kostenloser Nachrichtensender, der sofort alles in die ganze Welt hinausposaunte.

»Also jedenfalls«, sagte Tony und lächelte mich an, »will ich nicht, dass du mich für einen … ich weiß nicht … für so 'n Typ hältst, der nur rumspielt. Ich bin ich und mir liegt was an meinen Freunden und ich will nicht, dass dir oder Billy jemand was antut.«

Irgendwie war es absurd, dass Tony mich in Schutz nahm, obwohl ich ihn gerade mit der Wippe verprügelt hatte, und ich musste plötzlich lachen und er dann auch. Es war ein gutes Gefühl. Die ganze Spannung löste sich.

»Okay?«, sagte er.

»Okay.«

Vielleicht war er doch kein Idiot. Sondern wirklich nett. Ich beschloss, ihm zu glauben.

»Aber eins musst du mir noch verraten«, sagte Tony. »Weil ich's einfach nicht kapiere – wie konntest du je mit Shonna befreundet sein?«

»Ach, das ist kompliziert«, sagte ich. Ich wusste es ja selbst kaum noch.

»Weil sie so fies ist. Ich meine, richtig schlimm. Und du, du bist so …«

Was? Jetzt sag schon! Süß? Lieb? Klein? Schüchtern?

»Du bist überhaupt nicht so.«

»Woher weißt du das?«, sagte ich. Und das war ernst gemeint. Woher wollte er wissen, dass ich nicht so war? Vielleicht war ich genauso schlimm. Er kannte mich doch gar nicht.

»Ich weiß es einfach. Du bist ehrlich. Und offen. Du hast mir das mit deinem Dad anvertraut, und ich weiß, wie viel es dir bedeutet, und ich würde es auch nie weitererzählen. Du kannst dich voll auf mich verlassen.«

Er verfiel wieder in sein Tony-Cruz-Nicken, aber diesmal störte es mich nicht. »Du hast mir sogar neulich gesagt, dass ich mich nicht über Shonna lustig machen soll.«

»Ja, aber das war dumm von mir«, sagte ich. »Jetzt würde ich es nicht mehr sagen – ich meine, nach den letzten paar Tagen.«

»Dieses Mädchen ist schrecklich. Total gestört.«

»Ja ... okay, aber das sind wir doch alle. Schau mich an – ich surfe im Internet nach meinem Dad.«

»Hast du was entdeckt? Ich meine, gab es irgendwelche Hinweise in den Dateien, die wir neulich gefunden haben? Billy verrät mir nichts. Er sagt, das sei alles streng vertraulich.«

Ich fand es gut, dass Billy meine Privatsphäre respektierte. »Ja, wir haben was rausgefunden und morgen Abend gehen wir einem Hinweis auf den Grund. Nummer 278.«

»Das ging aber schnell«, staunte Tony.

»Du musst jetzt in die Schule zurück – ist schon fast Mittagspause«, sagte ich. »Lass dich von der Schulschwester verarzten. Die kann das. Hat neulich auch meine dicke Lippe behandelt.«

»Und es war auch kein Unfall, hab ich gehört.« Tony schaute mich fragend an. Ich sagte nichts. Zuckte nur mit den Schultern. Mein Blick fiel auf die kleine Narbe über seiner Oberlippe. Und sie gefiel mir.

»Die beiden sind echt link«, sagte ich, »aber ich glaub nicht, dass Shonna so was noch mal macht. Das traut sie sich nicht mehr nach dem Streit heute.«

Wir standen immer noch eng zusammen. Ich sah, dass sich eine Strähne in Tonys Haar gelöst hatte. Er hatte schönes Haar, ganz dunkel und wellig, und die Strähne baumelte verführerisch herunter, als er sich auf den Boden setzte, um seine Socken wieder hochzuziehen. Ob seine Haare zurückschnellten, wenn man daran zog? Sie hatten so was Federndes. Unwillkürlich streckte ich die Hand danach aus – aber dann bewegte er sich und richtete sich zu seiner vollen Größe auf.

»Sie soll's nur mal versuchen! Dann kriegt sie's mit mir zu tun«, sagte er, ohne zu merken, dass ich mich fast an ihm vergriffen hätte. »Aber soviel ich weiß, hast du sie und ihren Anhang sowieso schon in die Flucht geschlagen.«

Er begleitete mich nach Hause zurück und bevor ich hineinging, drehte ich mich noch mal zu ihm um, denn Tony hatte Mut bewiesen, indem er zu mir gekommen war und mit mir geredet hatte – was immer sonst noch abgelaufen war. Ein bisschen verrückt, aber mutig. Und das wollte ich ihm sagen.

»Danke, dass du hergekommen bist und mit mir geredet hast«, sagte ich.

Tony zuckte die Schultern.

»Nein, ehrlich, ich war erst ein bisschen geschockt, als du hier aufgetaucht bist, aber es war gut, dass wir uns ausgesprochen haben. Ich glaube dir jetzt, denke ich.«

»Cool«, sagte Tony und hielt mir seine Hand hin. Es war eine komische Geste. Ich wusste nicht, ob ich sie halten oder schütteln sollte, und deshalb versaute ich alles, nachdem ich mich die ganze Zeit so wahnsinnig beherrscht hatte. Ich machte etwas total Abartiges. Ich ging zu Tony Cruz hin und küsste ihn ganz sanft auf die Lippen. Keine große Knutscherei, nur ein warmer, freundlicher Kuss, und dann schaute ich ihm nach, wie er die Straße hinunterging. Er hinkte ein wenig.

Okay! Diesmal hab ich selber für Verwirrung gesorgt, dachte ich.

21

Trotz allem: Ich liebe meine Mum

Als ich in die Wohnung zurückkam, war Mum da. Verdammter Mist, warum musste sie immer gerade dann auftauchen, wenn ich mal allein sein wollte?

Ich hörte sie schon, während ich den Schlüssel ins Schloss steckte. Sie brüllte.

»Ich habe neulich schon angerufen … Mrs Nathanson! N–A–T–H–A–N–S–O–N. Ich möchte mit Ihrem Filialleiter sprechen. Also dann suchen Sie ihn gefälligst und setzen Sie mich nicht wieder in die Warteschleife …«

Dann stellte Mum unser nagelneues Ersatztelefon laut. Wie lange würde es dauern, bis auch das hier an die Wand flog? Aus dem Lautsprecher dudelte »Greensleeves«. Wahrscheinlich hatte Mum wieder die Bank an der Strippe. Die spielten immer diese Melodie.

»Meine Süße«, sagte Mum, »ist alles in Ordnung? Ich hab einen Anruf von der Schule bekommen. Deshalb bin ich hier.«

Ihr Haar war vorn aufgebauscht und sie war ganz rot im Gesicht.

»Oh?«, sagte ich. »Ach das. Was, die haben dich angerufen?« Ich wollte keinen Ärger. Ich würde alles herunterspielen, um Mum zu beruhigen.

»Sie haben gesagt, du wärst abgehauen.«

»Also …«

Mum schaute mich an. Freundlich. Sie war also nicht direkt wütend.

»Was ist passiert? Hast du dich mit jemandem gestritten – mit Shonna vielleicht?«

»Ja, so ähnlich.«

»Wir müssen reden«, sagte Mum und zog mir einen Stuhl her. »Ich meine, das geht doch nicht, dass du einfach wutentbrannt aus der Schule stürmst, und …«

»Worüber müssen wir reden?« Ich blieb stehen. Ich wollte mich nicht hinsetzen.

»Also«, Mum massierte ihre Schläfen, »zunächst mal darüber, warum du aus der Schule gestürmt bist.«

»Ich hab meine Tage gekriegt«, log ich. »Und ich hatte nichts bei mir.«

»Na, die Schule hat mir aber was anderes gesagt.«

»Na und? Vielleicht ist das ja nichts, was man in der Gegend herumposaunt. Und außerdem, was fragst du überhaupt, wenn du schon alles weißt?«

Wir funkelten uns an. Ich konnte sehen, dass Mum langsam die Geduld verlor.

»*Mrs Nathanson?*« Greensleeves hatte aufgehört. Und jetzt meldete sich jemand im Lautsprecher.

»Ja«, rief Mum und dann brüllte sie ins Telefon und blätterte dabei ein paar Bankauszüge durch, während sie mich anschaute und mit den Lippen »Tut mir leid« formte.

Ich zuckte die Schultern und ging aus dem Wohnzimmer, um mich in meinem Zimmer zu verkriechen.

»Sadie!«, brüllte Mum plötzlich und ich zuckte zusammen. »Ich hab mir wirklich Mühe gegeben, ruhig zu bleiben. Willst du wohl einen Augenblick warten? Ich bin noch nicht fertig mit dir.«

»*Wie bitte?*«, sagte der Mann am anderen Ende der Leitung.

»Ich meine doch nicht Sie!«, wehrte Mum ab.

Wie kommt es, dass Mütter einen aus vollem Hals anbrüllen und gleichzeitg behaupten können, dass sie ruhig bleiben wollen?

»Du schreist. Und das nennst du ruhig?«, sagte ich.

»Also hören Sie mal«, sagte Mum, diesmal zur Bank oder wer immer das Pech hatte, am anderen Ende der Leitung zu sitzen, »Sie haben mir mein Konto gesperrt. Wie soll man da ruhig bleiben?«

Ruhig war offenbar die Losung des Tages.

»*Okay, Mrs Nathanson*«, sagte der Mann im Lautsprecher. »*Soweit ich sehen kann, ist Ihr Konto seit heute Morgen um zehn Uhr ausgeglichen.*«

»Ich habe einen Scheck einbezahlt. Vorletzte Woche. Das

war also vor mehr als fünf Werktagen. Das Geld müsste inzwischen draufgebucht sein.«

»*Das sagte ich doch gerade – Ihr Konto scheint seit heute Morgen ausgeglichen zu sein.*«

»Gut. Also dann. Ja, gut, aber warum hat mir dann Ihr Mitarbeiter vorhin erzählt, dass das Geld noch nicht eingegangen sei und dass das Konto immer noch gesperrt ist?«

»*Mein Kollege muss einen alten Kontostand vorliegen gehabt haben.*«

Ich stand auf. Ich hatte keine Lust zu warten, bis Mum ihr Gespräch beendet hatte.

»Rühr dich nicht vom Fleck!«, zischte Mum. »Wir müssen reden.«

»*Wir reden doch*«, kam es etwas verwirrt aus der Leitung.

»Ich meine nicht Sie«, sagte Mum.

»*Mrs Nathanson*«, meldete sich der Mann im Lautsprecher zu Wort, »*möchten Sie mich nicht zu einem günstigeren Zeitpunkt zurückrufen?*«

»Das *ist* ein günstiger Zeitpunkt, sofern es den überhaupt gibt.«

»*Den Eindruck hab ich aber nicht, wenn Sie mir die Bemerkung gestatten. Klingt eher so, als ob Sie sich mit jemandem streiten.*«

»Ach, das ist nur meine halbwüchsige Tochter.«

»*Oh, Sie Arme. Ich hab auch eine Tochter im Teenageralter.*«

»Meine ist fünfzehn.«

»Sagen Sie ihr, dass sie sich hinsetzen soll und dass Sie erst wieder mit ihr reden, wenn sie sich die ganze Schminke aus dem Gesicht gewischt und die Musik leiser gedreht hat und aus dem Bad gekommen ist.«

Na toll. In diesem Stil laberten sie gute zehn Minuten lang weiter, während ich dasaß und keinen Finger rühren durfte.

»So, und jetzt hörst du mir mal zu«, sagte Mum, nachdem sie ihre Finanzen geregelt hatte und mir endlich ihre volle Aufmerksamkeit widmen konnte. »Also ich, nein, wir – die Schule und ich – haben schließlich die Aufsichtspflicht für dich. Und wenn du aus der Schule spazierst, wissen wir nicht, wo du bist. Du kannst nicht einfach mitten im Unterricht das Schulgelände verlassen, ohne zu sagen, wo du hingehst.«

»Shonna und Imelda haben mich geärgert. Ich wollte zu Mathe gehen und da hab ich gemerkt, dass ich meine Tage kriege, und bin abgehauen.«

Mum fuhr sich mit den Fingern durch die Haare, was geradezu ein Verbrechen gegen jede Haarstylingkunst ist. Ehrlich, wie konnte ich eine Mutter mit solchen Haaren haben? Warum erlaubte sie mir nicht, dass ich mich daran austobte? Stattdessen sagte sie seufzend: »Es tut mir wirklich leid, dass gerade alles so schwierig ist, Sadie. Shonna scheint sich ja ziemlich danebenbenommen zu haben. Jeanette hat auch Probleme mit ihr, nicht nur du – das hat sie mir gesagt. Ich versteh nicht, was in sie gefahren ist. Aber lass dich nicht von ihr unterkriegen, das ist die Hauptsache.«

»Misch dich bloß nicht ein, Mum.«

»*Wie redest du denn mit deiner Mum? Sei gefälligst nicht so unverschämt*«, sagte der Typ am anderen Ende der Leitung, der offenbar alles mitgehört hatte.

Mum legte einfach auf. »Er hat Recht, Sadie, aber vielleicht wäre es gut, wenn du mal mit jemand anders sprichst. Wir kriegen ja doch nur Streit. Wahrscheinlich ist das normal, wahrscheinlich kommt das irgendwann, aber wir waren uns immer so nahe. Und jetzt hab ich das Gefühl, dass du so viel vor mir verheimlichst.«

Damit hatte sie ausnahmsweise Recht. Ich verheimlichte ihr jede Menge und das würde sich auch nicht so bald ändern.

Versteht mich nicht falsch. Ich liebe meine Mum. Aber sie hat einfach keine Ahnung, was gerade in meinem Leben vorgeht.

Stimmungsstatus: Hab's den Fiesgirls gezeigt und Nicktyp geküsst.

Groovechick2: Glückwunsch. Damit hast du Level 50 im Kriegs- und Liebesspiel erreicht.
SayD: Hab Mum angelogen wegen Dadsuche und jetzt ein schlechtes Gewissen.
Groovechick2: Erzähl's ihr doch.
SayD: Du klingst wie 'ne Psychotante. Ja, echt – wie so 'ne Schulpsychologin.

Groovechick2: Was meinst du, wo ich mein halbes Leben verbracht habe?
SayD: Ich will's ihr aber nicht erzählen. Will das selber durchziehen. Lügen will ich aber auch nicht.
Groovechick2: Du kannst nicht alles haben, SayD.

22

Melde dich, Dad Nr. 241!

Haarstylingidee für Dienstag, den 2. Oktober:

ODANGO:
DOPPEL- ODER DREIFACHKNOTEN

Dies ist die exzentrische Frisur von Queen Serenity in der Manga-Serie »Sailor Moon«. Mit einem sehr dünnen Kamm wird ein Mittelscheitel gezogen. Dann werden zwei sehr hohe Zöpfe seitlich mit einem Gummi fixiert und mit Haarnadeln zu Knoten festgesteckt. Anschließend das restliche Haar auf einer Seite nach oben bürsten, sodass es den Scheitel verdeckt, und zurückbinden. Wenn du die Enden jetzt eindrehst und das Haar mit Schleifen oder anderen Accessoires schmückst, bist du eine Manga-Queen!

Okay, ich hatte mich also innerhalb von vierundzwanzig Stunden vom frechen Pferdeschwanzgirl in Queen Serenity verwandelt. Es war ein ziemlich schräger Look, aber als ich mich in der Mittagspause in der spiegelnden Bibliothekstür betrachtete, war ich sehr zufrieden mit dem Ergebnis. Miss Frame schien es auch zu gefallen.

»Tolle Frisur, Sadie«, lobte sie.

Aber ich war nicht in die Bibliothek gekommen, um mir Komplimente abzuholen, und auch nicht, um mich zu verkriechen. Auf die eine Mail, die ich erfolgreich verschickt hatte – die an Dad Nr. 241 –, hatte ich keinen einzigen Antwortpieps erhalten. Das war jetzt fünf Tage her und ich wollte eine neue Mail senden. Die Treffen mit Dad Nr. 254 und Dad Nr. 278 waren arrangiert, aber wenn nun Dad Nr. 241 der richtige war? Ich konnte ihn nicht einfach sausen lassen.

Von: sadie.nat@cupcakedanceparty.com
Gesendet: Dienstag, 2. Oktober 12:26 Uhr
An: abe.smith@kent.gov.uk
Betreff: Noch mal Hallo

Lieber Abraham Smith,

ich habe noch keine Antwort auf meine erste Mail bekommen und deshalb schreibe ich Ihnen jetzt noch mal – nur weil … also weil ich es will und weil Miss Frame, unsere coole Lehrerin hier, gesagt hat, dass ich so schreiben soll, als ob ich mich mit Ihnen unterhalte. Also ich lebe in der Stadt, in einem Viertel namens Hackney, Ostlondon, und ich gehe noch in die

Schule. Ich bin hier geboren und kenne fast jeden in den fünf Straßen um unseren Block herum, aber sobald ich aus meiner »Ecke« herauskomme, ist mir alles fremd. Außerdem darf ich das gar nicht von Mum aus. Und Sie? Was machen Sie? Reisen Sie viel? Ich war schon mal mit der Schule auf der Isle of White und einmal war ich auf einer Insel namens Borokai auf den Philippinen, wo die Familie meines Onkels Zé lebt. Das Meer war unglaublich blau, und mein Cousin Billy und ich haben im Freien geschlafen und ich weiß noch, dass mir die Sterne wie Theatersterne vorgekommen sind – als hätte sie jemand direkt über unseren Köpfen aufgehängt, so hell waren sie.
Es war sehr schön dort.
Viele Grüße
von Sadie Nathanson

Und dann wurde ich plötzlich übermütig und schrieb auch noch meine Postadresse hin. Das war natürlich unvernünftig, aber ich dachte, vielleicht ist Abraham Smith so alt wie Mum und kann besser mit Kuverts und handgeschriebenen Briefen und Briefmarken umgehen.

Miss Frame kam zu mir herüber und lehnte sich wieder an die Tischkante.

Bedächtig verschränkte sie die Arme und fragte: »Und wie läuft's mit der E-Mail, Sadie?«

»Hab ich schon weggeschickt.«

Miss Frame zog die Augenbrauen hoch. »Das ist super.«

»Er hat das erste Mal nicht geantwortet, aber die E-Mail kam auch nicht zurück und da hab ich vorsichtshalber noch eine geschickt.«

Miss Frame stand da und lächelte mich an. Ihre Brust ging beim Atmen wieder so schön auf und ab – die Frau war so … so überlegt in allem, was sie machte. Als wöge sie jede Bewegung genau ab.

»Sadie«, sagte sie schließlich, »hast du dich gestern im Unterricht mit Shonna Matthews gestritten?«

Ich schaute sie an. Ihre Direktheit raubte mir den Atem. Miss Frame starrte mir in die Augen, lächelte aber dabei.

»Hm, also …«, sagte ich.

Ich wusste nicht, ob mir die Wahrheit noch mehr Ärger einbringen würde. Bis jetzt war ich wegen des Streits in der Matheklasse nicht bestraft worden, sondern musste nur einen Brief bei der Schulleitung abgeben, der meine plötzliche Abwesenheit erklärte – jedenfalls die Version, die ich Mum erzählt hatte. Nicht mal Shonnas Mum war in der Schule angetanzt, um »ordentlich auf den Putz zu hauen«, wie sie es sonst auf ihre rotzige Art macht – Hände herausfordernd in die Leoprint-Hüften gestemmt. Folglich war es das Beste, alles möglichst vage zu halten.

»Also …«, wiederholte ich.

Der Haken war nur, dass Lehrerinnen wie Miss Frame nicht so leicht lockerlassen. Ein Terminator-Trupp ist nichts dagegen. Sie machte einfach weiter.

»Sadie, hat Shonna Matthews dich gemobbt?«

Eine direkte Frage verdient eine direkte Antwort und ich hätte gern »Ja« gesagt, aber dann hätte ich verschwiegen, warum Shonna so gemein zu mir war. Die ganzen Verwicklungen mit ihrem Dad und meinem Dad würden unter den Tisch fallen, und das war nicht richtig, denn im tiefsten Herzen, wenn ich gerade gnädig gestimmt war und Shonna und Imelda mich nicht fertigmachten, wusste ich, dass Shonna nichts dafür konnte. Oder dass ich zumindest teilweise selbst schuld daran war.

Ich starrte Miss Frame mit leerem Blick an, in der Hoffnung, dass sie das Thema endlich fallen lassen würde, aber keine Chance. Bei ihr biss ich auf Granit.

»Ja«, sagte ich schließlich. »Ich hab mich gegen sie gewehrt und ja, es stimmt, sie hat mich gemobbt.«

»Bravo, das hast du gut gemacht«, sagte Miss Frame mit einem strahlenden Lächeln und ging zu ihrem Computer zurück. Ich beobachtete sie aus dem Augenwinkel, wie sie mit ihren properen kleinen Händen in den Computer tippte. Die Frau war eine Meisterin der Selbstbeherrschung. Ich konnte mir beim besten Willen nicht vorstellen, dass sie je die Nerven verlor.

Miss Frame würde sich nie mobben lassen, egal von wem.

23

Der Bodyguard

Tony Cruz wartete vor der Englischklasse auf mich. Er lehnte an der Heizung, die Augen lässig geschlossen. Und ich konnte nur denken: *Oh, mein Gott, ich hab dich gestern geküsst und jetzt soll ich wieder normal mit dir reden und noch dazu vor der ganzen Klasse!*

Tonys Haar sah super aus, was meine totale Jungslähmung noch erheblich steigerte. Er hatte es frisch gewaschen, aber wahrscheinlich besaß er einen Föhn mit Diffuseraufsatz, weil er richtig Volumen reingekriegt hatte, nicht wie Billy, der seine Haare viel zu platt föhnte. Eine Strähne stand wieder leicht ab und es juckte mich in den Fingern, sie anzufassen.

Eigentlich hätte es das Coolste sein müssen, was mir je passieren konnte, dass Tony Cruz mich von der Klasse abholte. Aber in Wahrheit war es schrecklich – wie in einem Albtraum, in dem man seinen großen Tag in der Schule hat und plötzlich merkt, dass man splitternackt dasteht. Oder dass man ganz dringend aufs Klo muss und das Klo mitten auf der Bühne in der Morgenversammlung steht. So vor Publikum fiel mir absolut nichts ein, was ich sagen konnte.

»Hi«, begrüßte ich ihn, während einunddreißig Hohlköpfe, *idyotas* und Nulpen in einer Reihe dastanden und uns anglotzten.

»Hi«, sagte Tony, »ich wollte nur wissen, ob alles okay ist?«

»Oh, ja, klar.«

»Alles friedlich so weit?«

»Ja, sicher.«

Dann begleitete er mich zu meiner Matheklasse, während ich fieberhaft nach Gesprächsstoff suchte, aber alles, was mir einfiel, war total bescheuert. Komisch, gestern, als ich stocksauer auf Tony war, konnte ich ganz normal mit ihm reden und jetzt, wo ich ihn mochte, fielen mir nur die dümmsten Sprüche ein: Wie findest du meine Dienstagsfrisur – bin ich Queen Serenity? Was hältst du von Gentechnik? Hast du einen Hund?

»Hattest du …«, fing ich an.

»Coole Frisur«, unterbrach Tony mich.

»Danke.«

»Bis später dann.«

Als ich in die Klasse kam, schaute ich sofort zu Shonna hinüber. Aber nichts. Ausnahmsweise drehte sie sich nicht um und funkelte mich an, sondern starrte die ganze Zeit nur auf ihr Notizbuch und schrieb die Gleichungen von der Weißen Tafel ab. Einmal hob sie sogar die Hand und beantwortete eine Frage. Falsch. Was irgendwie eine Erleichterung für mich war.

Am Ende der Mathestunde wartete Tony wieder auf mich. *Iiih,* dachte ich. *Der Weg zum Naturwissenschaftsblock ist echt weit und ich weiß immer noch nicht, was ich zu dir sagen soll, und dabei starrt uns wieder die ganze Klasse an und ich hab dich doch gestern geküsst!*

»Du würdest einen super Bodyguard abgeben«, sagte ich und bereute es sofort. Bodyguards waren doch überall als hirnlose Muskelprotze verschrien.

Tony zuckte die Schultern und lächelte.

»Ähm ... also, danke«, sagte er.

»Wie geht's deinem Knöchel ... und deinen *itlogs?*«, fragte ich, weil mir wieder einfiel, dass ich ihn gestern mit der Wippe verprügelt hatte.

»Meinen was?«

»Na, du weißt schon. Das ist Onkel-Zé-Talk.«

»Alles gut, was sonst? Ach, übrigens, ich hab gehört, du hast Shonna gestern verflucht – was hast du ihr denn an den Kopf geworfen? Muss ja ganz schön heftig gewesen sein.«

»Wer hat dir das gesagt?«

»Ich hab meine Spione.«

»Also gut: Ich hab sie *Hotdog Spezial* genannt – *mit Käsefritten und eisgekühlter Cola, alles in einem Sesambrötchen, aber ich liebe, liebe, liebe es!* Klingt echt finster, wenn man nicht von den Philippinen ist.«

Tony fing an zu lachen. »Cool, Mann – gefällt mir!«

Ich hatte ihn tatsächlich zum Lachen gebracht. Wow!

»Und übrigens musst du das nicht machen«, platzte ich heraus.

»Was machen?«

»Das hier. Dass du mich von der Klasse abholst und so.«

»Ja, klar, weiß ich doch«, sagte Tony. »Du hast Shonna gestern Morgen nach Strich und Faden zusammengefaltet – auch wenn du sie in Wahrheit nur als blöden *Essiggurken-Milchshake* beschimpft hast. Aber ich hab ihr gestern gesagt, dass sie's mit mir zu tun kriegt, wenn sie sich nicht anständig benimmt. Und das muss ich doch überprüfen. Außerdem sollst du wissen, dass du dich auf mich verlassen kannst.«

»Weiß ich.«

»Und ich halte mein Wort, das ist mir wichtig, verstehst du?«

»Shonna hat mich den ganzen Morgen keines Blickes gewürdigt.«

»Die hat garantiert Angst vor deinen Speisekartenflüchen.«

»Hör mal«, fing ich an, weil ich ehrlich zu Tony sein wollte, anstatt um den heißen Brei herumzureden oder ihn mit blöden Tricks dazu zu bringen, dass er sich zu mir vorbeugte, »ich weiß echt nicht, was ich mit dir reden soll, wenn du mich in meine Kurse begleitest. Ich meine, die Schule ist so doof, dass einem nichts dazu einfällt, oder?«

»Ja, wahrscheinlich.«

»Außerdem starren uns alle an, weil sie nichts Besseres zu tun haben, und worüber sollen sie auch reden? Ihre blöden Serien kommen doch erst abends.«

Tony zuckte mit den Schultern und nickte wieder – was ich jetzt eher beruhigend fand.

»Also dann bis später?«, sagte ich.

»Bis später«, erwiderte er, »und viel Glück heute Nachmittag.«

Ich starrte ihn einen Augenblick verständnislos an, dann fiel mir ein, dass ich heute Nachmittag einen Termin beim Schönheitschirurgen hatte – angeblich, um mir das Fett an meinen Pobacken absaugen zu lassen. Sobald um drei Uhr die Schulglocke läutete, würde ich mit Billy losziehen, um Dad Nr. 278 zu besuchen!

24

Also es geht um ... eine Samenspende

Billy und ich sahen ihn sofort – Dr. Swain-Coles stieg gerade aus einem schwarzen XXL-Taxi vor seiner Klinik in der Harley Street aus. Er musste es sein. Wir waren noch ein gutes Stück entfernt, aber selbst von hier aus glich er dem Foto auf seiner Website bis aufs i-Tüpfelchen: dunkles Haar, sorgfältig gekleidet, schwarzer Anzug. Eine elegant aussehende Dame kam in diesem Moment die Treppe vor dem Eingang herunter.

»Oh, hallo, Dr. Swain-Coles«, sagte sie und bestätigte uns damit, dass wir richtig getippt hatten.

Die Frau war unnatürlich groß und überragte Dr. Swain-Coles um einiges.

»Ist das Taxi größer als üblich?«, fragte ich.

»Nein«, sagte Billy.

»Aber die Frau hier ist unnatürlich groß, oder?«

»Nein«, sagte Billy wieder. »Dr. Swain-Coles ist unnatürlich klein.«

»Auf dem Foto sah er aber groß aus«, beharrte ich.

»Woher willst du das wissen? Da saß er doch.«

»Dann ist er eben ein Sitzriese. Außerdem, klein würde ja eigentlich passen«, fügte ich hinzu. »Ich meine, ich hab auch nicht gerade Modelgröße.«

Wir betraten also die »Privatklinik für kosmetische Chirurgie« von Dr. Swain-Coles, und während wir die Treppe hinaufgingen, fragte ich mich, ob ich wissen würde, wer mein Dad war, wenn wir wieder herunterkamen. Ein komisches Gefühl war das – ein Gedanke, den man nicht jeden Tag hat. Ich war die ganze Zeit erstaunlich ruhig geblieben, aber jetzt flatterten mir tausend Schmetterlinge im Bauch herum und ich war so nervös, dass ich Billy beinahe überredet hätte, umzukehren und wieder nach Hause zu gehen. Aber Billy ging vor mir und seine gestrafften Schultern und sein entschlossener Gang hielten mich irgendwie aufrecht. Das Gebäude war ein typisches altes Londoner Haus, wie man es aus Kostümfilmen kennt. Wenn man aber von der hektischen Straße über die Türschwelle trat, kam man in eine weiche, friedvolle Welt aus zarten Pfirsich- und Magnolientönen, plüschigen Sofas und einem dicken cremefarbenen Teppich. Beruhigende Musik spielte im Hintergrund, so wie auf der Website, und die Empfangsdame setzte bei der Begrüßung das strahlendste Lächeln auf, das ich je gesehen habe. Sie hätte jederzeit Werbung für Zahnbleaching machen können. Wahrscheinlich bekam sie hier Personalrabatt oder so.

»Mein Name ist Sadie Nathanson«, sagte ich zu Miss Zahnbleaching. »Ich habe einen Termin.«

Meine Stimme kam mir ganz fremd vor, gar nicht wie meine eigene. Sie klang lauter und tiefer als sonst, als ob ich auf einer Theaterbühne stünde und die Rolle einer erwachsenen Frau spielte.

»Oh ja!«, flötete die Empfangsdame und schaute auf ihr großes, altmodisches Terminbuch, dann lächelte sie wieder – ein warmes, herzliches Lächeln, das wohl beruhigend auf Patientinnen wirken sollte, die gleich etwas aus ihrem Körper abgesaugt oder hineingepumpt bekommen würden. Einen Augenblick schweiften meine Gedanken ab und ich überlegte, wo das ganze Zeug, das abgesaugt oder hineingepumpt wurde, hinkam. Gab es hier irgendwo einen Sammelbereich für »geparktes Körperfett«? Vielleicht ein Raum wie dieser hier, mit lauter weichen Polstersofas, über die Berge von weißem Körperfett hinauswabbelten? Oh, mein Gott! Würg.

»Sadie Nathanson«, sagte die Empfangsfrau und deutete auf meinen Namen in ihrem Terminkalender, und ich starrte fasziniert auf ihre perfekt manikürten lila Fingernägel mit den funkelnden Glitzersteinchen drauf.

»Nehmen Sie doch bitte Platz.«

Billy und ich setzten uns gehorsam, versanken in den samtweichen toffeefarbenen Sesseln. Ich hatte das Gefühl, auf Wackelpudding zu sitzen.

Wir hatten uns nach der Schule rasch umgezogen, weil wir

natürlich nicht in unserer Schuluniform antanzen konnten. Dann waren wir zum Bus gehetzt. Wir hatten unseren Termin geschafft. Alles wie geplant. Jetzt mussten wir nur noch zu Dr. Swain-Coles vordringen und herausfinden, ob er mein Dad war. Das war eindeutig der schwierigste Teil.

Ich war so aufgeregt, dass ich mich nur flüchtig im Wartezimmer umschaute und dann auf eine Zeitschrift mit dem Titel »Gärten und Landhäuser« vor mir starrte. Ich war auf das Schlimmste gefasst gewesen – Patienten mit dicken Verbänden und gruseligen Narben –, aber gegenüber von uns saßen eine Frau mit ihrer Teenie-Tochter und ein lächelnder Mann, die ziemlich normal wirkten.

»Die sind hier alle normal«, murmelte ich erleichtert vor mich hin.

»Hmm«, machte Billy. »Schau mal genauer hin.«

Ich riskierte noch einen Blick und schluckte. Die Frau rechts von uns, die mit ihrer Teenie-Tochter wartete, hatte eine unnatürlich glatte Haut. Aber wenn man genauer hinschaute, sah man, wie weit ihre Augen auseinanderlagen – ganz außen am Kopf wie bei einem Kaninchen, was irgendwie komisch war. Aber vor allem der Hals darunter verriet sie: ein Hals, der noch viel runzliger war als der von Großtante Rita. Vielleicht war die Frau sogar die Großmutter des Mädchens und nicht die Mutter. Der Mann gegenüber lächelte vage, aber nur weil seine Gesichtshaut so straff gespannt war, wie ich nach einer Weile feststellte. Der Typ hätte auch wütend sein können, ohne dass man es ihm ansah.

Ich holte tief Luft und starrte über seinen Kopf hinweg an die Wand.

Dort hing ein riesiges Foto von Dr. Swain-Coles. Lächelnd schaute er auf seine Patienten herunter. Ich studierte es gründlich und verglich in Gedanken sein Gesicht mit meinem. Eine Stirnfalte hatte er nicht, vielleicht hatte er sich aufgespritzt? Und seine Augen konnte man nicht richtig sehen, weil sie von dicken Brillengläsern verzerrt waren. Dr. Swain-Coles war also kurzsichtig. Ich dagegen sehe 100%. Sein Haar und seine Augenbrauen waren dunkel wie meine. Ansonsten hatte er nichts, was darauf hindeutete, dass wir dieselben Gene besaßen. Er war ein Fremder, mehr nicht. Und genauso sah er aus.

Ich war so in meine Gedanken vertieft, dass Billy mich anstoßen musste, als mein Name aufgerufen wurde. Dann wurden wir zum Arzt hineingebeten.

Ich holte tief Luft. Das war's jetzt. Es gab kein Zurück. Mein Magen schlug schon wieder Purzelbäume.

Dr. Swain-Coles saß hinter dem gigantischsten Schreibtisch, den ich je gesehen hatte. Es war ein großes Büro, aber der Schreibtisch nahm den meisten Raum ein. Der Sessel musste ganz hochgeschraubt sein und seine Füße auf einer Kiste stehen, weil Dr. Swain-Coles – wie auf seinem Foto – groß aussah. Und wir wussten, dass das nicht sein konnte. Auf seinem Schreibtisch standen mehrere silbergerahmte Fotos, aber nicht von seiner Frau und seinen Kindern, wie man erwarten würde, sondern von diversen Katzen. Ich erhaschte einen flüchtigen Blick auf Schwänze und Schnurrhaare, während wir hereinkamen und uns auf die andere Seite des Monsterschreibtischs setzten.

Dr. Swain-Coles schaute uns nicht an, sondern sagte nur: »Nehmen Sie bitte Platz«, dann starrte er auf ein Notizblatt und dann zu seinem Computerbildschirm hoch. Als er endlich den Blick geradeaus richtete, zuckte er überrascht zusammen.

»Sadie Nathanson?«, sagte er fragend.

»Ja, das bin ich«, krächzte ich und die Worte blieben mir halb in der Kehle stecken, die staubtrocken war. Überlaut nahm ich das Ticken einer Uhr im Zimmer wahr. Ich hatte einen merkwürdigen Metallgeschmack im Mund und meine Zunge fühlte sich an wie eine alte Socke.

Vor mir auf dem Tisch stand ein Glas Wasser und ich trank einen Schluck.

»Ähm … und wie alt sind Sie noch mal?«, fragte Dr. Swain-Coles.

»Ich bin achtzehn«, log ich, »aber …«

»Dann sind Sie sehr jung für diese Klinik, wenn Sie mir die Bemerkung gestatten«, unterbrach Dr. Swain-Coles mich sanft. »Ich meine, Sie haben da eine Menge angekreuzt auf dem Anmeldeformular, aber junge Mädchen kommen sonst nur wegen einer einzigen Sache zu mir: Brustvergrößerung. Hab ich nicht Recht?«

Dr. Swain-Coles wartete meine Antwort nicht ab. »Und eigentlich müssten Sie mit Ihrer Mutter zu mir kommen, nicht mit Ihrem …«, er warf einen Blick auf Billy, »mit Ihrem Freund.«

Dr. Swain-Coles wies mich zurecht wie ein netter älterer Lehrer, und obwohl ich genau wusste, dass ich nicht wegen einer Schönheits-OP hier war, bekam ich fast ein schlechtes Gewissen – als wollte ich mir wirklich die Brust vergrößern lassen, ohne meine Mum um Erlaubnis zu fragen. Ich öffnete den Mund, um etwas zu sagen, aber ich brachte keinen Ton heraus. Billy starrte mich an, beschwor mich stumm, etwas zu sagen. Ich schüttete noch mehr Wasser in mich hinein.

Dr. Swain-Coles kam jetzt hinter seinem Schreibtisch hervor und wieder war ich total geschockt, weil ich vergessen hatte, wie klein er in Wahrheit war. Der Typ sah aus, als ob er auf Knien hinter seinem Schreibtisch hervorkröche. Im Ernst, wenn wir nicht gesehen hätten, wie er aus dem Taxi ausgestiegen war, dann wäre ich vor Schreck tot umgefallen.

»Und jetzt verraten Sie mir bitte, was genau Sie an Ihrer Erscheinung problematisch finden, Miss …«

»Nathanson.«

»Ja, richtig, Miss Nathanson … Also warum suchen Sie mich auf? Sie sind noch ein junges Mädchen – noch gar nicht richtig ausgewachsen.« Wieder wartete er meine Antwort nicht ab, sondern schlenderte zu einem großen Holzschrank in einer Ecke des Büros. »Jungen Mädchen, die zu mir kommen, um sich die Brust operieren zu lassen, so wie Sie, meine Liebe, zeige ich immer das hier …«

Er öffnete eine Schublade und zog etwas aus einer Plastiktüte heraus.

»Hier! Fangen Sie!«, rief er und warf es mir zu.

Meine Reflexe sind zum Glück nicht schlecht und ich fing das Ding mühelos auf, das er mir zuwarf. Ob das allerdings ein Glück für mich war, wagte ich zu bezweifeln, als ich es in meiner Hand herumdrehte. Wabbelig und kühl fühlte es sich an. Eine klare Flüssigkeit in einem durchsichtigen Plastikbeutel.

»Und hier kommt Nummer zwei!«, sagte Dr. Swain-Coles und diesmal warf er den Beutel Billy zu, der ihn pflichtschuldig auffing und mich mit hochgezogenen Augenbrauen ansah.

»Das hier«, sagte Dr. Swain-Coles, während er auf uns zukam, »sind Brüste.«

»Hä?«, entfuhr es mir.

Billy ließ seinen Beutel beinahe fallen vor Schreck.

»Haben Sie gemerkt, wie schwer die Dinger sind?«, fuhr Dr. Swain-Coles fort. »Und jetzt stellen Sie sich mal vor, dass Sie so was Ihr restliches Leben mit sich herumschleppen müssen. Na, was sagen Sie? Gibt es Ihnen zu denken? Zwei gute Gründe, vielleicht noch mal drüber zu schlafen, wie?«

Ich wusste, dass ich jetzt den Mund aufmachen musste. Dass ich Dr. Swain-Coles erklären musste, warum wir in Wahrheit zu ihm gekommen waren. Ich grub meine Fingernägel in meine Handflächen und setzte zum Reden an, doch Billy kam mir zuvor.

»Also ehrlich gesagt«, warf er ein, »deshalb sind wir gar nicht hier.«

Billy redete für mich!

»Dr. Swain-Coles«, platzte ich heraus, als ich endlich die Sprache wiederfand. »Ich bin nicht wegen einer blöden Brust-OP gekommen …« Ich war so nervös, dass ich mich einen Augenblick mit Miss Frame verwechselte und meine Hände ruhig und beherrscht an die Seiten legte, hauptsächlich, um sie am Zittern zu hindern. Ich hielt immer noch die Plastikbrust in meinen Händen und sie wabbelte aufmüpfig zwischen meinen Fingern.

Dr. Swain-Coles zog sich blitzschnell hinter seinen Schreibtisch zurück, wie hinter eine Absperrschranke.

»Was soll das heißen, Sie sind nicht wegen einer Brust-OP zu mir gekommen?«, sagte er von der anderen Seite des Schreibtischs herüber. »Ich bin mir nicht sicher, ob ich Sie richtig verstanden habe.«

Ich fragte mich, ob er gerade unter seinem Schreibtisch nach einem Alarmknopf tastete.

»Also«, fing ich an und holte wieder tief Luft, genau wie Miss Frame. Ich schaute zu, wie meine Brust sich hob und senkte, dann fuhr ich fort: »Also in Wahrheit geht es … um eine Samenspende.«

Autsch. Wie bescheuert klang das denn? Und ich hatte mir so eine tolle Rede ausgedacht und auf dem Weg hierher mit Billy geprobt!

Dr. Swain-Coles schwieg, dann lächelte er mich an. »Ich

fürchte, ich muss Sie enttäuschen – wir machen hier kein In-Vitro. Das ist eine völlig andere Abteilung, verstehen Sie? Und Befruchtungskliniken gibt es hier in der Gegend mehr als genug. Allerdings muss ich Sie nochmals darauf hinweisen, Miss Nathanson, dass Sie viel zu jung sind, um sich mit derartigen …«

»Also, was sie sagen wollte«, fing Billy wieder an, aber ich fiel ihm schnell ins Wort.

»Was ich sagen wollte … also ich glaube, dass meine Mum vor sechzehn Jahren übers Internet Sperma von Ihnen bekommen hat – über eine Website, die den Kontakt zu den Samenspendern vermittelt.«

Ich behielt Dr. Swain-Coles scharf im Auge, um seine Reaktion zu beobachten, aber er starrte nur angestrengt auf sein leeres Notizblatt.

Also fuhr ich fort: »Ich hab eine E-Mail mit Ihren Daten gefunden und ich frage mich, ob …«

Dr. Swain-Coles hob den Kopf und schaute mir in die Augen. Seine schimmerten verräterisch hinter der Brille.

»Also ich frage mich …« Ich konnte beim besten Willen nicht weitersprechen. Meine Kehle war zu trocken.

»Sie fragt sich, ob Sie vielleicht ihr ›Dad‹ sind«, beendete Billy meinen Satz.

Eine lange Pause entstand.

»Guter Gott«, sagte Dr. Swain-Coles und lächelte mich an, »also darauf war ich wirklich nicht gefasst. Auf absurde Verschönerungswünsche, ja. Aber das? Du liebe Güte. Wenn das kein Schlag unter die Gürtellinie ist!« Dann saß er da, lächelnd und blinzelnd.

Eine Ewigkeit lächelte und blinzelte er nur.

Und wenn er genug geblinzelt hatte, lächelte er wieder.

Und wenn er genug gelächelt hatte, blinzelte er.

Ich wurde langsam ungeduldig. Ich hatte mein Anliegen vorgebracht. Warum ließ er sich so viel Zeit mit der Antwort?

»Also ich wollte nur wissen … ich wollte Sie bloß mal sehen«, sagte ich, und meine Stimme wurde schriller, weil ich ihm die Frage gestellt hatte und eine Antwort von ihm wollte, und er saß nur da und lächelte und blinzelte wie … wie eine verrückte alte Eule. »Ich wollte es wissen. Ich hab einen Hinweis gefunden und dann hab ich mit der Suche angefangen und kann jetzt nicht mehr damit aufhören.«

»Ja, ja«, sagte Dr. Swain-Coles ruhig, »ich verstehe. Das versteh ich doch.«

Wieder zog sich das Schweigen endlos hin – wie bei *Good as it Gets*, wenn die Stimmen gezählt werden und die Fernsehfuzzis das Publikum zu Hause zappeln lassen, bis es vor Spannung an die Decke springt –, und dann endlich machte Dr. Swain-Coles den Mund auf:

»Das Problem ist … haben Sie schon mal von Tay-Sachs gehört?«

Oh nein, nicht schon wieder so ein Ablenkungsmanöver! Was würde er uns diesmal an den Kopf werfen? Eine Silikon-Pobacke? Oder vielleicht ein paar Brustmuskeln?

Billy schüttelte den Kopf. »Nein«, sagte er.

»Das ist eine Krankheit, die in den Genen schlummert«, sagte Dr. Swain-Coles. »Genauer gesagt, auf Chromosom 15.«

»Oh«, sagte ich.

»Ich bin ein sogenannter ›stiller Träger‹«, fuhr Dr. Swain-Coles fort. »Ich habe die Krankheit nicht, kann sie aber weitergeben.«

Dr. Swain-Coles hielt Billy die Hand hin.

»Brust?«, sagte er.

Billy starrte ihn verwirrt an, dann reichte er ihm den Wabbelbeutel, den er in seine Hosentasche gesteckt hatte.

Ich gab meinen ungefragt zurück. Ich war froh, dass ich ihn loshatte. Ich wollte nur, dass Dr. Swain-Coles ein bisschen mehr Dampf machte, aber er schien plötzlich alle Zeit der Welt zu haben.

Behutsam legte er die beiden Wabbelbusen in die Plastiktüte zurück und machte die Schublade wieder zu. Dann drehte er sich zu uns um.

»Nein, Sadie«, sagte er an mich gewandt. »Ich bin nicht Ihr Vater.«

Mein Herz setzte einen Schlag lang aus und mir blieb kurz die Luft weg. Endlich hatte ich die Antwort.

»Meine Spende wurde nicht genommen. Weder von Ihrer Mutter noch von sonst jemandem, denn als ich untersucht wurde, stellte sich heraus, dass ich ein stiller Träger des Tay-Sachs-Syndroms bin. Gendefekt. Ich wusste nichts davon – niemand in meiner Familie hatte es je. Aber ich trage die Gene in mir. Was ich nicht wusste, bis Ihre Mutter mich kontaktiert hat und ich getestet wurde. Hätte ich ein Kind mit einer anderen stillen Trägerin bekommen, dann wäre das Kind mit großer Wahrscheinlichkeit daran erkrankt. Und diese Krankheit ist schrecklich.«

»Oh«, sagte ich.

»Ich kann also nicht Ihr Dad sein, Sadie – Miss Nathanson. Und es gibt auch sonst keinen Menschen auf der Welt, der mich Dad nennen kann«, fügte er hinzu und seine Augen schimmerten schon wieder. »So, jetzt wissen Sie's, mehr gibt es dazu nicht zu sagen.«

»Oh«, sagte ich wieder.

Er war nicht mein Dad und die ganze Aufregung, die sich in mir angestaut hatte, wich mit einem Schlag von mir.

»Wir dachten …«, fing Billy an.

»Leider nicht«, unterbrach ihn Dr. Swain-Coles, »ich kann Ihnen in dieser Sache nicht helfen – so gern ich es tun würde.«

Er stand auf und wieder traf mich der Schock, weil er im Stehen kein bisschen größer war als im Sitzen.

»Und jetzt muss ich mich um meinen nächsten Patienten kümmern«, sagte Dr. Swain-Coles. »Ich wünsche Ihnen viel Glück bei Ihrer Suche.« Er kam hinter dem Schreibtisch hervor und gab Billy und mir die Hand.

»Wissen Sie«, sagte er und sein Blick war irgendwo in die Ferne gerichtet, »es gibt Männer, die so etwas – Samenspende, meine ich – aus rein altruistischen Gründen machen. Ich wollte wirklich anderen Menschen helfen.« Er schaute mich an und seine Augen schimmerten wieder. »Ich bin froh, dass

Ihre Mutter einen Spender gefunden hat. Und ich hoffe, dass Sie ihn finden werden.«

Dann waren wir im Flur draußen und ich weiß nicht, wie wir durchs Wartezimmer kamen, weil man mit Tränen in den Augen nicht besonders gut sieht. Als ich wieder zu mir kam, gingen wir die Kliniktreppe hinunter. Jetzt wusste ich, dass Dr. Swain-Coles definitiv nicht mein Dad war. Schade eigentlich, denn er war ein netter Typ.

Groovechick2: Stimmungsstatus: Ich will frei sein.

SayD: Und ich will teuer sein.
Groovechick2: Haha. Wie war's bei dir heute? Bei mir nur Tests.
SayD: Und bei mir ... also das glaubst du nicht. Unheimlich. Aufregend. Traurig.
Groovechick2: Warum traurig?
SayD: Na, weil ich doch auf Dadsuche bin, schon vergessen? Und der Typ heute war nett, ist aber doch nicht mein Dad.
Groovechick2: Das ist hart. Voller Tiefschlag.
SayD: Fühl mich ganz leer innerlich. Bescheuert, was? Wo ich ihn doch gar nicht kenne.
Groovechick2: Ja, vielleicht ...
SayD: Ich hab ne Lehrerin an der Schule, die immer total ruhig bleibt & ne spezielle Atemtechnik hat ... macht immer alles ganz sorgfältig. Man weiß nie, was sie denkt,

& sie behält alles für sich, statt wegen jedem Pups einen Riesenaufstand zu machen, so wie meine Family.

Groovechick2: Willst du wie sie sein?

SayD: Und wenn?

Groovechick2: Jede Wette, dass die in Wahrheit total durchgeknallt ist, ich meine, außerhalb der Schule – ne Irre, wetten?

25

Was ist Freundschaft?

Haarstylingidee für Mittwoch, den 3. Oktober:

HAARBANANE

Das ist eine superelegante Frisur, die den Hals optisch verlängert und ein tolles Profil verleiht. Einen Kamm und Haarklammern, mehr braucht man nicht dafür. Haare nach hinten kämmen und zu einem Pferdeschwanz binden, dann von unten her zusammenzwirbeln und feststecken. Audrey Hepburn lässt grüßen – genieße dein eigenes »Frühstück bei Tiffany«!

Es war direkt unheimlich, wie still Shonna plötzlich war. Der Streit lag schon zwei Tage zurück und ich hatte noch keinen Pieps von ihr gehört. Am Mittwochnachmittag zum Beispiel saß sie einfach da und machte ihre Arbeit. Und sie las ihre Hausaufgabe vor, ohne herumzublödeln oder dumme Sprüche abzusondern wie: »Was, *ich,* Miss? *Ich* soll vorlesen, was ich geschrieben habe? Aber ich warne Sie, ehrlich: Das ist so stinklangweilig, dass ich garantiert dabei einschlafe.«

Und das Merkwürdigste war, dass sie mich in Ruhe ließ. In Betriebswirtschaft saßen wir immer noch nebeneinander. Imelda war in einer anderen Gruppe und es gab nicht genug Tische, dass man alleine sitzen, aus dem Fenster starren und schlechte Laune verbreiten konnte, als ob man sich und die ganze Welt hasste. Shonna und ich mussten folglich Seite an Seite sitzen. Das war meistens der Horror, weil Shonna so weit wie möglich von mir abrückte und ihr Mäppchen als Schranke in die Mitte knallte. Und wenn ich sie nur im Geringsten mit irgendwas streifte – mit meinem Schuh oder meinem Blatt oder meinem Buch –, zischte sie mich an und schnalzte mit der Zunge, aber so, dass alle anderen es hörten. Und wehe, ich erlaubte mir, eine Frage zu beantworten (was nicht oft vorkam, obwohl Betriebswirtschaft, neben Kunst, mein absolutes Lieblingsfach ist), dann flüsterte sie mir »Schleimbacke« zu oder »Streberin« und ähnliche Nettigkeiten.

Aber an diesem Nachmittag war sie vollkommen stumm. Stumm und sauer – ich vermied es, sie anzuschauen, aber wenn ich doch mal einen Blick riskierte, machte sie ein bitterböses Gesicht. Ihr finsterer Ausdruck galt allerdings nicht nur mir, wie ich bald feststellte, sondern allen Lehrern und auch den meisten anderen Schülern. Vielleicht ging es ja gar nicht mehr um mich. Vielleicht hasste sie jeden auf der Welt.

Nach der Schule sah ich Tony mit Kip und ein paar anderen Jungs von der Fußballmannschaft draußen vor dem Schultor herumstehen und reden. Wie üblich klatschten sie sich nach allen Regeln der Kunst ab. Jungs sind manchmal echt komisch. Allein die Art, wie sie zusammenkommen. Sie brauchen immer einen Vorwand, einen Sport, irgendwelchen Technikkram oder ein Spiel, um sich zu verabreden. Manchmal frage ich mich, wie Billy und Tony jemals Freunde werden konnten. Ich meine, was hat ein Computernerd wie Billy mit einem gut aussehenden Sportass wie Tony (der allerdings ein heimlicher Computerfreak ist) gemeinsam? Die Antwort ist einfach – beide spielen gerne. Sie haben sich über die Gitarre und den Computer gefunden und Billys Haarschnitt hat das Ganze besiegelt.

Bei Mädchen hat Freundschaft nichts mit solchen Dingen zu tun. Aber womit dann? Shonna und ich waren Freundinnen, weil wir alles voneinander wussten. Wir wussten, welche Namen wir später mal unseren Kindern geben würden und wo wir unsere Ersatzschlüssel aufbewahrten und dass keine von uns einen richtigen Vater hatte. Wir waren Freundinnen, weil wir wussten, dass unsere Freundschaft für immer und ewig halten würde. Bis Shonna mich eines Tages brutal geoutet hat und ich feststellte, dass es mit unserer Freundschaft aus war.

Ich ging an den Fußballtypen am Tor vorbei, tat so, als hätte ich nicht bemerkt, dass Tony mich gesehen hatte, und schlenderte weiter …

»Alles okay mit dir, Sadie?«, rief Tony.

Plötzlich war er an meiner Seite und ging neben mir, passte sich meinem Tempo an, und das war komisch, weil er doch in der entgegengesetzten Richtung wohnte.

»Mir geht's gut«, sagte ich. »Aber wieso läufst du hier lang? Das ist doch sonst nicht dein Weg.«

»Ich mach einen Abstecher zu Billy. Hast du was dagegen, wenn ich mit dir rede?«

»Nein, nicht wirklich.«

Ehrlich gesagt, war es perfekt, weil uns jetzt nicht einunddreißig *idyotas* beobachteten und mir diesmal eine ganze Menge einfiel, was ich ihm sagen konnte. Es war der ideale Zeitpunkt, um mich ganz normal mit Tony Cruz zu unterhalten – so wie Groovechick2 es mir geraten hatte. Vielleicht, wer weiß, mochte er mich ja doch?

»Hör mal«, sagte Tony, während wir weiterschlenderten, »kommst du zu unserem Gig am Freitagabend? Wir spielen im *Forge.*«

Billy hatte mir schon davon erzählt – es war der sechzehnte Geburtstag von irgendeinem Typen –, aber ich hatte nicht richtig zugehört. Jetzt dagegen war ich ganz Ohr, weil ich gespannt war, was Tony mir sagen wollte. Ob er mich wirklich fragen würde – wie zu einem Date?

»Ich bin nicht eingeladen, wenn du das meinst«, sagte ich, »und ich kenne den, der die Party macht, überhaupt nicht.«

»Also ich lade dich ein«, sagte Tony. Einfach so, als könne es gar keinen Einwand geben. Vielleicht hatte ihm der Kuss neulich gefallen? Auf jeden Fall hatte es ihn nicht abgeschreckt. Aber war das jetzt wirklich ein Date? Konnte man es als Date durchgehen lassen?

»Klar«, sagte ich. »Hört sich gut an.«

Er schaute einen Augenblick ziemlich verlegen drein, dann sagte er: »Sadie, ich muss dich was fragen. Es ist wichtig.«

Oh, mein Gott, was denn noch alles? Wollte er mich jetzt wirklich zu einem Date einladen?

»Was gibt's?«, sagte ich und hatte Angst, dass mir das Herz gleich aus der Brust springen würde und voll auf ihn drauf.

»Ich hab mir überlegt … also hättest du Lust, uns zu stylen? Die Band, meine ich.«

»Euch zu stylen?«

»Na ja – uns ein bisschen aufstylen, dass wir gut aussehen, Haare und so.«

Also doch kein Date. Tony wollte nur, dass ich seine Band »aufstylte«! Okay, okay. Ich musste einen kühlen Kopf bewahren. Auf der rein persönlichen Ebene war es natürlich total frustrierend. Aber in geschäftlicher Hinsicht bot sich hier eine super Chance für mich. Vielleicht bedeutete das meinen Durchbruch als Haarstylistin! Jetzt lag es an mir, zum nächsten Level aufzusteigen.

»Ja, klar«, sagte ich. »Ich style euch gerne. Ich bin am Freitagabend bei Billy zum Essen und danach können wir es angehen.«

»Dann haben wir also ein Date, ja?«

Ein Date? Na bitte – schon wieder verwischte und vermischte er alles.

Wir gingen am Park vorbei zu Billy weiter. Wieder dachte ich daran, wie sich eine Strähne in Tonys Haar gelöst und ich ihn geküsst hatte.

»Wie war Shonna heute?«, fragte Tony.

»Immer noch so still.«

»Und sie hat keinen Zoff angefangen?«

»Nö, keinen Pieps. Sie hat den ganzen Tag kein Wort gesagt. Sonst hackt sie in jeder Stunde auf mir rum und macht mir das Leben zur Hölle, aber seit Montag …«

»Seit du sie als Käsefritte beschimpft hast?«

»Na ja, stimmt … seither … nichts mehr. Alles friedlich.«

Wir standen jetzt vor Tante Lilahs Laden und ich drehte mich um.

»Also kommst du zu der Party?«, fragte Tony und legte mir seine Hand auf den Arm.

»Freitagabend, klar.« Ich versuchte die elektrischen Funken zu ignorieren, die mir den Arm hinaufschossen. »Wenn ich den Tag morgen durchstehe.«

»Wieso? Was ist morgen?«

»Dad Nr. 254.«

»Oh, das ist heavy«, sagte Tony und lehnte sich an Tante Lilahs Ladenfenster. Mein Magen überschlug sich, als würde ich Achterbahn fahren.

»Soll ich dir Gesellschaft leisten – ich meine, wenn du dich mit ihm triffst?«, fragte er. »Ich weiß, dass Billy mitkommt, aber nur für den Fall, dass die Dinge aus dem Ruder laufen oder so … das kann doch ganz schön heftig werden …«

Tony bot mir an, mich zu begleiten! Dann *musste* er mich doch mögen, oder? Aber morgen, das war der falsche Gig – der Dad-Gig. Ich wollte ihn nicht dabeihaben. Bei Dad Nr. 278 war ich am Ende in Tränen aufgelöst gewesen und in diesem Zustand sollte Tony mich nicht sehen. Ich wollte mich ihm nur beherrscht und elegant zeigen, so wie meine Frisur, die französische Haarbanane.

»Ist schon gut«, sagte ich. »Billy ist doch dabei.«

»Aber du kommst zu der Party, ja?«

»Klar.«

»Das wird ein toller Abend. Ich garantier dir, dass wir eine gute Performance hinlegen.« Er lächelte mich an.

»Jetzt hör dir diesen Charmeur an«, sagte eine Stimme von hoch oben und wir rissen die Köpfe hoch. Es war Onkel Zé, der vom Wohnzimmer über dem Friseursalon auf uns herunterschaute. Seine Stimme klang fröhlich, aber er hatte ein feindseliges Stirnrunzeln aufgesetzt, wie immer wenn sich ein Junge in meiner Nähe aufhielt.

»Hi, Onkel Zé«, flötete ich unschuldig und überging seine Feindseligkeit mit einem besonders strahlenden Lächeln. »Bin schon auf dem Weg nach Hause.«

»Grüß deine Ma von mir, *Anak!*«, rief Onkel Zé zu mir herunter.

»Also bis dann«, sagte Tony.

Ich ging die Straße hinunter, drehte mich aber noch mal um und musterte Tonys Nacken, während er in Tante Lilahs Salon verschwand. Ein schöner Nacken, wirklich.

Ich hatte fast schon die Ecke beim Minimarkt erreicht, als ich Onkel Zé brüllen hörte. Ich blieb stehen und drehte mich um. Er war direkt hinter mir. Knallrot im Gesicht vom Brüllen und Rennen.

»*Ay Naku* – bist du taub, oder wie?«, fragte Onkel Zé. »Gut, dass ich dich eingeholt habe, weil wir mal über was reden müssen.«

Über Tony natürlich. Onkel Zé wollte mir eine Strafpredigt halten, weil ich neben Tony gestanden hatte.

»Okay, okay«, willigte ich ein. Onkel Zé und ich waren bisher immer gut miteinander ausgekommen, aber seine Anti-Jungs-Hysterie trieb langsam einen Keil zwischen uns.

»Komm«, sagte er und nahm meine Hand, als sei ich ein kleines Mädchen.

Tante Lilahs Ladenfront hat zwei Türen. Die linke führt in ihren Salon und wenn man durch die rechte Tür geht, landet man in Onkel Zés Café. Es ist ein Tagescafé, das früh auf- und früh zumacht, weil Onkel Zé bis drei Uhr nachmittags total ausverkauft ist und den Laden dichtmacht. Danach weiß er nicht, was er mit sich anfangen soll. Als wir noch klein waren, konnte er uns wenigstens von der Schule abholen und zum Spielplatz bringen, aber was er jetzt macht, wenn das Café geschlossen ist, wissen die Götter.

Onkel Zé öffnete die grüne Eingangstür und ließ mich hinein. Sein Café ist nicht gerade stylish – verblasste Bambusmustertapete, schäbiger Korkboden, graue Kunststofftische und eselsohrige Reisebüroplakate von den Philippinen an der Wand, aber es riecht köstlich hier drin – nach Knoblauch und Reis und süßsauer mariniertem Huhn oder Schweinefleisch. Ein Duft, der für mich Zuhause bedeutet, und vermutlich auch für Onkel Zés Gäste, weil das Café immer rammelvoll ist.

Onkel Zé zog mir einen Stuhl unter einem der Tische hervor, dann ging er zum Kühlschrank hinter der Theke, nahm zwei Coladosen heraus und etwas in einer Plastikdose, das er in der Mikrowelle aufwärmte. Er stellte es dampfend vor mich hin, in einer kleinen weißen Essschale mit Essstäbchen drin.

»*Sinigang*«, sagte er feierlich. »Mit Huhn.«

Es war eigentlich egal, was er gekocht hatte, weil es immer gut schmeckte. Ich liebe Onkel Zés Essen. So wie alle.

»So, und jetzt iss, während ich rede«, sagte er.

»Okay«, seufzte ich. Es gab kein Entrinnen.

»Du magst Tony Cruz«, fing Onkel Zé an.

Ich murmelte vor mich hin, dass er »ganz okay« war, aber Onkel Zé hielt die Hand hoch, um mich zum Schweigen zu bringen.

»Das war keine Frage, sondern eine Feststellung«, sagte er, und dann noch mal: »Du magst Tony.«

Ich wurde rot. Konnte nichts dagegen machen.

Onkel Zé zuckte die Schultern und fuhr fort: »Wir alle mögen Tony. Billy, Lilah, ja, sogar ich.« Und dann ratterte er eine endlos lange Liste von Leuten im Viertel herunter, die Tony nett fanden. Selbst Onkel Zés Cousin Moss mochte Tony offenbar, obwohl er seit seiner Scheidung Gott und die Welt hasste.

»Tony ist Billys Freund«, verkündete Onkel Zé.

Allmählich wurde es mir zu dumm. Worauf wollte er hinaus? Er redete die ganze Zeit um den heißen Brei herum, indem er mir lauter Binsenweisheiten servierte.

»Tony ist ein guter Junge. Nicht wie Shonna. Deine Mutter sagt, sie ist gemein zu dir. Na, das wundert mich nicht – sie war schon als kleines Mädchen sehr unhöflich. Und sie mochte mein Essen nicht, was noch viel schlimmer ist. Aber Tony, der ist ein guter Junge. Wir mögen ihn. Nur …« Onkel Zé hielt inne, schlürfte an seiner Cola und hob einen Finger in die Luft. »… nur ist er ein Junge und er ist siebzehn!«

»*Fast* siebzehn«, verbesserte ich ihn.

»Iss«, befahl Onkel Zé. »*Ich* rede hier.«

Ich starrte auf mein *Sinigang* hinunter und wartete darauf, dass Onkel Zé mir gleich seinen üblichen Vortrag halten würde: JUNGS WOLLEN IMMER NUR DAS EINE!

»Leider hast du ja keinen Dad, der dich vor siebzehnjährigen Jungs warnt«, fing er an. »Ich meine, *fast* siebzehnjährigen. Verstehst du, was ich dir sagen will? Dir fehlt der Vater, der das Schlafzimmer seiner Tochter mit der Schrotflinte bewacht«, fuhr er fort und grinste mich an. »Ist natürlich furchtbar altmodisch, ich weiß. Aber zum Glück hast du noch deinen Onkel und ich sage dir jetzt: Tony ist ein Junge und er ist sechzehn. Vergiss das nie. Das ist alles.«

»Ich weiß«, quetschte ich zwischen zwei Bissen Huhn hervor, »ich weiß, ich weiß!«

»Ja«, schnaubte mein Onkel, »das sagst du jetzt, hier, bei mir im Café, mit deinem *Sinigang* vor dir, aber zu wissen, was es wirklich bedeutet …« Er tippte sich vielsagend an die Schläfe, »das ist eine ganz andere Sache.«

»Ja«, sagte ich. »Ich verstehe.«

»Du musst vorsichtig sein. Du musst aufpassen – sogar bei Tony.«

Onkel Zé stand auf und ging zum Fenster. »Tag und Nacht schaue ich auf diese Straße hinaus – Tag und Nacht. Und was ich sehe, ist entsetzlich!«

Ich wunderte mich einen Augenblick, was Onkel Zé auf der Straße so Grässliches zu sehen bekam.

»Das Leben! Ich sehe das Leben! Junge Mädchen wie du, die kreischend die Straße entlanggehen, und das nächste Mal schieben sie einen Kinderwagen!«

»Das nächste Mal? Echt?« Im Ernst, auf welchem Planeten lebte Onkel Zé eigentlich?

»Jetzt werd nicht frech, Sadie – ich sage nur eins: Du musst vorsichtig sein.«

»*Tito*, ich weiß, wie Babys gemacht werden!«

Und wie auch nicht? Ich meine, als ich Mum das erste Mal gefragt habe, woher ich komme, erhielt ich eine ganz andere

Antwort als das übliche »Naja, dein Dad hat in der Buchhaltung gearbeitet und wir sind immer mit demselben Bus gefahren, und da …«

Mein Onkel sagte nichts. Er kam an den Tisch zurück und setzte sich wieder.

»Ich weiß das, *Tito*. Wirklich. Mach dir keine Sorgen«, wiederholte ich mit ernster Miene, damit er mich endlich in Ruhe ließ.

»Nein, du weißt es eben nicht, *Anak*. Nicht wirklich. Du weißt es vielleicht jetzt, aber in sechs Monaten hast du es vergessen und dann denkst du … ach weiß der Teufel was, und siehst es auf einmal ganz locker …«

»Wie soll ich es locker sehen, wenn du die ganze Zeit mit der Schrotflinte unter meinem Bett liegst, *Tito*?«

Onkel Zés Gesicht verfinsterte sich. Er merkte, dass er nicht zu mir durchdrang.

»Tony ist ein guter Junge, aber ich habe ihn heute Nachmittag mit dir gesehen und zuerst hab ich nur ihn gesehen und nicht, wer bei ihm war, und da dachte ich, oh nein, er flirtet mit einem Mädchen! Und dann sehe ich plötzlich, dass es meine Nichte ist!«

Mein Teller war leer, was Onkel Zé hoffentlich als Wink mit dem Zaunpfahl nahm, dass unser Gespräch sich dem Ende zuneigte.

»Ich war überrascht, aber auch besorgt, und ich habe es Lilah gesagt, als ich durch den Laden gekommen bin, und …«

»Was? Du hast es Tante Lilah gesagt? Oh, Gott – musste das sein?«

»Ja, ich habe deiner Tante gesagt, dass du mit Tony nach Hause gegangen bist. Und weißt du, was sie mir geantwortet hat?«

»Gebrüllt, meinst du wohl.«

»Nein, im Gegenteil, deine Tante hat es ziemlich gelassen genommen, nicht so wie ich. ›Zé, ich war auch mal fünfzehn‹, hat sie gesagt. ›So schlimm ist das nicht. Mit fünfzehn sind Mädchen längst nicht mehr so naiv, wie du anscheinend glaubst.‹«

Das klang erstaunlich vernünftig für Tante Lilah, aber ich kaufte es ihm nicht ab. Tante Lilah hatte garantiert meine Mum und Großtante Rita angerufen und ihnen erzählt, dass Onkel Zé mich halb nackt von Tony weggezerrt hatte.

»Du siehst also«, sagte Onkel Zé, »wenn hier jemand einen Aufstand macht, bin ich das – dein dummer alter Onkel – und nicht Tante Lilah.«

»Du bist nicht dumm«, sagte ich, weil ich Onkel Zé wirklich gern habe und weil er die köstlichsten Hühnchen im ganzen Viertel zubereitet.

»Doch, bin ich«, brummte Onkel Zé. »Aber ich mache mir Sorgen um dich und Billy. Das ist alles. Und jetzt …« Er nahm meinen Teller hoch und trug ihn hinter die Theke, »jetzt kannst du nach Hause gehen.«

Ich stieß einen Seufzer der Erleichterung aus. Gardinenpredigt überstanden. Dann schob ich meinen Stuhl unter den Tisch, und Onkel Zé stand auf und umarmte mich.

»Du bist bestimmt froh, dass du keinen Dad hast«, sagte er. »Einer reicht dir, was?«

»Ja, schon«, sagte ich.

Erst als ich die Straße hinunterging, geriet ich ins Grübeln. Onkel Zé hatte mir das schon eine Million Mal gesagt, ohne dass ich mir irgendwas dabei gedacht hatte. Bis zu diesem Augenblick. Billy und ich waren morgen Nachmittag mit Dad Nr. 254 verabredet. Aber wozu eigentlich? Langsam fragte ich mich nämlich, ob ich mit meiner Suche nicht auf dem Holzweg war. Dann schob ich den Gedanken ganz schnell wieder weg …

Stimmungsstatus: Mein Onkel hat mir einen Vortrag über Bienchen und Blümchen gehalten. Würg.

Groovechick2: Okay, spuck's aus ...
SayD: Mein Onkel hat mal wieder den strengen Dad rausgekehrt. Hat schon die Schrotflinte poliert ...
Groovechick2: Albtraum – und was macht die Suche nach deinem richtigen Dad?
SayD: Treffe bald den nächsten. Bin nervös.
Groovechick2: Wieso nervös?
SayD: Na, wenn das auch wieder eine Fehlanzeige ist? Oder wenn ich ihn nicht mag?

Groovechick2: Dann lass es sein.
SayD: Weiß nicht – wo ich doch schon so weit gekommen bin. Ich muss das jetzt einfach wissen. Aufhören geht nicht. Egal wie grässlich der Nächste ist. Ich wills trotzdem wissen.

26

Dad Nr. 254

Haarstylingidee für Donnerstag, den 4. Oktober:

FARRAH-FAWCETT-FRISUR

Es gibt viele Varianten der berühmten Frisur von Farrah Fawcett. Wer Wert aufs Original legt, braucht einen Lockenstab aus den Siebzigern. Einfacher geht's, wenn man etwas Mousse oder Gel ins feuchte Haar gibt. Für mehr Volumen das Haar über den Kopf föhnen. Glätteisen an den Wurzeln ansetzen, um die Strähnen zu wellen, aber nicht zu locken, dann nach oben ziehen, damit Schwung in die Frisur kommt. Mit Haarspray in Form halten. Genau wie Charlies Engel!

Ich hatte mein altes Handy nicht mehr eingeschaltet, seit wir vor fünf Tagen den Brief an Dad Nr. 254 geschickt hatten, aber als ich mit Billy zum *Equity*-Büro ging, sah ich, dass ich zwei entgangene Anrufe hatte. Zwei Anrufe! Ich hörte sie ab. Bei dem ersten fiel mir fast das Telefon aus der Hand, so laut brüllte der Anrufer. Ich hörte den zweiten Anruf ab, und der war genauso. Eine wutschnaubende Männerstimme – diesmal konnte ich wenigstens ein paar Worte verstehen –, die von »rechtlichen Schritten« und »verklagen« redete. Wortlos drückte ich Billy mein Handy in die Hand.

»Wow«, sagte er. »Ich hab das meiste nicht verstanden, aber der Typ klingt stocksauer.«

»Vielleicht sollten wir lieber abhauen?«, schlug ich vor, weil meine Handflächen schon ganz schwitzig waren und meine Finger unübersehbar zitterten. Ich war sowieso total nervös und dass dieser Charles Ward so feindselig klang, machte die Sache nicht besser.

»Quatsch«, sagte Billy, »jetzt sind wir schon mal hier, Sadie, und wenn's ihm nicht passt, braucht er ja nicht zu kommen. Die Möglichkeit hat er doch.«

Ich musste ihm Recht geben. Wir näherten uns dem Treffpunkt und ich war hin- und hergerissen. Einerseits wollte ich Charles Ward gar nicht sehen, aber andererseits hoffte mein mutigeres Ich wider besseres Wissen, dass er doch erscheinen würde. Nur damit ich wusste, woran ich war.

Als wir zur verabredeten Zeit vor dem *Equity*-Gebäude ankamen, standen zwei Männer davor. Einer davon war Harry »the Hurricane« Hodder. Ohne jeden Zweifel. Er war es wirklich. Wir blieben auf der anderen Straßenseite stehen und schauten ihn verstohlen an.

»Guck mal, wer da ist!«, zischte Billy mir ins Ohr. »Das ist dieser ätzende Typ aus dem Fernsehen – der, auf den meine Mum so wild ist.«

»Was macht der denn hier?«, flüsterte ich zurück. »Meinst du, der andere Mann ist Charles Ward?«

Der zweite Mann war klein und stämmig und trug einen Hut. Von Weitem konnte man nur schwer erkennen, wie er unter seinem Hut aussah.

Ich überlegte noch, ob der kleine Mann dort drüben vielleicht mein Dad war, als mein altes Handy vibrierte. Dad Nr. 254? Ich drückte auf die Empfangstaste und hielt das Telefon etwas von meinem Ohr weg, falls der Typ wieder losbrüllte.

»Charles Ward hier«, sagte eine barsche Stimme am anderen Ende der Leitung, bevor ich auch nur Hallo sagen konnte.

Mein Magen schlug Saltos, wie bei jeder meiner Dad-Begegnungen.

»Hallo«, sagte ich so ruhig wie möglich. »Hier ist Sadie Nathanson.«

Billys Augen weiteten sich und er schaute mich erwartungsvoll an. Ich nickte ihm zu, dann riss ich ihm die Wasserflasche aus der Hand und trank einen Schluck. Meine Kehle war so trocken wie die Sahelzone.

»Wir hatten eine Verabredung«, fauchte Charles Ward.

»Ja«, stimmte ich zu.

»Also ich bin hier«, fuhr er fort, »aber wo zum Teufel sind Sie?«

Oh Mann. Mir kamen gewisse Zweifel, ob ich dieser speziellen Dad-Variante gewachsen war.

»Ich bin auch da«, brachte ich hervor und spähte über die Straße zu den beiden Männern hinüber. Ich wollte wissen, ob der Hutmann telefonierte. »Entschuldigen Sie bitte, aber kann es sein, dass Sie einen Hut tragen?«

Billy stieß mich in die Seite. Er wedelte mit der Hand vor mir herum und deutete auf die andere Straßenseite, zum »Hurricane« und zum Hutmann, als ob er ein durchgeknalltes Winkeralphabet praktizierte, aber ich hatte keine Ahnung, was er mir sagen wollte.

»Das ist er! Er ist es!«, flüsterte er so laut, dass die ganze Straße mithören konnte.

Unterdessen brüllte Charles Ward weiter in mein Telefon: »Nein, ich trage keinen Hut! Aber ich warne Sie, ich hab meinen Anwalt dabei.«

»Ihren Anwalt?«, stammelte ich.

Billy gab sein Winkeralphabet auf und packte mich am Arm. Dann gingen wir über die Straße.

»Ich habe meinen Anwalt dabei«, fuhr Charles Ward an meinem Ohr fort. »Also was immer Ihr Schmierblatt zu drucken beliebt, wir verklagen Sie, bis Sie schwarz werden …«

Wir standen inzwischen direkt vor dem Gebäude und gingen auf die beiden Männer zu. Harry »the Hurricane« Hodder war der mit dem Telefon am Ohr. Jetzt verstummte er. Starrte mir voll ins Gesicht. Ich starrte zurück. Dann brach er in Gelächter aus.

»Aber das sind ja Kinder!«, rief er. »Ha, ha! Guter Witz!«

Er stieß den Hutmann an und beide lachten, wenn auch ziemlich gezwungen. Ich starrte sie an. Ich hatte keine Ahnung, was los war. Warum lachte der »Hurricane« über uns? Was hatten die beiden überhaupt mit uns zu tun?

Billy peilte die Lage schneller als ich.

»Entschuldigen Sie bitte, aber wir sind keine Kinder«, stellte er mit fester Stimme klar. »Ich bin fast siebzehn.«

»Ha!«, sagte der Hurricane wieder. Dann wandte er sich ab und redete mit dem Hutmann. »Sie können so lange im Auto warten«, hörte ich ihn sagen. »Das regle ich alleine. Hat keinen Sinn, eine Szene zu machen.«

»Was geht hier vor?«, flüsterte ich Billy ins Ohr. Ich zupfte ihn am Ärmel und er starrte den Hurricane an.

»Dad Nr. 254«, formte er mit den Lippen.

»Ihr braucht doch nicht etwa einen Knüller für eure Schülerzeitung, oder?«, fragte der Hurricane und drehte sich wieder zu uns um. »Ich meine, ihr wisst doch, dass ich jungen Leuten immer gern entgegenkomme. Ihr könnt jederzeit ein Interview von mir haben, falls ihr darauf aus seid. Ihr müsst mich nicht erpressen, indem ihr peinliche Storys über meine Jugendsünden verbreitet, okay?«

»Ich weiß nicht, wovon Sie reden«, sagte ich. »Wir wollten Charles Ward treffen, deshalb sind wir hier.«

Hurricane Hodder schaute von Billy zu mir.

»Also hör mal, Schätzchen«, sagte er dann zu mir, »du musst hier nicht die Ahnungslose spielen. Du weißt doch genau, dass ich Charles Ward bin und dass das mein richtiger Name ist. Harry Hodder ist mein Pseudonym, mein Bühnenname. Aber warum erkläre ich dir das überhaupt? Du weißt es ja sowieso. Bravo, dass ihr es herausgefunden habt. Gratuliere. Top-Leistung.«

»Aber das haben wir doch gar nicht«, protestierte Billy. »Wir wussten nicht, dass Sie Charles Ward sind.«

»Nein, ehrlich«, sagte ich und schüttelte den Kopf, aber meine Gedanken rasten, während ich die Info zu verdauen versuchte. Was? Harry »the Hurricane« Hodder war mein Dad? Der rotzigste Fernsehmoderator von ganz England? Tante Lilah würde im Viereck springen. Es war unglaublich!

Einen Augenblick betrachtete ich ihn ganz unvoreingenommen wie einen Fremden, den ich noch nie gesehen hatte. Er hatte einen roten Schimmer im Haar und seine Haut war leicht sommersprossig, was im Fernsehen nicht zur Geltung kam. Der Typ hatte absolut nichts an sich, was ich mit mir in Verbindung bringen konnte. Er war sehr groß und seine Hände und Füße waren riesig. Ich schaute auf meine kurzen Stummelfinger hinunter. Nein, das passte nicht. Nichts davon. Bis der Hurricane seinen Gesichtsausdruck veränderte und eine tiefe Falte mitten auf seiner Stirn erschien. Die Kummerfalte! Der Mann hatte eine Kummerfalte, so wie ich.

»Wie habt ihr das herausgefunden?«, fuhr Harry Hodder fort. »Wir machen doch alle verrückte Sachen in unserer Jugend, oder nicht? Ich nehme an, ich wollte der Welt was

Gutes tun, als ich mich damals bei der Website gemeldet habe – obwohl ich mich kaum noch erinnern kann. Geld hab ich jedenfalls nicht dafür bekommen. Das könnt ihr auch in euren Artikel schreiben.«

Vielsagend bohrte er einen Finger in meine Schultasche, als erwartete er, dass ich mir gleich Notizen für die Schülerzeitung machen würde. Erst jetzt merkte ich, dass uns die Leute anstarrten, die auf der Straße vorbeigingen, und dass sie sich gegenseitig anstießen, tuschelten und auf den Hurricane zeigten.

»Gut«, fuhr Harry Hodder unbeirrt fort, »und ihr dürft auch gern über meine Wohltätigkeitsarbeit schreiben. Ich spende überall. Das kommt nie in den Zeitungen, versteht ihr?«

Ich musste den Typ irgendwie zum Schweigen bringen. Ihm klarmachen, dass es hier um Charles Ward ging und nicht um Harry »the Hurricane« Hodder. Um das wahre Leben, nicht ums Fernsehen.

Eine alte Frau mit einer durchsichtigen Plastikregenhaube blieb abrupt vor uns stehen. »Sie sind vom Fernsehen, nicht?«, sagte sie zum Hurricane.

»Ja, Madam, in der Tat«, sagte Harry Hodder und strahlte sie an. Oder eigentlich war es mehr ein Zähneblecken.

»Sie sind der Nachrichtensprecher von Kanal 10, nicht wahr? Der, der gegen Krebs kämpft?«

»Nein«, sagte der Hurricane. Das Grinsen war von seinem Gesicht verschwunden.

»Ach nee, warten Sie mal, jetzt weiß ich's – Sie sind der Börsenmensch«, beharrte die Frau und stieß ihn plump-vertraulich mit ihrem knochigen Ellbogen an. »Ich hab ein gutes Gedächtnis für Gesichter, wissen Sie.«

»Nein, Sie verwechseln mich«, sagte der Hurricane.

»Dann sind Sie ein Doppelgänger von ihm.« Die Frau war nicht zu bremsen. »Nur nicht so gut aussehend und Sie haben breitere Hüften. Liegt wohl an der Hose. Ich mag keine Männer mit breiten Hüften. Trau denen nicht über 'n Weg.«

Ich wechselte einen Blick mit Billy und wir mussten kichern, trotz der angespannten Lage.

Harry Hodder kehrte der Frau abrupt den Rücken zu und wandte sich wieder an Billy und mich. »Also jetzt sagt schon«, fing er wieder an. »Wie habt ihr das rausgefunden – meine ›wohltätige Spende‹, meine ich?«

Billy und ich schauten einander verständnislos an.

Die Frau hinter uns murrte: »Männer mit breiten Hüften kann ich nicht ausstehen«, dann ging sie weiter.

»Im Ernst«, fuhr der Hurricane fort, »ich glaube nicht, dass ich jemals drauf angesprochen wurde. Und man hat mich wirklich alles gefragt, was es unter der Sonne gibt – Freundinnen, Frauen, Drogen, Schönheits-OPs – was immer ihr wollt. Aber das hier noch nie.«

Billy beschwor mich mit seinen Blicken, endlich etwas zu sagen. Egal was. Ich hatte jetzt zwei Möglichkeiten: einfach weggehen, auf die Gefahr hin, dass ich meinen Spender Charles Ward, alias Harry Hodder, nie wiedersehen würde.

Oder dableiben, bis ich eine klare Antwort von ihm bekommen hatte. Aber die ganze Situation war so absurd und unerwartet, dass mir die Worte fehlten. Ich konnte nur den Mund auf- und zumachen und nach Luft schnappen wie ein Fisch auf dem Trockenen.

»Sie haben das alles ganz falsch verstanden«, sagte Billy schließlich. »Wir sind nicht an Ihnen interessiert. Wir wollen nur, dass Sie uns eine Frage beantworten, die *uns* betrifft.«

»Ja«, sagte ich, als ich endlich die Sprache wiederfand, »aber können wir vielleicht irgendwohin gehen, wo wir uns ungestört unterhalten können? Das ist was Persönliches. Wir möchten nicht so auf der Straße mit Ihnen reden.«

»Ja, sicher«, sagte der Hurricane und schaute mich leicht verwundert an. Vielleicht kapierte er endlich, dass wir es ernst meinten, denn er drehte sich abrupt um und ging über die Straße zu einem Café. Es lag direkt neben einem Gitarrenladen.

Selbst unter diesen Umständen leuchteten Billys Augen sofort auf. Also ehrlich – wie konnte er in so einem Moment an Gitarren denken?

Im Café waren mehrere potenzielle Zuschauer, aber wir fielen weniger auf, weil wir uns ganz normal an einen Tisch setzten. Bis der Hurricane seine Sonnenbrille und sein Basecap aufsetzte, sodass er viel mehr nach Promi aussah. Natürlich starrten die Leute jetzt wieder zu uns her und sofort erschien ein Kellner an unserem Tisch. Der Hurricane bestellte. Billy sagte, er sei nicht durstig, und ich nippte weiter an der Wasserflasche, damit meine trockene Kehle mir nicht ganz den Dienst aufkündigte.

»Also wie gesagt«, fing Billy an und beugte sich noch weiter zum Hurricane vor, »wir sind hier, um mit Ihnen über etwas zu sprechen, das *uns* wichtig ist.« Er betonte das »uns«, sodass es auf keinen Fall zu Missverständnissen kommen konnte.

»Okay, das hab ich verstanden«, sagte der Hurricane mit einem Blick, als ob er schon alles auf der Welt gesehen hätte, sodass ihn nichts mehr vom Hocker reißen konnte. »Geht es vielleicht wieder um ein verdammtes Charityprojekt, das ich unterstützen soll? Oder ein Drehbuch, das ihr mir unterjubeln wollt?«

»Nein. Nichts davon«, stieß ich mit zusammengebissenen Zähnen hervor. »Wir haben Ihre Daten oder vielmehr die von Charles Ward in einer E-Mail-Anlage gefunden, die von einer Website namens Fertility-Dingsbums.com geschickt wurde, und …«

»Und da habt ihr einfach auf mich getippt? Wow, wer hätte das gedacht?«

Dieser Typ war nicht aufzuhalten. Wie eine Dampfwalze. In seiner Welt führten alle Wege schnurstracks zu ihm. Aber im wahren Leben war es nicht so, das musste er endlich mal kapieren und ich würde es ihm hinreiben, weil ich langsam genug davon hatte, wie er mit uns redete, und überhaupt: Es reichte.

»Nein«, sagte ich. »Wir haben nicht auf Sie getippt. Ich hatte keine Ahnung, dass Sie Charles Ward sind. Und es ist mir auch egal. Ich kann Ihre Fernsehshow sowieso nicht leiden. Und Sie auch nicht, ehrlich gesagt. Ich finde, Sie sind total geschmacklos und gehässig, und ich wollte eigentlich nur von Ihnen wissen: WAR ES IHR SPERMA, DAS MEINE MUM ÜBERS INTERNET BEKOMMEN HAT?«

Den letzten Satz brüllte ich praktisch. Oder nicht praktisch, sondern richtig. Ich brüllte ihn aus vollem Hals, bis mir bewusst wurde, dass es im Café totenstill geworden war. Der ganze gedämpfte Smalltalk war verstummt und alle starrten uns an.

Ein roter Schimmer kroch am Hals des Hurricane hinauf und breitete sich bis zu seinen Ohren aus, die wie zwei Leuchtfeuer rechts und links vom Kopf abstanden.

»Ähm … tut mir leid«, stotterte der Hurricane. Ihm fehlten ausnahmsweise die Worte.

»Ist schon gut«, sagte ich leicht zerknirscht, weil ich so laut geschrien hatte. Aber endlich kamen wir zur Sache. Ich hielt den Atem an und meine Brust hob sich.

»Die Sache ist nur die«, fuhr der Hurricane fort und beugte sich vor, und Billy und ich beugten uns ebenfalls vor, genauso wie die meisten anderen Leute im Café, »also das Problem ist, ich kann's nicht gewesen sein …«

»Oh«, sagte ich und die Luft entwich aus mir wie aus einem angestochenen Luftballon. Um uns herum atmeten die Leute hörbar auf, dann redeten sie weiter.

»Sind Sie sicher?«, sagte Billy.

»Ganz sicher«, bestätigte der Hurricane. »Hundertprozentig sogar. Weil nämlich ... also ich hab mich dort zwar gemeldet, aber ich hab's mir anders überlegt.«

»Oh«, sagte Billy.

Und ich auch: »Oh.«

»Ich wurde angeschrieben«, fuhr der Hurricane fort, »man hat mir gemailt, vermutlich im Auftrag Ihrer Mutter, und ich wollte es auch machen, aber dann, im letzten Moment, konnte ich nicht. Ich weiß auch nicht, die Sache war mir zu groß. Obwohl ich bis heute nicht sagen kann, warum eigentlich. Mit anderen Worten: Ich hab gekniffen. Ich hab's nicht gemacht. Ich hatte nicht den Mumm dazu. Ich bin aus dem ganzen Programm ausgestiegen.«

»Oh«, sagte ich wieder. Und plötzlich merkte ich, dass mir der Kiefer wehtat, weil ich in den letzten zwanzig Minuten die Zähne so fest zusammengebissen hatte.

»Die Männer, die das durchziehen«, fügte der Hurricane hinzu, »also dazu gehört schon Mut. Ich bewundere sie dafür. Weil sie wissen, was im Leben zählt. Und jetzt bist du hier und natürlich total enttäuscht. Das tut mir leid, glaub mir.«

Und es klang ehrlich.

»Schon okay«, sagte ich, obwohl ich ziemlich geknickt war. Billy legte seine Hand auf meinen Arm.

»Wirklich, es tut mir leid«, wiederholte der Hurricane. »Das war ein Missverständnis und ich hoffe, du findest deinen richtigen Dad. Ich hoffe, dass er ein toller Mann ist. Das hast du verdient.«

Wir saßen einen Augenblick schweigend da. Harry Hodders Schultern sackten herunter. Er sah plötzlich alt aus – alt und traurig mit seiner lächerlichen Basecap. Wenn ich nicht selber so fertig gewesen wäre, hätte ich Mitleid mit ihm gehabt. Für einen kurzen Moment stellte ich mir vor, dass die Sache anders gelaufen wäre, dass dieser Mann mir gesagt hätte: »Ja, ich bin dein Dad!« Was dann? Vielleicht wäre es gar nicht so schlecht gewesen.

Dann warf er uns sein berühmtes Fernsehlächeln zu und beugte sich vor: »Tut mir einen Gefallen, ihr beiden«, sagte er. »Erzählt das bitte nicht weiter, okay? Ich schicke euch die Nummer meines Agenten. Wenn ihr mal Eintrittskarten braucht oder so – ruft ihn einfach an. Ist ein riesig netter Kerl, Dennis heißt er. Und für meine Freunde hat er immer ein offenes Ohr.«

Dann stand er auf – der Mann, der nicht mein Vater war –, drehte sich um, ging auf die Straße hinaus und zog den Schirm seiner Basecap tiefer in die Stirn.

»Nur Mut! Nur Mut!«, äffte Billy ihn nach. »Nicht wie der Typ hier, der sich gerade als totaler Feigling geoutet hat.« Er lachte und nach einer Weile lachte ich auch, und schließlich lachten wir beide, weil die ganze Szene so absurd war und wir tatsächlich einen Moment lang befürchtet hatten, dass ich dieselben Gene in mir trug wie Harry »the Hurricane« – und wenn das nicht zum Lachen war, dann weiß ich auch nicht.

Ich lachte, bis mir die Tränen in die Augen schossen und ungehindert über die Wangen in meinen Mund flossen. Plötzlich wünschte ich mir, dass Tony hier wäre. Vielleicht machte es ihm ja nichts aus, mich weinen zu sehen.

Dann spürte ich, dass das Handy in meiner Hosentasche vibrierte. Charles Ward? Harry Hodder? Aber nein, es war Mum. Ich machte das alte Telefon aus. Dann checkte ich mein neues Handy, auf dem auch schon drei entgangene Anrufe von Mum drauf waren. Wahrscheinlich wunderte sie sich, wo ich blieb, und ging schon an die Decke vor lauter Hysterie. Höchste Zeit, dass ich nach Hause kam, wenn ich unangenehme Fragen vermeiden wollte.

»Lass uns einen Pakt schließen«, sagte ich zu Billy. »Wir schwören uns gegenseitig, dass wir nie und nimmer auf dieses dumme, gönnerhafte Angebot von Harry Hodder zurückgreifen, kostenlose Eintrittskarten bei seinem Agenten zu bestellen. Auch wenn deine Mum noch so wild auf ihn ist!«

»Einverstanden«, sagte Billy und selbst in diesem heiligen Moment schweifte sein Blick zu dem Laden nebenan ab.

Billy war super gewesen. Er hatte eine Belohnung verdient.

»Billy«, sagte ich und drehte mich zu meinem nerdigen Cousin um, »wenn du willst, können wir in den Musikladen gehen und die Gitarren anschauen.«

Billy strahlte wie ein Honigkuchenpferd.

27

Anak

»Gitarrensaiten«, sagten wir zu Onkel Zé und Tante Lilah, als wir am Abend in den Friseursalon traten. Das war die Ausrede, mit der wir unsere vierstündige Abwesenheit erklären wollten. Wenn eine Familie so gnadenlos hysterisch ist wie meine, sind fünf Minuten Zuspätkommen bereits eine Katastrophe, weil alle sofort das Schlimmste befürchten – dass man gestürzt ist, mit zertrümmertem Schädel im Krankenhaus liegt oder was auch immer. Vier Stunden Zuspätkommen, das bedeutet einen Angriff von tollwütigen Hunden, Mord oder Vergewaltigung.

»Gitarrensaiten«, schnaubte Onkel Zé, »ja, genau, denn die brauchen wir dringend in diesem Haushalt. Lilah, was hab ich dir gesagt? Hab ich nicht gerade noch gesagt, dass uns die Gitarrensaiten ausgehen? Hoffentlich bringt Billy welche mit, hab ich gesagt, wenn er vom Mars zurückkommt oder wo immer ihr beiden Nulpen angeblich gewesen seid. Es ist fast halb acht!«

Es ist immer dasselbe: Wenn die Erwachsenen einem unter die Nase reiben wollen, wie schlecht man sich benommen hat, hauen sie einem als Erstes die Uhrzeit um die Ohren.

»Da war so 'n Typ in der Schule, der Saiten verkauft hat«, log Billy halbherzig. »Er hatte jede Menge dabei. Ich glaube, der hat 'nen alten Musikladen ausgeräumt oder so.«

Echt lahm, diese Ausrede. Und sie stand auch nicht in dem Drehbuch, das wir unterwegs verfasst hatten.

»Ach nee, Saiten hat er verkauft?«, sagte Tante Lilah, die mit dem Lockenstab in der Hand dastand. Drohend starrte sie uns an. »Und wo wohnt dieser Typ? Auf den Shetlandinseln?«

»Nein«, sagte Billy. »Gleich hinter der Queensbridge Road, wenn ihr's genau wissen wollt.«

»Erzähl mir doch nichts – es ist halb acht und ihr wart bei McDonald's«, sagte Onkel Zé.

»Woher willst du das wissen?«, warf ich ein.

»Weil du einen McFlurry in der Hand hast, du Huhn.«

Oh, ja. Autsch.

»Und in der Queensbridge Road gibt es keinen McDonald's«, ergänzte Tante Lilah.

»Ach, wir sind noch ein Stück weiter Richtung Mare Street gegangen.«

»Und wir haben dich siebenmal angerufen …«, sagte Tante Lilah zu Billy.

»Billy hatte sein Handy nicht dabei …«

»Und deine Mutter hat dich auch auf dem Handy angerufen, Sadie. Wir möchten nicht, dass ihr euch nach der Schule herumtreibt, ohne dass wir wissen, wo ihr seid und mit wem ihr euch trefft.«

»Oh.«

»Also LASST DAS GEFÄLLIGST!«, brüllte Onkel Zé. »*Idyotas!*«

»Okay.«

»Deine Mutter hat sich solche Sorgen gemacht!«, fuhr er mich an.

»Tut mir leid, *Tito.*«

»Ich hab versucht, sie zu beruhigen. Besser, ich ruf sie gleich an. Zum Glück ist ja nichts passiert.«

»Aber macht das nie wieder!«, sagte Tante Lilah und stolzierte davon, den Lockenstab drohend erhoben, wie um jeden, der auch nur eine falsche Bewegung machte, damit zu erschlagen.

»Und jetzt kommt erst mal und esst was Anständiges«, sagte Onkel Zé. »Ach, und übrigens ist Tony da. Er klimpert auf seiner Gitarre herum. Anscheinend ist heute Probenabend. Komisch, dass ich gar nichts davon wusste.«

Onkel Zé warf mir einen vielsagenden Blick zu. Dann ging er in die Küche und wir hörten, wie er den Reiskocher einschaltete und etwas zu brutzeln anfing. Das ist normalerweise ein gutes Zeichen, weil Braten seine Lieblingsbeschäftigung ist.

Billy verschwand im Klo. Er hasst jede Art von Streit und

Ärger; das schlägt ihm richtig auf den Magen. Ich ging in Billys Zimmer hinauf, wo Tony saß und eine von Billys nerdigen Gitarrenzeitschriften las.

»Hey«, sagte er, »wie ist es gelaufen?«

»Ich weiß nicht, wo ich anfangen soll.«

Wie sollte ich ihm auch erklären, dass ich von einem Date mit Harry »the Hurricane« Hodder kam, den ich eine halbe Stunde lang für meinen Vater gehalten hatte, bis sich herausstellte, dass er es doch nicht war. Egal, ich versuchte es trotzdem. Tonys Augen wurden immer größer.

»Mann, das gibt's nicht«, stieß er immer wieder hervor und sein Kopf wippte wild auf und ab. »Also im Ernst, das ist total durchgeknallt.«

Dann erzählte ich ihm von dem Freikartenangebot.

»So ein Loser«, sagte Tony nur.

Billy streckte den Kopf zur Tür herein. »Wasnlos?«

»Dieser Hurricane-Dad, Mann«, erklärte Tony. »So ein Loser.«

»Stimmt«, erwiderte Billy. »Wir konnten ihn beide nicht ausstehen.«

Ich schüttelte den Kopf. »Ich bin echt froh, dass er nicht mein Dad ist.«

»Und wie bist du mit dem Verstärker vorangekommen?«, fragte Billy und leerte seine Taschen, die mit Gitarrensaiten und Plektrons und Kabelklemmen vollgestopft waren. Dann redeten die beiden nur noch in ihrer Nerd-Sprache und ich hörte nicht mehr richtig zu.

»Also was ist? Seid ihr bereit für morgen?«, fragte ich schließlich, als sie einen Augenblick mit Surren und Piepen aufhörten. Am nächsten Abend trat *Rock Dove* zum ersten Mal auf und zugleich war mein Beinahe-Date mit Tony, plus die Gelegenheit, eine ganze Band zu stylen.

»Ja, klar«, sagte Tony, »also heute Abend um halb neun haben wir noch eine Probe.«

»Bereiter kann man gar nicht sein«, stimmte Billy zu.

»Das wird ein Wahnsinnsabend«, versprach Tony und lächelte mich dabei an, was natürlich toll war, aber nach allem, was ich gerade durchgemacht hatte, war ich mir nicht sicher, ob ich noch mehr Wahnsinn in meinem Leben verkraften konnte.

»Ich muss jetzt heim«, sagte ich. »Das war so ein durchgeknallter Tag heute. Ich muss erst mal relaxen – in meinem stinknormalen Bett mit meinem stinknormalen Teddy.«

Außerdem brauchte ich ein paar Anregungen, wie ich die Band stylen sollte. Das war ein großer Moment für mich und ich hatte noch gar keine Zeit gehabt, mir etwas einfallen zu lassen.

»Ich begleite dich raus«, sagte Tony, »okay?«

Na klar doch – mehr als okay.

Onkel Zé war allerdings anderer Meinung. »Ich dachte, du bleibst noch zum Essen, Sadie«, sagte er. Dann kam er heraus und baute sich mit dem Pfannenwender bewaffnet in der Küchentür auf. War das jetzt ein neuer Trend in meiner

Familie, den Nachwuchs mit diversen Haushaltsgegenständen zu bedrohen?

»Ich muss heim, *Tito*«, sagte ich. Ich wollte sein gutes Essen nicht. Das war eindeutig Erpressung.

»Hmmm«, machte Onkel Zé und schaute mich durchdringend an, »aber vergiss nicht, was ich dir gesagt habe, *Anak*, ja?«

»Ja, *Tito*«, murmelte ich und wurde knallrot dabei.

Onkel Zé hätte genauso gut mit der Schrotflinte dastehen können.

Als wir draußen waren, sagte Tony: »Was zum Teufel ist mit deinem Onkel los, Sadie? Ich bin sonst immer gut mit ihm klargekommen, aber in letzter Zeit – puh – ich weiß nicht, was ich ihm getan habe.«

»Du hast mich nach Hause begleitet«, sagte ich.

»Ich hab dich nach Hause begleitet?«

»Du hast mich neulich schon nach Hause begleitet und jetzt wieder.«

»Weißt du was, Sadie? An deiner Stelle würde ich die Dadsuche einstellen. Du hast doch einen direkt vor der Nase.«

Ich sog scharf die Luft ein. Selbst Tony konnte es sehen.

»Komisch«, sagte ich zu ihm. »Genau dasselbe hab ich auch schon gedacht.«

»Wieso? Wie meinst du das?«, fragte Tony und drehte sich zu mir um. »Willst du damit sagen, dass er wirklich dein Dad ist – also ich meine, dein leiblicher Vater?«

Ich nickte.

»Im Ernst?«

Ich nickte wieder. Und erst in diesem Moment wurde mir klar, welchen Gedanken ich die ganze Zeit verdrängt hatte. Dass Onkel Zé vielleicht mein richtiger Dad war.

»Glaubst du im Ernst, dass …?«

Wieder nickte ich.

»Mann, das wär ja 'n Ding«, sagte Tony. »Also ich meine, deine Familie redet doch sonst ziemlich offen über alles. Du glaubst also, dass sie … Nein, ehrlich jetzt? Wir leben in London, mitten in der Stadt. Ich dachte immer, so was passiert nur irgendwo in der amerikanischen Pampa.«

»Keine Ahnung. Ich weiß nicht, wo solche Sachen normalerweise passieren. Und ich bin mir auch gar nicht sicher. Aber es ist doch möglich, oder?«

»Dieser Tag wird irgendwie immer verrückter«, sagte Tony.

»Ich weiß.« Ich spürte, wie mir die Tränen in die Augen schossen. Ich wusste nicht, ob ich lachen oder weinen sollte.

Ich schniefte. Tony legte seine Arme um mich. Es war eine spontane Geste und ich vergrub meinen Kopf an seiner Schulter, ohne mir etwas dabei zu denken.

»Was, wenn Onkel Zé wirklich mein Dad ist?«, murmelte ich und meine Stimme klang gedämpft durch den weichen Stoff.

»Aber was ist dann mit den Dateien im Computer?«

Daran hatte ich auch schon gedacht. Ich wich ein Stück von Tony zurück und schaute zu ihm auf. Er sah total verwirrt aus.

»Also, zwei sind ja schon weggefallen und wer sagt uns denn, dass der dritte Versuch nicht auch ein Fehlschlag ist?«

»Aber was ist mit der E-Mail an die Fertility-Website – in der deine Mum schreibt, dass du geboren bist?«

Auch das hatte ich mir überlegt. »Tony, da drin stand nie, dass sie tatsächlich einen der Spender genommen hat. Es war nur eine Höflichkeitsgeste, ein einfaches ›Dankeschön für Ihre Hilfe und Anteilnahme‹ – ich glaube, so ähnlich hat sie es geschrieben. Kann doch sein, dass sie aufgegeben hat. Diese ganze Internetsuche, die Tante Lilah jedes Jahr von A bis Z durchkaut …«

»Und in Wahrheit war es dein Onkel Zé.«

An der Straßenecke verabschiedete ich mich von Tony. Er schüttelte den Kopf und sein unerschütterlicher Optimismus schien ihm ausnahmsweise mal abhandengekommen zu sein. Ganz allein und verloren stand er da und sah genauso aus, wie ich mich fühlte. Während ich weiterlief, gingen mir verschiedene Satzfetzen durch den Kopf, halb erinnerte Gespräche, die im Nachhinein verräterisch klangen.

Es gibt keinen »Richtigen«, wenn du mich fragst. Außer für deine Tante Lilah. Die hat ihn gefunden.

Anak.

Eine bessere Tochter als du hätte ich mir nicht wünschen können. Mehr brauche ich nicht.

Anak.

Du wirst froh sein, dass du keinen Dad hast – einer reicht dir, was?

Anak.

Zu Hause musste ich erst Mums aufgestaute Wut über mich ergehen und mich anbrüllen lassen, weil ich ihr nicht gesagt hatte, wo ich war, weil ich nicht ans Handy gegangen war und ihr überhaupt immer nur Ärger machte. Dann packte ich den Laptop und flüchtete in mein Zimmer. Ich googelte »Anak« – den Kosenamen, den Onkel Zé mir gegeben hatte.

»Anak – Philippinisch für Kind, Sohn bzw. Tochter.«

Ich starrte in den Spiegel. Glattes schwarzes Haar. Olivfarbene Haut. Meine Augen haben die gleiche Form wie die von Mum, aber Billy und ich könnten leicht als Geschwister durchgehen.

Oh, Onkel Zé – warum hat mir das niemand erzählt?

Warum hatten sie mich die ganze Zeit angelogen?

Was würde Billy dazu sagen?

Stimmungsstatus: ankerlos.

Groovechick2: Wow. Und wer hat dir den Anker genommen?
SayD: Alle. Meine Family. Bin total am Schwimmen – ich glaube, die haben mich alle die ganze Zeit angelogen.
Groovechick2: Inwiefern?

SayD: Mein Dad.
Groovechick2: Warum sollten sie das tun?
SayD: Weiß nicht.
Groovechick2: Um dich zu schützen?
SayD: Vielleicht.
Groovechick2: Frag sie doch.
SayD: Wie denn? Ich kann sie nicht einfach fragen. Oder doch?
Groovechick2: Sei erwachsen, SayD. Konfrontier sie damit. Wehr dich, wenn du glaubst, dass sie dich anlügen! Du hast es auch den Fiesgirls gezeigt. Frag sie.

28

Das ist meine Geschichte

Haarstylingidee für Freitag, den 5. Oktober:

Üppige Haarpracht

Bei dieser Frisur heißt es Toupieren, Toupieren und noch mal Toupieren! Der absolute Partyknaller, weil die großen, schimmernden Luxuswellen viel Glanz und Volumen bekommen.
Strähne für Strähne wird kräftig toupiert und mit einem extrastarken Volumenhaarspray eingesprüht. Damit die Frisur richtig frech und groß wird, mit beiden Händen das toupierte Haar vorsichtig in die entgegengesetzte Richtung glätten und darauf achten, dass es weich und locker fällt. Das hat Schwung. Das ist sexy. Du weißt, dass du toll aussiehst. Go, Girl!

Wenn das hier die Geschichte meines Cousins Billy de Souza wäre – also wenn Billy seinen Vater suchen würde –, dann würde er sich an die Fakten halten, weil er ein Tatsachenmensch ist. »Okay, gut«, würde er sagen. »Wir hatten drei Verdächtige und zwei konnten wir ausschließen. Daraus folgt, dass Nr. 241 – Abraham Smith – mein Dad sein muss. Rätsel gelöst. Meine Neugier in Bezug auf mein genetisches Erbe ist fürs Erste befriedigt und ich kann mich jetzt guten Gewissens um andere Dinge kümmern. Obwohl ich mich manchmal schon frage, ob mein Erzeuger eine Gitarre hat. Und wenn ja, was für eine, Mann.«

Wenn Shonna Matthews an meiner Stelle wäre und wir ihren Dad suchen würden, dann würde sie sagen: »Ich bin sauer auf Mum, dass sie mir das alles verheimlicht hat. Wofür hält sie sich eigentlich? Für den lieben Gott, oder was? Auf jeden Fall will ich ihr eine Lektion erteilen und ihr zeigen, dass sie mich nicht an der Nase rumführen kann. Deshalb hab ich das gemacht. Ich hab mich mit ein paar alten Säcken getroffen, die jede Menge Kohle hatten. Aber natürlich war keiner von denen mein Dad – also kann's nur der Gärtner gewesen sein, wenn Mum mich nicht total verarscht hat und es in Wahrheit Onkel Zé war. Und dann wäre ich ECHT STOCKSAUER – ABER SO WAS VON! Aaarrrrrggghhh!« So ungefähr würde Shonna reden.

Nur war es weder Shonnas noch Billys Geschichte, sondern meine, und ich musste mich irgendwie selber darin zurechtfinden. Und im Moment sagte mir mein Bauchgefühl, dass ich angelogen worden war, auch wenn ich keine konkreten Beweise dafür hatte. Onkel Zé war jetzt mein Dad-Verdächtiger Nummer eins, und alles andere erschien mir als Ablenkungsmanöver, mit dem diese Tatsache vertuscht werden sollte. Leider sah ich keine andere Möglichkeit, den Beweis dafür zu erbringen, als durch direkte Konfrontation. Das war folglich der Weg, den ich einschlagen musste. Und mal im Ernst, wenn meine Familie mich tatsächlich all die Jahre angelogen hatte, hatte sie nichts Besseres verdient.

»Ich werde die Flucht nach vorn ergreifen und meine Familie gleich heute Abend fragen«, verkündete ich Tony, als wir uns am Freitag in der Mittagspause im Probenraum trafen. Wir wollten meine Stylingpläne für die Band besprechen und hatten uns ausgerechnet, dass ich am Freitagabend genau zwei Stunden Zeit zwischen dem Abendessen bei Tante Lilah und dem Auftritt im *Forge* hatte. In diesem Zeitfenster musste ich fünf Typen, von denen einer spitze Stiefel trug und zwei in übergroßen Skaterklamotten herumliefen, plus Tony (der Postrock-Freak) und Billy (nerdige Klamotten, von seiner Mum ausgesucht), einen Look verpassen, der wenigstens annähernd nach »Band« aussah. Und vor allem mussten sie stylemäßig eine Einheit bilden, was nicht leicht war. Ehrlich gesagt bezweifelte ich, ob es überhaupt machbar war, besonders weil keiner der Typen das geringste Interesse daran hatte, außer Tony. Billy hatte sich aus der Diskussion ausgeklinkt und war lieber zu Hause geblieben, um neue Saiten auf seine Gitarre aufzuziehen. Vielleicht wollte er sich dafür rächen, dass ich ihn letzten Samstag mit nassen Haaren sitzen gelassen hatte.

Er textete mir nur: **Rock Dove = kein Haarsalon.**

Die restliche Band war auch nicht aufgekreuzt. Glaubten die im Ernst, dass sie es in verwaschenen Metal-T-Shirts und Skaterhosen oder in schwarzen Röhrenjeans und spitzen Schuhen in die Charts schaffen würden? Auf jeden Fall war ich mit Tony allein, was mir nur recht sein konnte. Unser Stylingplan war: Alle ganz in Schwarz, denn dagegen konnte niemand was haben. Tony wollte ein lila T-Shirt tragen, damit er als Leadsänger hervorstach, und ich würde mich ganz auf die Haare konzentrieren. Das Zwei-Stunden-Zeitfenster war eine echte Herausforderung für mich, aber noch viel stressiger war die Aufgabe, die mich vorher beim Abendessen erwartete.

»Weißt du, wie ich's mache? Ich sage als Erstes: ›Ich muss euch alle mal was fragen. Ist Onkel Zé wirklich nur mein Onkel oder ist er mehr als das? Ist er zufällig auch mein ›Samenspender‹? Ist er mein Dad?‹« Ich wollte es ganz sachlich halten, das war die einzige Möglichkeit.

»Wow«, sagte Tony und sein Kopf wippte wie verrückt. Ich hatte Angst, dass er gleich herunterfallen würde.

»Ich denke, psychologisch ist es am besten, die Frage erst zu stellen, wenn alle ihren Hauptgang vor sich stehen haben. Oder was meinst du, Tony?«

»Oh Mann, ich hab echt keine Ahnung, Sadie. Ich glaube, da gibt es keine festen Regeln, oder?«

»Ja, aber der springende Punkt ist: Wenn alle vor ihrem Essen sitzen und ich erst dann frage, kriegen sie den Mund nicht mehr zu und das Essen wird kalt, und das kann Onkel

Zé nicht ausstehen. Ich meine, das macht ihn echt fertig und deshalb wird er mir schnell die Wahrheit sagen, damit dann alle weiteressen können.«

»Wow«, sagte Tony wieder, »vielleicht hast du Recht. Deine Familie ist ganz anders als meine. Meine würde das Essen garantiert vergessen, wenn ich so einen Hammer auftischen würde.«

Meine nicht. Meine Familie würde nie einfach das Essen vergessen, weil sich bei uns alles nur ums Essen dreht.

»Aber was ist, wenn ich mich irre? Wenn es doch nicht Onkel Zé ist? Dann steh ich verdammt blöd da.«

In den letzten zwölf Stunden war ich total darauf fixiert gewesen, dass Onkel Zé mein Dad sein musste. Ich war mir fast hundertprozentig sicher. Er war es. Alles passte.

»Also das ist eine brutale Aktion«, sagte Tony und sein Kopf wippte wild auf und ab, »egal was dabei rauskommt. Ich meine, ihnen das einfach beim Essen vor den Latz zu knallen! Die Stimmung ist dann jedenfalls beim Teufel, oder? Das wird doch ziemlich unangenehm für alle sein?«

»Unangenehm!« Ich brüllte beinahe. »Na und? Wenn sie dieses Gespräch vor sechzehn Jahren miteinander geführt hätten, dann müsste ich jetzt keine unangenehmen Fragen stellen. Klar wird es ein bisschen schwierig. Tante Lilah wird loskreischen, Onkel Zé wird in die Küche stürzen und Schweinebauch braten wie ein Geisteskranker, und Billy wird zum Zillionsten Mal neue Saiten auf seine Gitarre aufziehen. Großtante Rita wird die ganze Zeit brüllen: ›Was?

Was sagt sie? Das habt ihr jetzt davon, dass ihr sie nicht in die jüdische Mädchenschule geschickt habt, dann würde sie das Wort ›Sperma‹ gar nicht kennen!‹, und Mum wird ganz still werden und feuchte Augen kriegen.«

»Und du?«, sagte Tony und legte mir beide Hände auf die Schultern. »Was wirst du tun, Sadie? Was erwartest du dir von dem ganzen Drama?«

Ja, was eigentlich?

»Ich will nur die Wahrheit wissen«, sagte ich.

Tony schaute mich einen Augenblick ernst an. »Überleg's dir gut, das ist wirklich kein Spaß«, meinte er schließlich.

»Ich weiß«, sagte ich. »Es ist echt heftig. Lass uns jetzt lieber überlegen, wie wir eure Band stylen.«

29

Deckel zu

Von: sadie.nat@cupcakedanceparty.com
Gesendet: Freitag, 5. Oktober 12:26
An: abe.smith@kent.gov.uk
Betreff: Letzter Aufruf

Lieber Abraham Smith,

Hi.
Das ist jetzt meine letzte Mail an Sie. Ich habe nichts von Ihnen gehört, aber auch keine »Nicht zustellbar«-Mail zurückerhalten und deshalb nehme ich an, dass Sie die Mails bekommen haben, aber vielleicht nicht antworten möchten, weil Sie wissen, dass Sie nicht mein Vater sind. Ich will Ihnen nur sagen, das ist okay, und es tut mir leid, dass ich Sie überhaupt damit belästigt habe.
Viele Grüße von
Sadie Nathanson

»Noch mehr E-Mails?«, fragte Miss Frame, die mich vom anderen Ende der Bibliothek aus beobachtet hatte und jetzt zu mir herüberkam. »Führst du inzwischen eine richtige Korrespondenz mit deinem Dad?«

»Nicht wirklich«, sagte ich. »Man könnte eher sagen, dass ich gerade den Deckel zugemacht habe.«

»Okaaay …«

»Ich meine, ich hab das inzwischen für mich geklärt und ich glaub nicht, dass ich meinen Dad übers Internet finde.«

Miss Frame zog ihre Augenbrauen hoch. »Und das ist gut so, oder nicht?«

»Ich weiß nicht, ob es gut ist. Ich brauche nur noch eine Bestätigung. Ich bin mir ziemlich sicher, wer es ist.«

»Wenn du es weißt«, sagte Miss Frame, »warum brauchst du dann eine Bestätigung?«

»Na, wahrscheinlich, weil ich einfach wissen will, warum mir niemand die Wahrheit gesagt hat.«

»Was glaubst du, warum man dir nicht Wahrheit gesagt hat?«, fragte Miss Frame und strich sich übers Haar. Sie hatte es geglättet und unten eingerollt und mit einem braven Haarreif fixiert. Ganz 1950er-Jahre. Passte perfekt zu ihr. Aber wie sollte ich mich auf das Gespräch konzentrieren, wenn sie so super Haare hatte?

»Sadie?«

»Wahrscheinlich wollten sie mich nicht aufregen oder so – und deshalb haben sie es mir nie erzählt.«

»Was ja vielleicht ein guter Grund ist«, meinte Miss Frame.

Und sie hatte Recht: Es war ein guter Grund. Ich meine, ich wusste ja, was passieren konnte, wenn man zum Beispiel im McDonald's saß und plötzlich begriff, dass der alte Penner in der Ecke der eigene Dad war. Vielleicht war es manchmal besser, die Wahrheit nicht zu kennen.

Ich hatte mir vorgenommen, nach der Schule keine Sekunde länger zu Hause zu verbringen als nötig. Ich konnte keine Szene mit Mum gebrauchen, weil es mich vielleicht von meinem Plan abbringen würde, den ich trotz meines Gesprächs mit Miss Frame immer noch durchziehen wollte. Ich durfte mir meinen Entschluss nicht noch mehr verwässern lassen und außerdem war mein Zeitplan äußerst knapp. Er sah ungefähr so aus:

15:30 - 16:00 Uhr – Umziehen für den Auftritt

16:00 - 17:00 Uhr – Billys Haare bei Tante Lilah stylen

17:00 - 19:00 Uhr – Abendessen und fragen, ob Onkel Zé mein Dad ist oder nicht. Frühzeitig fragen, damit genug Zeit für die hysterischen Ausbrüche bleibt.

19:00 - 21:00 Uhr – Die restliche Band stylen

Ab 21:00 Uhr – Party/*Rock-Dove*-Gig, was vielleicht zu meinem ersten richtigen Date mit Tony führt

Ich raste also nach der Schule nach Hause, zog mich schnell um und warf mich in mein coolstes Ich-gehöre-zur-Band-Outfit, das aus hautengen Jeans, gestreiftem T-Shirt, Kreolen und – na klar – meinen Betty Boop Uggs bestand. Ich toupierte mein Haar frisch auf und gab noch mehr Spray drauf. Die Glamourfrisur hielt gut. Dann packte ich mein Stylistenköfferchen wieder zusammen – inklusive Glätteisen, Spray, Gel (Wetgel und Superhold), verrückten Farben (Sprays) und sogar ein paar Extensions (man kann ja nie wissen!). Als ich zur Tür hinausstürzte, kam Mum herein, einen Stapel Briefe in der Hand.

»Post für dich!«, rief sie, als ich an ihr vorbeieilte. Na toll, jetzt nahm sie schon den ganzen Werbeschrott als Vorwand, um mich aufzuhalten und ein Mutter-Tochter-Gespräch mit mir zu führen. Aber da musste sie sich was Besseres einfallen lassen.

»Muss los!«, rief ich über die Schulter zurück. »Ich style doch die Band – also bis nachher bei Tante Lilah.«

Ich ging schnurstracks zu Tante Lilah und Onkel Zé. Billy saß auf dem Sofa und polierte ein Griffbrett. Er war mein erstes Stylingopfer. Wortlos winkte ich ihn zu mir auf einen der Küchenstühle herüber, legte ihm ein Handtuch um den Nacken, und ehe er protestierten konnte, sprühte ich Wasser auf sein Haar und begann ihn mit dem Kamm zu traktieren.

»Pass bloß auf mein Haar auf«, sagte Billy, dieser Blödmann.

»Ah, und wie geht's meiner Lieblingsgroßnichte?«, brüllte Großtante Rita, als sie ins Wohnzimmer kam, und lachte wie üblich über ihren Witz.

»Mir geht's gut, Tante Rita«, sagte ich und gab ihr einen Kuss.

Onkel Zé streckte seinen Kopf zur Tür herein. Er hatte seine Schürze um, breitete die Arme aus und drückte mich an sich.

»Heute gibt's ›Schweinebauch mit Reis die Zweite‹«, verkündete er, »zur Entschädigung für deinen Geburtstag, an dem mein gutes Essen auf deinem T-Shirt gelandet ist.«

»Danke, *Tito*«, sagte ich.

»Für mich kein Schweinefleisch!«, brüllte Großtante Rita.

»Aber ja doch, Hühnchen für Großtante Rita«, sagte Onkel Zé. »Warte nur, eines Tages werden wir dich bekehren. Auf unsere Seite bringen.«

»Nie und nimmer«, schnaubte Großtante Rita. »Und wie geht's dir, Sadie-Schätzchen? Was macht die Schule?«

»Der absolute Horror«, sagte ich nur.

»Das ist schön, mein Liebes!«, trompetete Großtante Rita. Entweder war sie stocktaub oder sie hörte nicht zu.

»Aber mir geht's gut. Einfach super«, legte ich nach.

Und das stimmte sogar.

»Tolle Frisur, Billy«, sagte Mum etwas später, als wir uns zum Abendessen hinsetzten.

»Ja, das hast du schön gemacht, Sadie«, lobte Tante Lilah mich. »Ich bin beeindruckt. Du kannst jederzeit bei mir anfangen und den Boden für mich fegen.«

»Super«, sagte ich nur. »Vielen Dank.«

Billy sah wirklich gut aus. Seitlich gekämmter Pony mit gewachsten Spitzen, damit das Ganze auch hielt. Ich konnte es kaum erwarten, die restliche Band in die Finger zu kriegen. Aber vorher musste ich noch die kleine Hürde überwinden, die ich mir gesetzt hatte, und meine Familie fragen, ob Onkel Zé mein Dad war oder nicht.

Es war schwer, den richtigen Moment zu finden, weil alle so glücklich aussahen. Und damit wäre es vorbei, sobald ich meine Frage stellte. Onkel Zé schilderte des Langen und Breiten, was er alles von seinem Fenster aus beobachtet hatte. Mum berichtete, dass es mit einer ihrer fast bankrotten Firmen wieder bergauf ging, sodass sie diese Woche tatsächlich ihr Honorar bekommen hatte. Billy spielte uns *50 ways to leave your lover* ohne einen einzigen Fehler auf der Akustikgitarre vor. Großtante Rita redete über ihren neuen Bridgepartner Harry Sherman, der mit achtundsechzig Jahren der Jüngste in ihrem jüdischen Bridgeclub war und den sie mit ungefähr tausend Dezibel Lautstärke als ihren »Lustknaben« bezeichnete. Tante Lilah erzählte von einem Kunden, der Probleme mit seiner Kahlköpfigkeit hatte und immer Frisuren verlangte, die absolut nicht machbar waren. Heute hatte er sogar Dreadlocks gewollt.

Ich blickte mich am Tisch um, während die Schüsseln hin und her wanderten und alle fröhlich über die Ereignisse der Woche tratschten, schimpften und lachten. Im Grunde genommen waren sie gar nicht so übel und ich hatte doch auch nur sie. Ehrlich, es hätte schlimmer für mich kommen können. War es wirklich so wichtig, das letzte Puzzleteil zu finden, dass ich das alles hier aufs Spiel setzen durfte?

»Also hört mal alle her«, platzte ich heraus, aber sie redeten unbeirrt weiter. Ich startete noch einen halbherzigen Versuch: »Hört mal, ich …«

»Ich meine«, fuhr Tante Lilah fort, »wie soll ich ihm auf höfliche Weise beibringen, dass er zu wenig Haare hat? *Tut mir leid, Sid, aber du bist so kahl wie ein gerupftes Huhn?* Oder: *Ich kann dir genau drei Dreadlocks aus den paar Strähnen machen, die du noch auf dem Kopf hast?*«

Tante Lilah hatte Recht. Manchmal musste man die Frisur dem Haar anpassen und nicht umgekehrt. So funktionierte es einfach nicht.

Mum legte einen Arm um mich. »Was wolltest du gerade sagen, Süße?«

Im Zimmer wurde es still.

»Ich … ich wollte nur sagen, dass …«

Ich hielt inne. Alle schauten mich an – Tante Lilah, Mum, Großtante Rita, Onkel Zé und Billy – und lächelten aufmunternd. Sie lächelten, weil sie mich liebten. Weil sie meine Familie waren. Der Raum verschwamm mir vor den Augen, so wie an meinem Geburtstag. Ich holte einmal tief Luft, so wie ich es von Miss Frame abgeschaut hatte, und achtete darauf, wie meine Brust sich hob und senkte.

»Ich … es stimmt, Tante Lilah – mit den Haaren, meine ich. Man kann einem Mann mit drei Haaren auf dem Kopf keine Dreadlocks verpassen. Aber du kannst ihm seinen Glatzkopf als Toplook verkaufen, ihm ein Foto von Bruce Willis zeigen und ihm sagen, dass der die gleiche Kopfform hat, und darauf fährt er garantiert voll ab. Und er sieht auch gut damit aus, jede Wette!«

Ich hatte gekniffen. Einen Rückzieher gemacht. Im letzten Moment hatte ich es nicht über die Lippen gebracht.

»Sadie hat Recht«, sagte Tante Lilah. »Und das werde ich Sid auch sagen, wenn die Dreadlocks rausgewachsen sind.«

Anscheinend war ich nicht die Einzige, die heute gekniffen hatte.

30

Shonna Matthews ist nicht die Welt

Ich stylte sie. Alle. Die ganze Band. Selbst die hoffnungslosen Fälle, die so aussahen, als ob nichts auf der Welt sie je in einen vorzeigbaren Zustand bringen könnte. Ich glättete, lackte und wachste sie aus ihrem traurigen Nerd-Leben hinaus – oder jedenfalls fast. Tony zu stylen war dagegen easy.

»Die große Konfrontation hat also doch nicht stattgefunden«, sagte er, während ich Blau in seine Ponyfransen sprühte. »Ich hab mir schon Sorgen deswegen gemacht. Machst du mir gerade eine blaue Tönung?«

»Nicht reden, sonst kriegst du Farbe in den Mund.«

»Also was war jetzt?«

»Ich hab gekniffen«, gestand ich, »hab's einfach nicht fertiggebracht, obwohl ich schon drauf und dran war. Weil es mir plötzlich so falsch vorkam. Das haben sie nicht verdient, keiner von ihnen. Was immer sie getan haben, sie hatten sicher gute Gründe dafür und vielleicht will ich die Wahrheit gar nicht wissen. So, du bist fertig.«

Tonys Haare sahen cool aus, und plötzlich stand er auf und küsste mich. Also so richtig. Auf die Lippen. Ein Date-Kuss. Dann schaute er in den Spiegel.

»Du bist super«, sagte er, »und du bist eine tolle Friseurin.«

Dann kam der Massenandrang. Die Leute stürmten die steilen Stufen des *Forge* hinauf und purzelten herein, die Lautsprecheranlage sprang an und wir fanden uns mitten im Partytrubel wieder. Erst als die Band auf die Bühne kam und ihre erste Nummer spielte, wurde mir bewusst, dass ich die ganze Zeit strahlte wie verrückt, ohne dass ich das Geringste dagegen tun konnte. Ich strahlte wegen Tony und meiner Familie und weil ich eine tolle Friseurin war.

Ich wandte den Blick von der Bühne ab und schaute in die Menge hinunter.

Shonna Matthews stand allein da. Imelda war nirgends in Sicht. Shonna Matthews, die die ganze Geschichte überhaupt erst in Gang gebracht hatte, indem sie mir eine gefälschte Karte von »Dad« geschickt hatte. Wenn sie sich jetzt umdrehen und mir zulächeln würde, wäre es okay, aber es würde mir nicht die Welt bedeuten. Ich war über sie hinweg. Sie war mir egal geworden.

Stimmungsstatus: Dumm vor Glück.

Groovechick2: & & &?
SayD: Wir haben uns geküsst.
Groovechick2: Und was ist mit deinem Dad?

SayD: Hab gekniffen und nicht gefragt, aber ist mir auch nicht mehr wirklich wichtig.
Groovechick2: Und die Fiesgirls?
SayD: Alle weg.
Groovechick2: Wow, Powergirl!

31

Ein echter Brief

Gerade als ich den Laptop zuklappte, öffnete Mum die Wohnzimmertür.

Mist.

Sie hatte auf mich gewartet. Stand im Morgenmantel da und rieb sich die Augen. Ich war gespannt, ob sie mir eine Szene machen würde. Weil ich so spät nach Hause gekommen war. Weil ich so was wie ein Privatleben hatte. Ich beschloss, die Flucht nach vorn zu ergreifen und mich gleich im Voraus zu entschuldigen. Damit ich es hinter mir hatte. Ich war zu müde zum Streiten, außerdem war ich noch high von Tonys Kuss. Sah man mir das an? Merkte sie was?

»Tut mir leid – ich weiß, ich bin spät dran. Aber warum bist du noch auf?«, sagte ich.

»Ich hab einen Film angeschaut«, erwiderte Mum.

Sie brüllte nicht und wurde nicht hysterisch, obwohl sie ziemlich aufgewühlt wirkte. Stattdessen zog sie einen Umschlag aus ihrer Tasche und drückte ihn mir in die Hand. »Das hier ist heute Morgen mit der Post gekommen. Ich wollte es dir vorhin schon geben – sieht sehr persönlich aus. Ich dachte, es ist vielleicht eine verspätete Geburtstagskarte.«

Warum hatte sie mir den Brief nicht einfach auf den Tisch gelegt? Das war doch nur ein Vorwand, um aufzubleiben und mir nachzuspionieren.

Ich drehte den Umschlag um. Auf der Klappe stand: Abraham Smith, 17 Weald Lane, Bough Beeches, Kent.

Oh, mein Gott. Ich sog scharf die Luft ein.

»Alles okay?«, fragte Mum.

»Ich ... also ich muss mal ... warte mal 'n Moment ...«, stotterte ich, während ich mit dem Brief in der Hand rückwärts aus dem Zimmer ging und mich ins Bad verkroch. Ich verriegelte die Tür und setzte mich auf den Badewannenrand, dann riss ich den Umschlag auf und meine Hände zitterten wie verrückt.

Liebe Sadie,

danke für deine Mails. Mir ist erst in den letzten paar Tagen klar geworden, dass ich bisher nie wirklich wusste, was das Wort »Überraschung« bedeutet. Als ich deine erste Mail bekam, musste ich ins Freie hinausgehen und herumlaufen, um das erst mal zu verdauen. Und bis die zweite Mail von dir kam, hatte ich mir gerade ungefähr zurechtgelegt, was ich dir antworten würde. Aber ich wollte es dir in einem Brief schreiben und nicht mailen. Ein großer Moment verdient eine besondere Form. Ich

habe zwei Ziegen vor meinem Haus draußen und ich habe ihnen deinen Brief gezeigt – eine hätte ihn fast aufgefressen. Ich weiß nicht, was ich sagen soll, also beherzige ich den Rat deiner Lehrerin und schreibe dir, als ob ich mit dir reden würde.
Ja, Sadie – ich habe mich bei der Samenspender-Website gemeldet und deine Mum hat mich kontaktiert, aber ich habe nie erfahren, ob meine Spende erfolgreich war. Deine Mails bestätigen mir das jetzt.
Ich bin glücklich und überwältigt, dass du mir geschrieben hast. Wirklich, ich finde keine Worte dafür. Aber du solltest diesen Brief deiner Mutter oder deinem Vater zeigen, denn sie müssen wissen, dass wir uns schreiben.
Ich würde gern wieder von dir hören, Sadie. Ich glaube, du bist ein sehr tapferes und interessantes Mädchen, aber fürs Erste genügen mir deine E-Mails. Sie bedeuten mir unendlich viel.

Abe Smith

Und darunter stand seine Handynummer. Ich durfte ihn also anrufen und mit ihm reden.

Ich atmete aus wie Miss Frame. Ganz langsam und bewusst. Ich legte den Brief weg, ging zum Fenster über dem Waschbecken, öffnete es und sog tief die kalte Nachtluft ein. Mir war schwindlig. Schwindlig und heiß und kalt zugleich. Dann las ich den Brief noch einmal. Und noch mal. Dachte über jedes Wort nach, über jeden Punkt und jedes Komma.

Als ich aus dem Badezimmer kam, stand Mum da und machte ein besorgtes Gesicht.

»Alles in Ordnung, Süße?«, fragte sie. »Ich dachte ...«

»Mum ... der Brief«, sagte ich, weil ich die Nachricht einfach nicht mehr für mich behalten konnte, »der Brief ... er ist von ...«

»Ich weiß«, sagte Mum. »Ich weiß, von wem er ist, Schätzchen. Ich wusste es sofort, als ich den Namen gesehen habe.«

Sie redete leise und ruhig und ihre hellblauen Augen waren ganz klar. Kein bisschen verschleiert. Keine Tränen. Sie streckte die Arme nach mir aus und wir hielten uns fest wie schon lange nicht mehr.

»Mum«, sagte ich, »bitte sag niemandem was davon. Ich meine, Tante Lilah und Onkel Zé und ...«

Mum schaute mich verständnislos an, als ob sie noch nie was von Privatsphäre gehört hätte. Als wüsste sie überhaupt nicht, was das ist.

»Ehrlich, Mum – kann das nicht unter uns bleiben? Jedenfalls vorerst? Lass mich entscheiden, wem ich es sage und wann.«

Mum nickte und dann umarmten wir uns wieder.

»Sadie, ich bin im Schockzustand«, sagte sie. »Ich weiß nicht, was ich sagen soll. Ich hab mir diesen Moment schon so lange ausgemalt – aber es war alles ganz falsch. So hätte ich es mir nie vorgestellt.«

»Mum ... du hast mir einfach nicht zugehört. Und da hab ich's selbst in die Hand genommen.«

»Ich hab dir nicht zugehört?«, wiederholte sie.

»Nein. Ich hab immer wieder versucht, mit dir zu reden, aber jedes Mal ist was dazwischengekommen.«

Mum sah mich an. Dann seufzte sie und schüttelte den Kopf.

»Ich hab nicht zugehört«, murmelte sie wieder.

»Ja, und deshalb musste ich es allein rausfinden. Oder vielmehr mit Billy zusammen. Billy und ich haben ihn gefunden, diesen Abraham Smith, wir beide zusammen.«

Mum ging zum Fenster und schaute hinaus. Eine Ewigkeit stand sie so da.

»Jetzt hör ich dir zu«, sagte sie schließlich. »Sag mir, was du nun machen willst.«

32

Glück gehabt

Haarstylingidee für Samstag, den 6. Oktober:

»Wuschelkopf« – eine Frisur zum Relaxen

Das Haar trocken rubbeln, ein Mousse oder ein Gel in die Spitzen massieren und dann unter dem Föhn trocken kneten. Das sieht niedlich und verwuschelt aus. Wer mag, setzt ein Schleifchen rein, wirkt supersüß! Als wärst du gerade aus dem Bett gefallen – aber mit dem rechten Fuß und nicht mit dem linken.

Am nächsten Morgen hatte ich das Gefühl, in einem schönen Traum zu erwachen. Meine Lippen kribbelten noch von Tonys Kuss und meine Hand hielt den Brief von Abe Smith umklammert. Den Brief von meinem Spender. Von meinem Dad! Ich sprang aus dem Bett, aufgeregt wie ein kleines Kind an Weihnachten und dann machte ich etwas, das ich schon ewig nicht mehr gemacht hatte. Ich klopfte an Mums Schlafzimmertür, wartete ihr Stöhnen – Oh Gott, heute ist Samstag! – kaum ab, sondern marschierte schnurstracks zu ihrem Bett und kroch zu ihr unter die Decke.

»Mum«, sagte ich nach einer Weile, »können wir ihn bitte anrufen?«

Mum antwortete nicht gleich. Sie drehte sich um, schaute mich an und fragte: »Du willst Abe Smith anrufen? Jetzt gleich?«

Ich nickte.

»Ist aber ein bisschen früh«, wandte sie ein. »Es ist Samstag, Viertel vor sieben!«

»Oh.«

»Ich meine – willst du ihn wirklich aus dem Bett werfen?«

»Ja! Ja!« Ich war so aufgeregt, dass mir die Tageszeit völlig schnuppe war.

»Also, ich würde sagen, wir warten noch drei Stunden und dann rufst du ihn an. Das ist immer noch früh für Samstag. Wenn du wieder klar denken kannst, wirst du mir Recht geben, Sadie.«

Damit verschwand sie wieder unter der Decke.

Ich biss mir auf die Lippen. Drei Stunden. Wie sollte ich das aushalten?

»Mum, machen wir es dann gemeinsam?«

Mum lächelte mich an. Ihr Gesicht hatte rote Abdrücke vom Kissen und an der Stirn vorne war ihr Haar aufgebauscht wie üblich, und hinten …. also da war es lang und glatt – ein total anderer Stil.

Plötzlich schoss mir ein Gedanke durch den Kopf: *Was ist die beste Methode, drei Stunden Warten auf sinnvolle Weise zu verbringen? Was lenkt mich in jeder Lebenslage am besten ab?*

»Mum«, sagte ich, »darf ich dir die Haare schneiden?«

Ich entschied mich für einen gestuften Bob. Einfach, klassisch und schmeichelnd für jede Gesichtsform. Ich stufte das Haar oben durch und ging langsam von den hässlichen Flauschbüscheln, die Tante Lilah in den letzten dreißig Jahren geschnitten hatte, zu immer längeren Stufen über. Hinten nahm ich die langen Strähnen weg und schnitt die Nackenpartie scharf in einem 45°-Winkel aus, was dem Haar Fülle verlieh und Mums Kieferlinie weicher erscheinen ließ. Vorn hielt ich die Stufen länger und kreierte so einen Seitenscheitel. Die kurzen Partien formte ich zu einem fransigen Pony.

Um halb neun war ich fertig. Länger brauchte ich nicht, um Mum den ersten vorzeigbaren Haarschnitt in ihrem ganzen 48-jährigen Leben zu verpassen.

»Fantastisch, Sadie – das hast du gut gemacht! Aber wie soll ich Lilah beibringen, dass ich jetzt eine neue Friseurin habe?«

»Weißt du, Mum, Tante Lilah hat dir immer die Frisur gemacht, die du wolltest«, sagte ich diplomatisch. »Aber leider war es die falsche. Und heute Morgen konnte ich dir zum Glück endlich die richtige machen. Die, von der du gar nicht wusstest, dass du sie willst.«

»Also jedenfalls gefällt es mir.«

»Ja, aber der Schnitt braucht Pflege. Du darfst dein Haar nicht rauswachsen lassen, bis es splissig und ungepflegt wird. Das ist eine Frisur, die von einem Profi in Form gehalten werden muss.«

»Okay«, sagte sie. »Du hast gewonnen. Ich gebe mich geschlagen.«

Ich übte schon mal meine professionellen Tricks an Mum – trichterte ihr ein, was ich später meinen Kundinnen in meinem Friseursalon sagen würde. Der Erfolg war durchschlagend. Immer wenn Mum in der nächsten Stunde an einem Spiegel vorbeiging, ertappte ich sie dabei, wie sie rasch ihre Frisur kontrollierte, mit der Hand hinfasste und eine Strähne hierhin oder dorthin schob.

Der Haarschnitt war eine gute Ablenkung gewesen, aber um halb zehn hatte ich schon fast ein Loch in den Teppich gestanzt vor lauter Hin-und-her-Rennen, und Mum hatte mindestens vierzehn Tassen Kaffee getrunken. Um 9:45 Uhr hielt ich es nicht länger aus.

»Können wir ihn jetzt endlich anrufen?«

»Also gut«, sagte Mum, »aber es ist immer noch früh für Samstag.«

»Er ist doch Gärtner«, sagte ich. »Er ist bestimmt schon wach.«

»Möglich. Aber vielleicht möchte er heute Morgen mal ausschlafen.«

»Er ist auf, das weiß ich.«

Und er war tatsächlich auf. Mehr oder weniger jedenfalls.

Meine Hand zitterte leicht, während ich das Telefon an mein Ohr hielt. Ich stellte es laut und der Lärm erschien mir ohrenbetäubend, als er antwortete.

»Hallo?«, sagte eine Männerstimme. Sie klang leicht heiser und krächzig. Dann räusperte er sich und sagte noch einmal »Hallo?«, aber diesmal mit klarerer Stimme.

Ich saß nur da, das Telefon am Ohr, in totaler Schockstarre, wie immer wenn ich mit einem meiner Dad-Verdächtigen redete. Mein Mund war staubtrocken, meine Zunge klebrig und dick. Mum beugte sich vor, um mir den Hörer aus der Hand zu nehmen, und das brachte mich auf Trab.

»Hi«, sagte ich. »Hier ist Sadie Nathanson.«

Längere Pause am anderen Ende der Leitung. Und dann:

»Sadie! Hallo, hier ist Abe!«, sagte Abraham Smith. Er klang total nett. Ich atmete auf, war schon beinahe entspannt.

»Oh, gut«, sagte ich, »ich hatte gehofft …«

»Wie geht's dir? Dann hast du also meinen Brief bekommen. Nach deiner letzten E-Mail hatte ich schon Angst, dass du nichts mehr von mir wissen willst …«

»Ja, ich hab den Brief gestern bekommen, vielen Dank.«

»Das ist alles ziemlich aufregend«, fuhr Abe fort. »Und ein bisschen überraschend. Ich meine das positiv.«

»Ja, es ist wirklich eine Überraschung«, sagte ich.

»Und du hast mich gefunden …«

»Ja, also, Billy – das ist mein Cousin – und ich, wir haben

Sie zusammen gefunden. Wir haben Sie auf der Website aufgespürt und Sie hatten immer noch dieselbe E-Mail-Adresse.«

»Ja, stimmt, die hab ich noch«, bestätigte Abe. »Schön, mit dir zu sprechen, Sadie. Ich freue mich so, dass ich endlich deine Stimme höre. Ich hab die ganze Zeit an dich gedacht, seit ich die Mails bekommen habe, weißt du?«

»Ich freu mich auch«, sagte ich.

Ich hätte ihm gern gesagt, dass ich auch die ganze Zeit an ihn gedacht hatte, aber das erschien mir nicht richtig, weil ich ja an meinen »Dad« gedacht hatte und nicht an diesen Abe Smith, der am anderen Ende der Leitung war. Und ich hatte ihn ja noch nicht gesehen und wusste nicht, was für ein Mensch er war und wie er aussah und so. Also plauderten wir ein bisschen. Er erzählte mir, wo er lebte, und ich ihm, wo ich lebte, und er schlug vor, dass wir uns mal treffen sollten, und dann fragte er mich: »Wissen deine Mum und dein Dad, dass du mich kontaktiert hast? Ich glaube, dass …«

Er fragte mich nach meinem Dad und das war irgendwie komisch.

»Ich hab nur eine Mum und die steht neben mir«, sagte ich. »Möchten Sie sie sprechen?«

Als er Ja sagte, reichte ich das Telefon an Mum weiter, die ganz rot im Gesicht und total nervös war, und dann ging ich hinaus, denn was jetzt kam, hatte nichts mit mir zu tun. Ich ging in mein Zimmer und starrte auf mein Spiegelbild und ich dachte über die verrückte Tatsache nach, dass die Hälfte meiner Gene von dem Mann stammten, mit dem ich gerade gesprochen hatte, und dass ich ihm wahrscheinlich in irgendeiner Weise ähnlich war, die nichts mit Mum zu tun hatte. Ich hatte nie ein Problem damit gehabt, dass ich nicht auf die übliche Art zur Welt gekommen war. Aber seit ich mit Abe Smith gesprochen hatte, hatte sich etwas verändert. Jetzt war ich geradezu glücklich, dass ich ein Leben bekommen hatte, in dem ein solcher Augenblick möglich war.

33

Hände wie meine

Haarstylingidee für Montag, den 24. September:

ELEGANT BIS IN DIE NACHT

Ein paar Lockenwickler können Wunder wirken! Perfekt für eine wilde Clubnacht. Ein raffinierter Style, mit dem du aussiehst, als hättest du stundenlang beim Profi gesessen.

Sonntag war der große Tag und ich brauchte noch die passende Frisur. Irgendwie schien es mir richtig, den Style zu nehmen, der an meinem Geburtstag im Kalender dran gewesen war. Damals hatte ich die Suche nach Dad schließlich begonnen. Und außerdem hatte ich den Look bisher noch nicht ausprobiert.

Ich hatte den Wecker auf sechs Uhr gestellt. Putzmunter sprang ich aus dem Bett, bürstete die Strähnen aus, sprühte Haarspray drauf und platzierte die Lockenwickler genau so, wie es in dem Diagramm vorgegeben war. Bis Mittag war ich fertig, elegant und lächelnd.

»Das ist ein großer Moment für uns beide«, sagte Mum, als wir an dem Schild vorbeifuhren, auf dem stand, dass Bough Beeches, wo Abe Smith wohnte, nur noch zwei Meilen entfernt war. Wir hatten keinem gesagt, was wir vorhatten. Mum blieb die ganze Fahrt über erstaunlich still, vielleicht weil sie sich auf die kurvigen Straßen konzentrieren musste. Auf jeden Fall fluchte sie längst nicht so viel wie sonst beim Autofahren. Und sie hatte kein einziges Mal geweint. Selbst als wir uns verfahren hatten, hatte sie nur gesagt: »Jetzt ist es also so weit, Sadie, was? Alles okay, Süße?«

»Ja, klar, und du, Mum?«

»Ich auch. Bisschen nervös vielleicht, aber das war zu erwarten, und er klang doch sehr nett am Telefon und in seinem Brief. Kann eigentlich nichts schiefgehen. Ich meine, es wird gut. Alles wird gut.«

Ein- oder zweimal nahm sie meine Hand. Ich glaube, sie wollte mich beruhigen, aber mir kam es so vor, als ob sie sich an mir festklammerte. Arme Mum. Sie gab sich solche Mühe, das hier allein zu meinem großen Moment zu machen, obwohl es doch für sie genauso aufregend war. Wir parkten vor dem Haus Nr. 17. Unterwegs waren wir an großen Anwesen und hübschen pinkfarbenen Cottages mit rosenumrankten Türen vorbeigekommen, aber Nr. 17 war ein eher unscheinbares kleines Haus auf einem großen Grundstück, das ziemlich weit von der Straße zurückgesetzt war.

»Das ist es«, sagte Mum.

Ich stieß die Luft aus und marschierte zielstrebig zur Eingangstür. Die Türklingel machte »Kuckuck« und ich musste lächeln. Ich lächelte immer noch, als Abraham Smith die Tür aufmachte.

Abraham Smith hatte welliges braunes Haar, das überhaupt nicht gestylt war. Braune Haare, olivfarbene Haut und dunkle Augen. Er war mittelgroß und mittelschlank und besaß keine Kummerfalte, soweit ich sehen konnte. Er hatte sich ziemlich verändert seit dem Winston-Churchill-Babyfoto. Aber das tun wir schließlich alle.

Dann fiel mein Blick auf seine Hände und ich wusste sofort, dass wir tatsächlich verwandt waren. Er hatte kleine Hände, so wie ich. Mit plumpen Fingern. Die zudem schmutzig und wettergegerbt waren. Nur war der Schmutz bei ihm Erde und keine Tinte oder Tönungsmittel, so wie bei mir.

»Hier, sehen Sie mal«, sagte ich. »Sie haben meine Hände.«

Abe legte seine Hände auf den Tisch und ich meine daneben.

»Sie hat Recht«, sagte Sarah, Abes Freundin, »sie hat deine Hände und du hast ihre.«

»Ich hatte sie als Erster«, sagte Abe und lächelte mich an.

Seine Hände zitterten jetzt nicht mehr, so wie vorher, als ich zur Tür hereingekommen war. Es war mir sofort aufgefallen, weil meine auch zitterten. Dabei wirkte er eigentlich ganz ruhig – bot uns Tee und Kekse an, sagte uns, dass wir ihn Abe nennen sollten, zeigte uns seinen Labradorwelpen Daisy, aber als er seine Teetasse in die Hände nahm, zitterten sie so sehr, dass er die Tasse abstellen musste.

»Ich bin ein bisschen nervös«, murmelte er.

Was du nicht sagst, dachte ich.

»Dann lasst uns was machen«, schlug Mum vor, als wir unseren Tee getrunken hatten. »Wir sind ja alle ziemlich nervös – dürfen wir vielleicht Ihren Garten anschauen, Abe?«

Mum wirkte ungewohnt gelassen. Wie Queen Serenity höchstpersönlich. In Anbetracht der Tatsache, dass das hier auch für sie ein großer Moment war, hielt sie sich erstaunlich gut. Keine Spur von Hysterie.

Der Garten war ein guter Vorschlag. Abe sah draußen viel glücklicher aus und war auf einmal ganz natürlich. Er zeigte uns seine Pflanzen und Obstbäume und den Gartenteich. Dann führte er uns durch ein baufälliges kleines Tor auf ein ummauertes Feld. Der Boden war mit weißen Blüten bedeckt, so weit das Auge reichte.

»Herbstzeitlose«, sagte er, »und Bärenklau.«

Ich schaute zu Mum hinüber. Ich glaube nicht, dass ich meine Mum jemals in einem Garten gesehen habe. Sie wirkte verloren darin, als wüsste sie nicht, was sie tun sollte. Aber wir mussten den Garten ja nur bewundern – er sah aus, als hätte es frisch draufgeschneit, und wir standen knietief in dem weißen Blütenmeer.

»Das ist schön, Abe«, sagte Mum, »Sie können stolz darauf sein.«

»Danke«, sagte Abe. »Freut mich, dass es Ihnen gefällt. Wie ist es denn, wo du wohnst, Sadie?«

»Nicht wie hier«, sagte ich, weil es das genaue Gegenteil war. »Erstens leben wir in einer Mietwohnung und wir sind auch keine Outdoor-Typen. Stimmt doch, Mum?«

Mum sah nachdenklich aus – oder auch nicht. Ich konnte ihren Gesichtsausdruck nicht interpretieren.

»Sie wissen aber schon, dass das alles Sadies Idee war?«, sagte sie plötzlich zu Abe. »Sie hat Sie ganz allein gefunden.«

Abe nickte.

»Sie ist ganz schön ausgefuchst, unsere Tochter.«

Es war ein komisches Gefühl, als Mum diese Worte sagte: »unsere Tochter«. Es raubte mir den Atem und ich wurde rot. Abe nicht.

»Ja, das stimmt«, sagte er zu Mum, und dann zu mir gewandt: »Ausgefuchst ist gar kein Ausdruck. Und was du getan hast, dazu braucht es eine Menge Mut. Ich bin beeindruckt.«

Ich schaute Abraham Smith und meine Mum an, und ich wusste, woher ich meinen Mut hatte. Ganze Wagenladungen davon mussten sie gehabt haben, sonst gäbe es mich jetzt nicht.

»Und du bist bestimmt auch sehr intelligent«, sagte Abe lächelnd. »Was machst du denn so? Ich meine, was sind deine Hobbys oder Interessen?«

Meistens ist es nur Small Talk, wenn Erwachsene einem solche Fragen stellen. Aber bei Abe hatte ich den Eindruck, dass er es wirklich wissen wollte.

»Haare hauptsächlich«, sagte ich, »und Styling.«

»Super.«

»Ich meine, ich will nicht einfach nur Haare schneiden – ich will später einen eigenen Salon haben und richtig originelle Frisuren und Styles machen. Und ich will mit interessanten Kunden arbeiten und meinen Salon von einem kultigen Innenarchitekten gestalten lassen, mit tollen Stühlen und Designer-Wasserhähnen an den Waschbecken, und die Friseurinnen in meinem Laden wären gleichzeitig auch Haarmodels, und unsere Spezialität wären Kurzhaarfrisuren für Frauen.«

Dann erklärte ich ihm meine Theorie über Frauen mit kurzem Haar. Ich glaube, es interessiert ihn ehrlich. Abes Freundin Sarah war inzwischen auch zu uns in den Garten gekommen und fasste sich instinktiv an ihren Pferdeschwanz. Vielleicht hatte sie Angst, dass ich gleich mit der Schere anrücken würde. Was kein Fehler gewesen wäre, denn sie hätte gut einen geometrischen Bob tragen können. Irgendwann würde ich ihr das vorschlagen.

»Wow«, sagte Sarah, »das klingt ja alles sehr durchdacht, Sadie!«

»Du scheinst dir alles genau überlegt zu haben«, fügte Abe hinzu.

»Das tut Sadie immer«, sagte Mum, was ausnahmsweise

nicht sarkastisch gemeint war. Diesmal konnte ich ihren Gesichtsausdruck mühelos einordnen: Mum sah stolz aus.

»Du hast Glück«, sagte Abe zu mir. »Ich bin schon siebenunddreißig Jahre alt und habe immer noch keinen Plan.«

In meinem Kopf war er jetzt endgültig Abe. Ich dachte nicht mehr als »Spender« oder »Dad Nr. 241« an ihn.

Es ist schon komisch, was man manchmal findet, wenn man sich auf die Suche macht.

Ich habe meinen Dad gesucht, und gefunden habe ich zwei Hände, die wie meine aussehen. Und noch etwas habe ich dabei entdeckt: den unerwartet starken Wunsch, Abe mit den wichtigsten Menschen in meinem Leben zu teilen. Ich will, dass er nicht nur Billy und Tony kennenlernt, sondern auch Tante Lilah, Onkel Zé und Großtante Rita. Vielleicht kann er am Freitagabend mal zu unserem Familienessen kommen?

Abe hat Augen wie ich und seine Haare sind dunkel. Er könnte gut einen Bürstenschnitt tragen. Ob er sich wohl von mir die Haare schneiden lassen wird?